Né à Paris en 1947, Christian Jacq découvre l'Égypte à treize ans, à travers ses lectures, et se rend pour la première fois au pays des pharaons quatre ans plus tard. L'Égypte et l'écriture prennent désormais toute leur place dans sa vie. Après des études de philosophie et de lettres classiques, il s'oriente vers l'archéologie et l'égyptologie, et obtient un doctorat d'études égyptologiques en Sorbonne avec pour sujet de thèse : « Le voyage dans l'autre monde selon l'Égypte ancienne. » Mais plus que tout, Christian Jacq veut écrire et publie une vingtaine d'essais, dont *L'Égypte des grands pharaons* chez Perrin en 1981, couronné par l'Académie française. Il est aussi producteur délégué à France-Culture, et travaille notamment pour « Les Chemins de la connaissance ».
En 1987 le succès arrive, avec *Champollion l'Égyptien*. Désormais ses romans suscitent la passion des lecteurs, en France et à l'étranger parmi lesquels *Le Juge d'Égypte*, *Ramsès*, *La Pierre de Lumière*, *La Reine Liberté*, *Les Mystères d'Osiris*, *Toutânkhamon, l'ultime secret* et *Le procès de la momie* (XO, 2008). Christian Jacq est aujourd'hui traduit dans plus de trente langues.

LA VENGEANCE DES DIEUX

*

Chasse à l'homme

DU MÊME AUTEUR
CHEZ POCKET

LA REINE SOLEIL
L'AFFAIRE TOUTANKHAMON
LE MOINE ET LE VÉNÉRABLE
LE PHARAON NOIR
QUE LA VIE EST DOUCE À
L'OMBRE DES PALMES
TOUTÂNKHAMON
LE PROCÈS DE LA MOMIE

LE JUGE D'ÉGYPTE

LA PYRAMIDE ASSASSINÉE
LA LOI DU DÉSERT
LA JUSTICE DU VIZIR

RAMSÈS

LE FILS DE LA LUMIÈRE
LE TEMPLE DES MILLIONS
D'ANNÉES
LA BATAILLE DE KADESH
LA DAME D'ABOU SIMBEL
SOUS L'ACACIA D'OCCIDENT

LA PIERRE DE LUMIÈRE

NÉFER LE SILENCIEUX
LA FEMME SAGE
PANEB L'ARDENT
LA PLACE DE VÉRITÉ

LA REINE LIBERTÉ

L'EMPIRE DES TÉNÈBRES
LA GUERRE DES COURONNES
L'ÉPÉE FLAMBOYANTE

LES MYSTÈRES D'OSIRIS

L'ARBRE DE VIE
LA CONSPIRATION DU MAL
LE CHEMIN DE FEU
LE GRAND SECRET

MOZART

LE GRAND MAGICIEN
LE FILS DE LA LUMIÈRE
LE FRÈRE DU FEU
L'AIMÉ D'ISIS

LA VENGEANCE DES DIEUX

CHASSE À L'HOMME
LA DIVINE ADORATRICE

CHRISTIAN JACQ

LA VENGEANCE DES DIEUX

*

Chasse à l'homme

Le papier de cet ouvrage est composé de fibres naturelles, renouvelables, recyclables et fabriquées à partir de bois provenant de forêts plantées et cultivées durablement pour la fabrication du papier.

Le Code de la propriété intellectuelle n'autorisant, aux termes de l'article L. 122-5 (2° et 3° a), d'une part, que les « copies ou reproductions strictement réservées à l'usage privé du copiste et non destinées à une utilisation collective » et, d'autre part, que les analyses et les courtes citations dans un but d'exemple et d'illustration, « toute représentation ou reproduction intégrale ou partielle faite sans le consentement de l'auteur ou de ses ayants droit ou ayants cause est illicite » (art. L. 122-4).
Cette représentation ou reproduction, par quelque procédé que ce soit, constituerait donc une contrefaçon sanctionnée par les articles L. 335-2 et suivants du Code de la propriété intellectuelle.

© 2006, XO Éditions, Paris.
ISBN : 978-2-266-17852-5

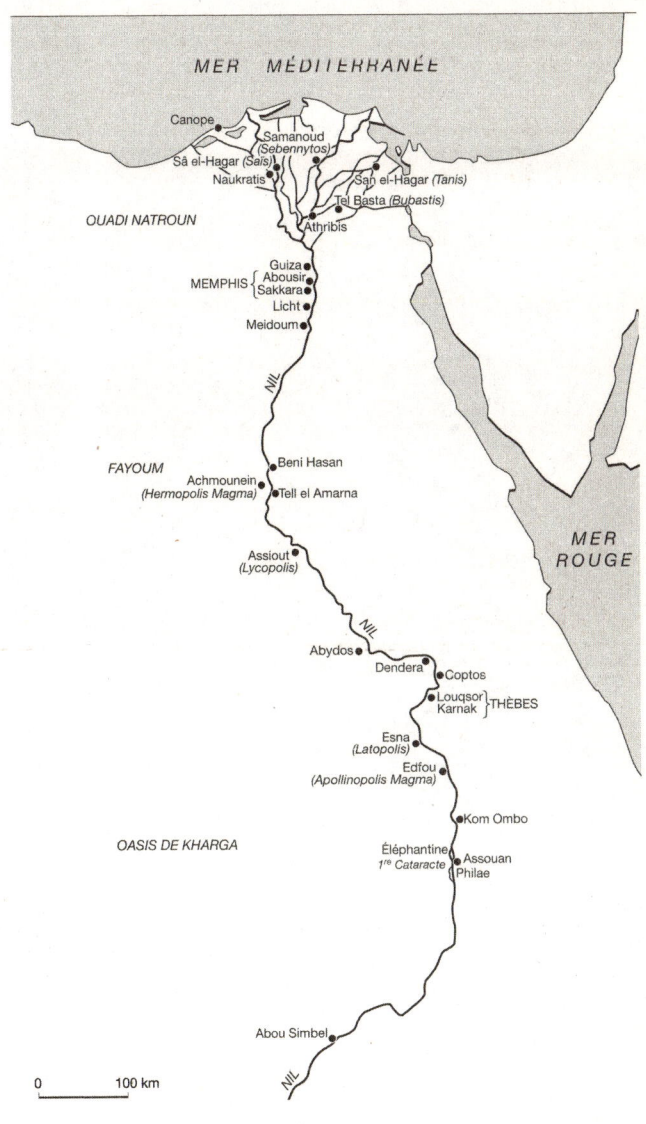

PROLOGUE

Les humains avaient trahi, une fois de plus.

D'ordinaire, le couchant offrait un moment de paix et de sérénité. Mais ce soir-là, le soleil était rouge sang, et la Divine Adoratrice sentit son cœur se serrer.

Régnant sur la cité sainte de Karnak, la prêtresse accomplissait des rites royaux, fondait des édifices et gouvernait une enclave respectée par le pharaon Amasis, épris de culture grecque. Depuis la fondation de la dynastie saïte [1], la Basse-Égypte se tournait vers le monde extérieur et acceptait chaque jour davantage la dégradation des idéaux et des mœurs.

Consciente de la gravité de la situation, la Divine Adoratrice tentait de sauvegarder les valeurs héritées des ancêtres fondateurs. Seul le strict respect du rituel préservait encore son pays du chaos, et la moindre négligence, en ce domaine, avait des conséquences catastrophiques. Aussi exigeait-elle le plus grand sérieux de ses ritualistes et de son personnel, dévoués à l'épouse terrestre du dieu caché, Amon.

Ce fragile équilibre maintenu à Thèbes menaçait de

---

1. En 672 av. J.-C. par le roi Nékao Ier, qui choisit comme capitale la ville de Saïs, dans le Delta.

se rompre, car le soleil agressif annonçait une période critique.

Ne supportant ni l'aveuglement ni la médiocrité des humains, les dieux ne tarderaient pas à se venger. Au cœur de la tempête, la Divine Adoratrice tiendrait bon jusqu'à l'ultime instant.

Sans rien changer à ses habitudes et à la juste célébration des fêtes et des rites, elle attendrait. Le vent d'orage lui amènerait des êtres désireux de lutter contre l'adversité et de repousser le malheur. S'ils s'en montraient dignes, elle leur offrirait le trésor préservé à Karnak.

Grâce à lui, échapperaient-ils à la vengeance des dieux ?

1

Le scribe Kel se réveilla en sursaut et bondit vers la fenêtre de sa chambre.

D'après la position du soleil, la matinée était fort avancée.

Lui, le brillant jeune homme considéré comme surdoué et voué à une belle carrière, serait jugé coupable d'une faute grave : un retard aussi monstrueux qu'inexcusable au Bureau des Interprètes !

Recruté six mois auparavant en raison de ses dons exceptionnels pour les langues étrangères, Kel devait, chaque jour, faire ses preuves et subir la jalousie de certains collègues. Heureux d'avoir obtenu un poste très convoité, il ne se plaignait jamais et travaillait avec tant d'ardeur et de compétence qu'il bénéficiait de l'estime de son chef, un érudit âgé, sévère et rigoureux.

Alors qu'il venait de lui confier un premier dossier délicat, Kel oubliait de se réveiller !

Une affreuse migraine lui enserrait les tempes.

Et le cauchemar qui avait hanté son sommeil ressurgit : il échouait à l'examen de scribe royal, incapable de traduire en égyptien un texte grec et de rédiger correctement une lettre administrative ! Les autorités supprimaient sa bourse d'études et le renvoyaient dans son village natal où les paysans, moqueurs, lui attribuaient les tâches les plus ingrates.

Le front en sueur à l'idée d'un tel désastre, Kel procéda à une toilette rapide, se rasa maladroitement et s'habilla à la hâte.

Hélas, le cauchemar deviendrait peut-être réalité ! Le chef du Bureau des Interprètes accepterait-il ses excuses et se contenterait-il d'un simple blâme ? Rien de moins sûr. Attaché à la discipline et à l'exactitude, il avait déjà licencié plusieurs collaborateurs jugés trop légers. En raison de son comportement, Kel n'appartenait-il pas à cette catégorie ?

Comment en était-il arrivé là ? La veille au soir, il n'avait pu décliner une surprenante invitation à un banquet organisé par le ministre des Finances. Y participaient des notables, tel l'organisateur des fêtes de la déesse Neit, souveraine de la ville de Saïs, qui souhaitait une traduction grecque de documents officiels adressés aux officiers supérieurs placés sous le commandement d'un général étranger, Phanès d'Halicarnasse.

Saïs, une merveilleuse cité de l'ouest du Delta, devenue capitale des pharaons de la XXVIe dynastie. Saïs, dont le roi Amasis, allié et protecteur des Grecs, améliorait sans cesse les temples. Saïs, haut lieu culturel et scientifique, avec sa fameuse école de médecine. Saïs, où le scribe Kel espérait travailler au service de l'État jusqu'à une retraite heureuse. Un beau projet à présent fort compromis !

Pourtant, tout au long de la soirée, il s'était tenu sur la réserve, mangeant et buvant peu. La présence de hauts personnages l'intimidait, et davantage encore celle d'une ravissante prêtresse de Neit, Nitis, disciple du grand prêtre et promise à d'importantes responsabilités.

Un instant, un instant seulement, leurs regards s'étaient croisés.

Il aurait aimé lui parler, mais comment l'aborder ? Et quelles paroles ridicules seraient sorties de la bouche d'un jeune scribe interprète, tenu au secret ? Nitis, un rêve somptueux, une lointaine apparition.

Et puis, au sortir du banquet, des vertiges.

Obligé de s'allonger, Kel avait sombré dans un sommeil agité, traversé à plusieurs reprises par ce cauchemar épuisant, responsable de son réveil tardif.

Sortant de chez lui en courant, il s'aperçut qu'il oubliait son bien le plus précieux, sa palette de scribe ! En bois de tamaris, elle comportait des logements destinés aux pinceaux et aux godets ronds remplis d'une encre que Kel préparait lui-même, obtenant une qualité enviée de ses collègues. Il pressa l'objet léger et mince à la ceinture de son pagne et lui attacha, avec une ficelle, un autre godet rempli d'eau de gomme et fermé par un bouchon.

En vertu de la nouvelle mode, le scribe ne portait pas de perruque et gardait les cheveux courts. Le parfum, lui, demeurait une marque de bon goût. N'ayant pas le temps de se pomponner, Kel s'élança vers le Bureau des Interprètes de Saïs, situé au cœur de la cité, au fond d'une impasse et à proximité des bâtiments officiels.

Ce service d'État remplissait des fonctions majeures : traduire les documents en provenance des pays étrangers, notamment de Grèce et de Perse, rédiger des synthèses à l'intention du pharaon Amasis, diffuser en diverses langues les textes égyptiens émanant de l'administration. Vu le nombre de mercenaires grecs et libyens présents en Égypte et formant le gros de l'armée, cette tâche se révélait essentielle.

Parfois se posaient des problèmes épineux. Précisément, une semaine auparavant, le chef du Bureau avait confié à Kel un étrange papyrus codé que personne ne parvenait à déchiffrer. Mélangeant plusieurs idiomes, il se révélait rebelle aux modes habituels de décryptage. Désireux d'obtenir un résultat et de prouver ainsi sa valeur, le jeune homme se heurtait à un mur infranchissable. Obstiné et patient, il ne s'estimait pas encore vaincu. Si on lui laissait le temps nécessaire, il percerait le mystère.

À l'entrée de la ruelle, aucun garde.

D'ordinaire, chaque interprète devait s'identifier, et sa présence était notée. Sans doute Kel arrivait-il au moment de la relève.

Pressant le pas, il cherchait la meilleure formule d'excuses.

La porte du bâtiment était entrouverte. Un autre garde aurait dû en interdire l'accès.

Kel entra et buta contre un corps.

Recroquevillé, les mains serrées sur l'estomac, le soldat avait vomi. Une odeur de lait ranci emplissait l'antichambre.

Le jeune scribe lui secoua l'épaule.

L'homme demeura immobile.

— Je vais chercher un médecin, marmonna Kel.

Pourquoi ses collègues n'avaient-ils pas secouru ce malheureux ?

Franchissant l'antichambre, il pénétra dans le grand bureau où il travaillait en compagnie de trois collègues.

Une vision d'horreur le tétanisa.

2

Trois cadavres, deux hommes et une femme.

Trois interprètes de haut niveau qui menaient la vie dure au jeune Kel, sans se montrer injustes. Il appréciait leur professionnalisme et en tirait chaque jour des leçons.

Eux aussi avaient vomi, et leur visage portait les stigmates d'intenses souffrances.

Refusant de se rendre à l'évidence, le scribe se pencha sur les corps.

— Réveillez-vous, je vous en supplie !

À côté de la femme, les débris d'une jarre de lait.

Ce lait que la dernière recrue du service, Kel, offrait à ses collègues après avoir réceptionné la livraison ! Tous appréciaient ce privilège accordé par l'État.

Choqué, se demandant s'il n'était pas la proie d'un nouveau cauchemar, le jeune homme poursuivit son exploration, posant avec peine un pied devant l'autre.

Dans la pièce voisine, quatre nouveaux cadavres.

Puis trois autres, et encore cinq... Le service entier était décimé !

Restait le bureau du chef.

Tremblant de tous ses membres, Kel le découvrit assis, la tête inclinée.

Un instant, le scribe crut qu'il était vivant !

Mais il déchanta vite. Bien qu'il n'eût pas vomi, le chef de service du Bureau des Interprètes avait, lui aussi, absorbé le lait mortel, comme le prouvait le bol renversé près de lui.

De sa main, hésitante, quelques mots sur un morceau de papyrus :

Déchiffre le document codé et...

À qui cet ordre pouvait-il s'adresser, sinon à Kel dont le haut fonctionnaire avait forcément constaté l'absence ? En cas de succès, que faire ?

Vacillant, le scribe se rendit dans la salle des archives.

Étagères dévastées, papyrus déroulés et déchirés, tablettes de bois brisées ! De la belle et stricte ordonnance à laquelle tenaient tant les interprètes, il ne restait qu'un champ de ruines. Pas un seul recoin épargné.

À l'évidence, les pillards recherchaient un document. L'avaient-ils trouvé ou bien étaient-ils repartis bredouilles ?

Et s'il s'agissait de l'étrange texte crypté que le chef de service avait confié à Kel ? D'abord, le jeune homme repoussa cette hypothèse. Ensuite, il s'interrogea. En agissant ainsi, son patron ne respectait ni la voie hiérarchique ni la procédure habituelle. Se méfiait-il des autorités, redoutait-il une intervention extérieure ?

Questions absurdes ! Et pourtant... Le service des interprètes exterminé, aucun survivant !

Inexact.

Lui, Kel, en raison de son réveil tardif, avait échappé à l'empoisonnement par le lait. Et puis... son ami, le Grec Démos, ne se trouvait pas parmi les victimes ! Désemparé, le jeune homme réexamina les cadavres.

Pas de Démos.

Comment interpréter cette heureuse absence ? Deux solutions possibles : soit le Grec n'avait pu se rendre au travail, soit il s'était échappé. La seconde apparaissait peu crédible. Kel envisageait plutôt un problème de santé, voire une soirée trop arrosée !

L'esprit toujours enfiévré, il se dirigea vers la salle d'eau. En application du règlement intérieur, les scribes s'y lavaient fréquemment les mains.

Sous la réserve du savon végétal, à l'odeur agréable, Kel avait aménagé une cache. Seuls son patron et lui connaissaient son existence.

Nerveusement, il ôta la petite dalle.

Le document crypté, roulé et ficelé était intact.

Fallait-il le laisser là ou bien l'emporter et le remettre à la police ?

Des bruits de pas firent sursauter Kel. On venait d'entrer dans le bâtiment.

Le scribe s'empara du papyrus et remit la dalle en place. Puis il emprunta un couloir menant à la porte donnant sur un petit jardin. Une toiture de palmes procurait une ombre agréable aux interprètes qui, lors de leurs périodes de repos, bavardaient en buvant de la bière fraîche. Là, Démos avait encouragé Kel à tenir bon, à ne pas écouter les critiques des jaloux et à travailler sans compter ses heures. Un excellent interprète devenait scribe royal et appartenait, tôt ou tard, à la sphère gouvernementale.

Kel songeait surtout à servir l'Égypte, la terre aimée des dieux. La science du langage n'était-elle pas celle de Thot, le patron des scribes ? En l'approfondissant jour après jour, le jeune homme espérait parvenir à la sagesse qu'enseignait Imhotep, le créateur de la pyramide à degrés. Écrire était un acte grave. Il ne s'agissait pas de transcrire ses émotions et ses préférences personnelles, mais de tracer des hiéroglyphes, les «paroles des dieux», et de les incarner au quotidien en pratiquant la règle de Maât, déesse de la rectitude.

Pour l'heure, il fallait échapper aux agresseurs de retour sur place !

Déçus par leur échec, ils revenaient fouiller les locaux, à la recherche du document que le rescapé cacha dans un repli de son pagne.

Prenant son élan, il parvint à s'agripper au sommet d'un muret et, d'un coup de reins, à s'y hisser.

De l'autre côté, la vie sauve !

3

Kel avait tort.

Ceux qui pénétraient dans les locaux n'étaient ni des assassins ni des pillards, mais des soldats qu'intriguait l'absence de leur collègue à l'entrée de l'impasse. Au terme d'une brève investigation, ils avaient retrouvé son cadavre, dissimulé sous des branches de palmier.

Et la vision du carnage les laissa sans voix.

Enfin, l'un d'eux décida d'alerter son supérieur.

Moins d'une heure plus tard, un détachement boucla le quartier et quatre hauts personnages découvrirent à leur tour l'ampleur de la tragédie.

— Inouï, déclara le juge Gem[1], un homme âgé que le pharaon avait placé au sommet de la hiérarchie judiciaire. Quelle abomination ! Je dirigerai moi-même l'enquête.

— J'allais vous en prier, intervint l'imposant Oudja[2], gouverneur de Saïs, chancelier royal, inspecteur des scribes du tribunal, chef des scribes de la prison et

---

1. Son nom complet était *Gem-nef-Hor-bak* et le situait comme un serviteur d'Horus, capable de « trouver, déceler » (*gem*).
2. Son nom complet, *Oudja-Hor-resnet*, signifie « Horus de la chapelle du sud (à Saïs) est florissant, en bonne santé ».

amiral de la marine royale. Toujours médecin-chef de la prestigieuse école de Saïs, il ne donnait pas de consultations et se contentait de veiller sur la bibliothèque, le matériel des soins et la nomination des nouveaux praticiens. Confident du roi Amasis, il exerçait une fonction de Premier ministre. Aucun dossier important ne lui échappait.

— Qu'en pensez-vous, mon cher collègue ? demanda-t-il à Horkheb, le médecin-chef du palais qui avait déjà examiné sommairement les victimes.

— Cause du décès évidente : empoisonnement fulgurant. Une petite quantité de lait a suffi ; personne ne pouvait en réchapper.

Bel homme, élégant, excellent scientifique, Horkheb se vantait de soigner la famille royale. À la tête d'une petite fortune, il prenait soin de ne faire aucune ombre à Oudja et ne se mêlait pas de politique.

— Saurez-vous identifier le poison ? interrogea le juge Gem.

— J'essaierai, sans grand espoir.

— Faut-il brûler les cadavres ? s'inquiéta Oudja.

— Nul risque d'épidémie, mais mieux vaudrait enterrer rapidement ces malheureux.

Le juge donna son accord.

Les cheveux très noirs, le regard inquisiteur, l'allure si discrète qu'il passait souvent inaperçu, le quatrième dignitaire, Hénat, était officiellement ritualiste en chef, serviteur du dieu Thot et directeur du palais. Il remplissait surtout la fonction d'« oreille du roi », c'est-à-dire de chef des services secrets.

Sa présence mettait Gem mal à l'aise.

— Auriez-vous des informations à me communiquer, Hénat ?

— Pas la moindre.

— Le service des interprètes ne dépend-il pas directement de vous ?

— En effet.

— La cause de ce massacre serait-elle... un secret d'État ?

— Je l'ignore.

— Puis-je compter sur votre pleine et entière collaboration ?

— Dans la limite des devoirs que m'impose Sa Majesté, bien entendu.

— Votre présence ici m'intrigue.

— Vous l'avez dit vous-même : le service des interprètes est placé sous mon autorité.

Le médecin-chef Horkheb estima nécessaire de s'éclipser.

— Puisque vous n'avez plus besoin de moi, je retourne au palais. Sa Majesté souffre d'une sérieuse migraine.

— Soignez-La au mieux, recommanda Oudja.

Le gouverneur de Saïs, le chef des services secrets et le juge contemplèrent le cadavre du chef des interprètes.

— Un homme remarquable, aux compétences exceptionnelles, indiqua Oudja. Le remplacer sera difficile.

— C'est bien vous qui l'avez nommé à ce poste ? demanda Gem à Hénat.

— Exact.

— Vous étiez en contact permanent avec lui, je suppose ?

— Il m'adressait un rapport mensuel.

— Vous avait-il signalé quelque chose d'anormal, ces derniers temps ?

Hénat réfléchit.

— Rien d'alarmant.

— Ce bureau ne traitait-il pas des affaires sensibles ?
— Le courrier diplomatique était soumis à Sa Majesté. Il ordonnait les modifications nécessaires, les interprètes s'exécutaient.
— En toute sincérité, Hénat, envisagez-vous, même à titre d'hypothèse, une raison à ce massacre ?
— Aucune.

Un morceau de papyrus attira le regard du juge.
— *Déchiffre le document codé et...* Qu'est-ce que ça signifie ?
— Un ordre banal du chef de service. Chaque mois, ce Bureau examine et décode des dizaines de messages cryptés. Ils proviennent de nos ambassades ou de nos agents en poste à l'étranger.
— Malheureusement, déplora Gem, le défunt n'a pas eu le temps de préciser ses directives et le nom du destinataire. Ces derniers mots ne nous servent à rien. Bien entendu, vous disposez d'une liste des scribes appartenant à ce service ?
— La voici, murmura Hénat en donnant le document au juge.

Il compta les fonctionnaires : dix-huit.
— Nous n'avons trouvé que seize cadavres ! J'exige une fouille approfondie des locaux.

Les investigations des policiers furent vaines.

Deux hommes avaient été épargnés.
— Se seraient-ils enfuis ? avança Oudja.
— Je n'y crois guère, rétorqua Gem. Puisqu'ils n'ont pas bu le lait empoisonné, ils sont plutôt suspects.
— Supposons qu'ils n'apprécient pas cette boisson ou que, pour une autre raison, ils ne l'aient pas consommée. Quand ils ont vu arriver le ou les agresseurs, ils ont pris peur.
— Pourquoi parler d'agresseurs ?

— Les archives ont été dévastées, voire pillées ! On a d'abord empoisonné le personnel, puis volé des documents. Mais lesquels ?

— Des espions étrangers ?

— Impossible, jugea Hénat. D'abord, nous les connaissons tous ; ensuite, aucun n'oserait accomplir un tel forfait.

— Cas de force majeure !

— Je ne vois pas lequel, juge Gem. L'Égypte vit en paix, et tout crime prémédité est puni de la peine de mort. À mon sens, seul un fou furieux a pu commettre un acte aussi barbare.

— Et s'il s'agissait du laitier ? proposa Oudja.

— Quoi qu'il en soit, c'est la première piste à suivre, reconnut Gem. La police commence immédiatement une enquête de voisinage afin de découvrir son nom et son adresse.

— Il suffit peut-être de consulter la comptabilité, si elle n'a pas été détruite, suggéra Hénat.

— Je m'en occupe. Seconde piste : les deux manquants. Comment les identifier ?

— Outre le chef de service, demanda Oudja à Hénat, connais-tu certains scribes ?

— Six d'entre eux.

À l'énoncé de leurs noms, Gem les raya de la liste, ainsi que celui de la femme.

— Interrogez les gardes qui ont eu la chance d'être de repos aujourd'hui, recommanda le chef des services secrets. Ils identifieront forcément les victimes, et nous obtiendrons l'identité des deux absents.

4

Après avoir couru jusqu'à perdre haleine, Kel reprit son souffle.

Des hommes faisaient la queue pour se faire raser par un coiffeur ambulant, des paysans conduisaient leurs ânes chargés de paniers à légumes vers le marché, des femmes discutaient sur le seuil de leur demeure, un vieillard mangeait du pain frais à l'abri du soleil… La vie continuait, comme si un drame atroce n'avait pas eu lieu.

Kel ne pouvait effacer la vision des cadavres.

Préméditer et accomplir un tel massacre impliquait une parfaite organisation. À l'évidence, il ne s'agissait pas de l'acte d'un dément, et plusieurs personnes devaient être impliquées. Le jeune scribe était incapable de mener une enquête, et il se rendrait à la police en compagnie de Démos qui en savait peut-être davantage.

Son ami grec se trouvait forcément chez lui, malade ou incapable de se déplacer. À moins qu'il n'ait vu les agresseurs ! En ce cas, il se cachait.

Impatient de dissiper cette incertitude-là, Kel pressa le pas jusqu'au domicile de Démos, une petite maison blanche au cœur d'un quartier populaire. Venant de bénéficier d'une augmentation, le Grec comptait déménager bientôt. Estimé de son patron et de ses collègues expérimentés, il occupait déjà un poste important et ne tarderait pas à diriger une partie du service des interprètes. Grand amateur de littérature ancienne, il appréciait les charmes de Saïs, notamment la qualité des vins. Parfois, il manquait de modération et se laissait surprendre par l'ivresse. Si le chef l'avait appris, il l'aurait expulsé sur-le-champ.

Kel traversa la petite cour intérieure. À gauche, la cuisine, en partie à ciel ouvert. Mangeant le plus souvent à la taverne, Démos s'en servait peu. L'endroit était d'une parfaite propreté. À droite, l'entrée du logis.

Le jeune scribe frappa.

Pas de réponse.

Il recommença.

— C'est moi, Kel. Tu peux ouvrir.

Une longue minute s'écoula.

Kel poussa la porte. Le verrou de bois n'avait pas été enclenché.

Soudain, il redouta le pire. Et si les tueurs avaient poursuivi Démos jusqu'ici ?

La petite salle de séjour était vide. Pas de désordre. Seulement un silence pesant.

Le jeune homme pénétra dans la chambre. Un lit fait, un coffre à linge, des vêtements pliés sur une table basse, deux lampes à huile, un papyrus relatant *Les Aventures de Sinouhé*. Démos aimait lire avant de s'endormir.

Kel ouvrit le coffre, regarda sous le lit.

Rien.

Restait à explorer la cave où le Grec entreposait des jarres de vin millésimé.

Intactes, elles semblaient attendre son retour.

Dépité, Kel inspecta de nouveau le logement, avec

l'espoir de découvrir un indice qui lui permettrait de retrouver Démos.

Peine perdue.

Alors qu'il sortait, un homme épais lui barra le passage.

Kel sursauta, tentant de s'enfermer. Mais une main vigoureuse lui bloqua le poignet.

— Que fais-tu là, mon gars ?
— Je... je rendais visite à mon ami Démos.
— Tu ne serais pas plutôt un voleur ?
— Je vous jure que non !
— Si Démos est ton ami, tu dois connaître son métier ?
— Scribe, comme moi !
— Scribe, scribe, c'est vague, ça ! Il y en a des milliers. Sois plus précis.
— Impossible.
— Pourquoi ?
— Nous sommes tenus au secret.

L'homme fit la moue.

— Passe devant, on va vérifier si tout est en ordre et si tu n'as rien volé.

Kel hésita. Le costaud n'allait-il pas le supprimer, à l'abri des regards indiscrets ?

Il le poussa violemment à l'intérieur.

— Tu ne sais pas te battre, on dirait ! Un vrai scribe qui ne vit qu'avec sa tête en oubliant ses poings.
— Ta violence ne mène qu'à l'injustice.
— Moi, les grands discours...

L'œil suspicieux, l'homme scruta les deux pièces.

— Il ne manque rien. Maintenant, je vais te fouiller.

Kel exhiba sa palette de scribe et le papyrus codé.

C'était l'instant de vérité.

Si le costaud appartenait au clan des agresseurs, il tuerait sa proie afin de récupérer le document.

— Garde ton trésor, le scribe. Moi, je ne sais lire que quelques mots et je n'écris jamais.

— Qui êtes-vous ?

— Le blanchisseur du pâté de maisons. En Égypte, les femmes ne se livrent pas à ce travail pénible. Ce n'est pas toujours agréable, mais j'ai bonne réputation et je gagne bien ma vie. Démos me confiait son linge. Un type exigeant et bon payeur. Dommage de perdre un client comme celui-là !

— Le perdre... Pourquoi dites-vous ça ?

— Parce qu'il est parti, hier soir.

— Hier soir... Savez-vous où il est allé ?

— J'ai ma petite idée.

— Parlez, je vous en prie !

— La semaine dernière, quand je lui ai livré son linge, il m'a offert une coupe de vin. Drôle de goût, trop doucereux. « Il provient de Naukratis, m'a-t-il dit, et je l'apprécie beaucoup. » Peut-être Démos a-t-il rendu visite à des amis, là-bas, afin d'y vider quelques jarres. Naukratis, c'est la ville des Grecs.

5

Pendant que les policiers recherchaient les documents comptables dans la masse d'archives éparpillées, le chef des gardes, absent le matin du meurtre, examinait les cadavres.

Le cœur au bord des lèvres, il contenait mal son émotion.

— Je les connaissais tous... Qui a pu commettre une telle horreur ?

— Maîtrisez-vous, recommanda le juge. Il manque deux scribes, je veux leurs noms.

— Deux rescapés... Oui, Démos et Kel.

— Parlez-moi d'eux.

— Démos est un Grec âgé de vingt-cinq ans. Très apprécié, il travaille ici depuis trois ans, sous la direction du spécialiste de la diplomatie. Poli, aimable, élégant, il ne tardera pas à grimper dans la hiérarchie.

— Marié ?

— Non, célibataire.

— Des éléments sur sa vie privée ?

— Rien de mon côté. Le chef du service possédait peut-être un dossier.

Gem se tourna vers Hénat.

— Était-ce la coutume ?

— Bien entendu.
— Vous en remettait-il un double ?
— Le règlement l'exige.
— Je désire le consulter.
— Il faudrait une dérogation du palais.
— Accordée, trancha Oudja.
Le chef des services secrets interpella son assistant.
— Remettez au juge la totalité des dossiers concernant les interprètes.
Gem fut étonné.
— Aviez-vous prévu ma demande ?
— Quand le gouverneur de Saïs a exigé ma présence en raison de plusieurs meurtres au Bureau des Interprètes, j'ai aussitôt pensé que l'enquêteur exigerait ces documents.
Le juge consulta le dossier de Démos.
Le portrait du fonctionnaire modèle.
— Et l'autre, ce Kel ? demanda-t-il au chef des gardes.
— Un jeune homme brillant, voire surdoué, la dernière recrue du service. Ses capacités exceptionnelles suscitaient des jalousies, mais il montrait tellement d'ardeur au travail que les envieux se contentaient de murmurer. Et Démos l'encourageait à continuer ainsi, sans tenir compte des remarques fielleuses de certains collègues.
— Démos et Kel étaient donc amis ?
— Ils bavardaient volontiers ensemble.
— Des complices, marmonna le juge en parcourant le dossier de Kel. Dix-neuf ans, un fils de paysan remarqué par un notable, une bourse d'études à Saïs, l'école des scribes, des résultats remarquables, des progrès d'une rapidité extraordinaire, le don des langues, une intégration immédiate au service, de la rigueur, du courage et le sens du devoir. Et bientôt, selon les annota-

tions de son chef, une promotion. Bref, un futur scribe royal digne de participer au gouvernement de l'Égypte.

— Avez-vous entendu parler de ce Kel ? demanda-t-il à Hénat.

— Non.

— Pourtant, le chef du service ne tarit pas d'éloges à son sujet !

— Il se trompait rarement, tout en se montrant d'une extrême prudence. Sans doute attendait-il la confirmation de ses intuitions avant de me signaler le cas de ce garçon.

Troublé, le juge ne disposait pas de la description de deux criminels capables de commettre une pareille tuerie ! Néanmoins, ils demeuraient suspects.

Les dossiers mentionnant leur adresse, il ordonna aux policiers de s'y rendre immédiatement.

— Peut-être sont-ils alités, avança Oudja.

— En ce cas, ils seront interpellés avec ménagement.

— Et s'ils tentent de s'enfuir ? intervint Hénat.

— L'interpellation se fera sans ménagement !

— Juge Gem, il nous faut ces hommes vivants ! À supposer qu'ils soient mêlés de près ou de loin à ces meurtres, leur témoignage sera précieux.

— Pour qui me prenez-vous ? Nous ne sommes pas dans un pays de barbares et je respecte la loi de Maât !

— Nul n'en doute.

Gem jeta un regard furibond au chef des services secrets dont les agissements restaient parfois obscurs.

— Voici les documents comptables, avança un policier, heureux de sa trouvaille.

Toutes les dépenses étaient soigneusement notées, depuis l'achat de papyrus de diverses qualités jusqu'aux jarres de lait quotidiennes.

— Nous avons le nom du laitier, constata le juge : Le Buté.

— Je le connais, dit le policier. Il mérite bien ce nom-là, mais fournit d'excellents produits au meilleur prix. Son étable se trouve à proximité du temple de la déesse Neit.

— Ramenez-moi ce gaillard au plus vite, ordonna Gem.

6

Désemparé, Kel perdait pied. Même Thot, le patron des scribes, ne pourrait dissiper les ténèbres dans lesquelles il s'enfonçait. Et voilà qu'il osait soupçonner son collègue Démos, son meilleur ami !

Son meilleur ami… Non, il s'agissait de son camarade d'enfance, le comédien Bébon qui parcourait l'Égypte en racontant des légendes. Villageois et citadins appréciaient son talent de conteur, et Bébon, lors de la représentation de certains mystères, accessibles aux profanes, portait le masque d'Horus, de Seth, ou d'autres puissances divines.

Grand séducteur, il ne comptait pas ses conquêtes et jouissait de la vie avec un bel appétit. Toujours prêt à risquer ses gains au jeu, donc à se ruiner, il ne perdait jamais sa bonne humeur et son dynamisme.

Bébon saurait le conseiller… à condition qu'il se trouvât à Saïs !

Ne possédant pas de maison afin d'éviter des ennuis ménagers, le comédien logeait chez sa dernière maîtresse en date en prenant soin de lui préciser que, contrairement à la coutume, le fait de résider quelque temps ensemble sous le même toit n'équivalait pas à un mariage. Toute Égyptienne finissant par le réclamer,

Bébon était contraint de s'enfuir et de trouver un abri et un lit moins exigeants.

Dernier domicile connu : celui d'une chanteuse qui officiait au temple de Neit. Héritière d'une coquette fortune, elle goûtait l'humour et les ardeurs de son nouveau compagnon. Vaste et confortable, sa villa était entourée d'un jardin où les amants aimaient à se prélasser.

Kel se présenta au gardien.

— Je désire voir Bébon.

— Votre nom ?

Kel hésita.

— Le Nageur. Dites-lui que c'est urgent.

— Je vais voir s'il est disponible.

Enfants, Bébon et Kel se livraient à d'intenses compétitions de natation. Et Kel gagnait souvent, d'où son surnom.

Le scribe attendit un long moment.

Enfin apparut un Bébon échevelé, visiblement énervé.

— C'est bien toi ! J'étais fort occupé et...

— J'ai besoin de te parler. Une affaire grave, très grave.

— Holà, tu as l'air sérieux ! Eh bien, entre.

— Non, je préfère marcher.

— D'accord, allons-y. De toute manière, j'avais prévu de quitter cette villa aujourd'hui même. Sa propriétaire devient trop envahissante.

— Tes affaires...

— Je les ai déjà transportées chez ma nouvelle amie, à l'autre bout de la ville. Un petit mois de repos, et je repars pour le Sud. Alors, cette affaire très grave ?

— Tous les membres du service des interprètes ont été assassinés.

Bébon s'immobilisa.

— Pardon ?

— Empoisonnés avec du lait. Si je n'étais pas arrivé en retard, je serais mort.

— Dans le domaine de la plaisanterie, Kel, tu n'as aucun talent.

— C'est la vérité. De plus, les locaux ont été fouillés de fond en comble. Les assassins recherchent un document, et j'ignore s'ils l'ont trouvé. Moi, j'ai récupéré un papyrus codé que le chef de service m'avait confié.

— Serait-ce le trésor tant convoité, au prix de plusieurs assassinats ?

— Je l'ignore. Quand les assassins sont revenus, j'ai réussi à m'enfuir.

— Pourquoi ne t'es-tu pas rendu à la police ?

— Parce que mon collègue, le Grec Démos, ne figurait pas au nombre des victimes. Persuadé qu'il était souffrant, je souhaitais m'entretenir avec lui. Mais il a disparu.

— La tête me tourne ! s'exclama Bébon.

— Le papyrus codé est-il bien la cause de ce massacre, Démos victime ou complice ?... Je suis perdu.

Les deux amis parcoururent une artère animée, proche d'un marché.

— Un détail m'intrigue, déclara Bébon. Toi, en retard ! Pour quelle raison ?

— À ma grande surprise, j'avais été convié à un banquet où figuraient des notables. Je me sentais gêné, car rien ne justifiait ma présence. De retour chez moi, j'ai été pris de vertiges et j'ai dû m'allonger. Mon sommeil fut peuplé de cauchemars et je me suis réveillé en sursaut, au milieu de la matinée.

— Tu avais beaucoup bu ?

— Raisonnablement.

— Pas de goût étrange dans la bouche ?

— Un peu... À quoi penses-tu ?
— À une sorte de somnifère.
— Me droguer, moi ? C'est insensé !
— Ces notables... qui étaient-ils ?
— Je l'ignore.
— Un autre convive pourrait-il t'aider à les identifier ?

L'admirable visage de Nitis apparut à Kel.

— Peut-être... Non, impossible.
— Son nom ?
— Nitis, une prêtresse de Neit, mais...
— Grâce à mes relations, je la retrouverai facilement. On t'a sans doute forcé à dormir trop longtemps, Kel. Reste à savoir pourquoi. Tu vas t'installer chez ma nouvelle amie, absente jusqu'à la nouvelle lune. Moi, je contacte Nédi, l'un des seuls policiers de Saïs parfaitement honnête. Il me dira à qui tu dois adresser ton témoignage afin de n'avoir aucun ennui et d'être rapidement débarrassé de cette horrible affaire. Maintenant, repose-toi.

7

Le pharaon Amasis régnait depuis quarante et un ans [1]. La soixantaine largement dépassée, il ne ressemblait plus au fier et redoutable général qui, porté par l'enthousiasme de ses hommes, s'était emparé du trône d'Égypte au détriment d'Apriès, allié du prince libyen de Cyrène et en lutte contre les Grecs.

Né à Siouph, dans la province de Saïs, le général jouissait d'une immense popularité. Chaque jour, il songeait à ce moment incroyable où l'armée, mutinée contre Apriès, avait décidé de le choisir comme nouveau pharaon en le coiffant d'un casque pieusement conservé au palais.

Fallait-il accepter et déclencher une guerre civile ? Au moins, personne ne pourrait reprocher à Amasis d'avoir maltraité son malheureux rival. Vaincu et tué près de Memphis, Apriès avait eu droit à des funérailles royales.

De ce pénible conflit étaient nées la paix et la pros-

---

1. Il avait pris le pouvoir en 570 av. J.-C. Ses deux noms principaux étaient *Iâh-mes-sa-Nt*, « Né de la lune, fils de Neit », et *Khenem-ib-Râ*, « Celui qui s'unit au cœur de Râ ». Le roi incarnait donc les deux luminaires et disposait de la puissance conjointe du jour et de la nuit.

périté. Pourtant, usurpateur venu du peuple, Amasis avait longtemps subi le mépris des classes dirigeantes. Comment les soumettre, sinon en les ridiculisant? Le roi en riait encore, songeant à la statue divine en or devant laquelle les passants s'inclinaient. Réjoui, il révéla son origine : les débris d'un bassin destiné à se laver les pieds! «Moi, avait-il déclaré, j'ai été transformé de la même manière que cet objet. D'abord homme de peu, je suis devenu votre roi. Donc, respectez-moi!»

Respecté, voire vénéré, Amasis régnait à présent sans partage sur un pays puissant comptant trois millions d'habitants[1]. Prêtres, scribes, artisans, paysans et soldats ne se souciaient plus des origines de leur souverain et de son coup d'État.

Quelques hauts fonctionnaires n'appréciaient guère sa manière de gouverner mais, à son âge, il n'en changerait pas. Tôt le matin, à l'heure où les marchés s'animaient, il examinait rapidement les dossiers, prenait les décisions nécessaires et rejoignait ensuite ses invités autour d'un succulent repas bien arrosé. Oubliant les soucis du pouvoir, Amasis prenait un maximum de bon temps. À ceux qui qualifiaient sa conduite d'inconvenante et lui reprochaient sa légèreté, il répondait : «Quand on utilise un arc, on le tend; après usage, il faut le détendre. Perpétuellement tendu, il se briserait. De même, si un roi travaillait sans cesse, il deviendrait stupide. C'est pourquoi je partage mon temps entre l'État et les plaisirs.»

Et cette méthode produisait d'excellents résultats. Les Égyptiens ne manquaient de rien et, grâce à la politique internationale de leur souverain, bénéficiaient

---

1. Certains spécialistes vont jusqu'à sept millions.

d'une paix durable. Afin d'éviter une nouvelle invasion[1], Amasis s'appuyait sur de solides alliances avec les Grecs et ne manquait pas une occasion de leur manifester sa sollicitude. Ainsi, lors de l'incendie du temple de Delphes[2], le pharaon avait été le premier à offrir une aide substantielle pour la reconstitution du sanctuaire. Rhodes, Samos, Sparte et d'autres cités appréciaient les largesses du maître de l'Égypte dont l'armée se composait essentiellement de mercenaires grecs, bien logés et bien payés. Et le pharaon avait épousé une princesse de la famille royale de Cyrène, inspiratrice d'un remarquable projet : le développement de la cité côtière de Naukratis où se concentreraient les activités commerciales avec la Grèce.

Alors que le roi s'apprêtait à goûter une paisible promenade en barque sur un canal proche de sa résidence, le chef des services secrets, Hénat, sollicita une entrevue urgente. Amasis détestait ce genre de contretemps.

— Qu'y a-t-il encore ?
— Deux nouvelles importantes, Majesté.
— Bonnes ou mauvaises ?
— Disons… inquiétantes.

La promenade était gâtée. Fatigué à l'idée de devoir résoudre rapidement des problèmes ardus, Amasis s'assit lourdement dans un fauteuil pourvu d'accoudoirs.

— Cyrus, l'empereur de Perse[3], est mort, déclara gravement Hénat. Son fils Cambyse lui succède.

Le pharaon fut choqué.

Après avoir écrasé Crésus, allié des Égyptiens, Cyrus

---

1. En 661 av. J.-C., les Assyriens avaient atteint Thèbes, détruit des monuments et perpétré des massacres.
2. En 548 av. J.-C.
3. L'ancien Iran.

avait fondé un immense empire dont les limites étaient l'Indus, la mer Caspienne, la mer Noire, la Méditerranée, la mer Rouge et le golfe Persique. Il développait sans cesse sa flotte de guerre, son infanterie et sa cavalerie, mais n'osait pas s'attaquer à l'Égypte, puissamment armée. Comme le prévoyait Amasis, Cyrus s'était contenté de son vaste territoire et avait mis fin au temps des conquêtes.

— Que sait-on de Cambyse ?

— Il a gouverné la Babylonie d'une poigne de fer et promis de suivre les traces de son père.

— Alors nous sommes tranquilles !

— Il s'agit peut-être d'un discours de façade, Majesté.

— Cambyse a-t-il maintenu notre grand ami Crésus à la tête de la diplomatie perse ?

— En effet.

— Donc, le nouvel empereur veut la paix !

La destinée du roi de Lydie, Crésus, était singulière. Auteur d'une réforme monétaire qui l'avait enrichi, il se montrait un généreux protecteur des temples, des philosophes et des artistes, et croyait, jusqu'à l'attaque perse, connaître à jamais l'existence paisible d'un despote fortuné.

Babylone, pourtant engagée par un traité d'alliance, ne bougea pas. Et les troupes égyptiennes arrivèrent trop tard. À la surprise générale, Cyrus épargna le riche Crésus et lui accorda même un petit territoire. Mieux encore, il en fit le chef de la diplomatie ! Devenu le fidèle serviteur de son vainqueur, Crésus ne tarissait pas d'éloges sur la grandeur de la Perse et garantissait à l'Égypte une éternelle coexistence pacifique.

— Dois-je vous rappeler, Majesté, que Crésus a épousé Mitétis, la fille d'Apriès, le pharaon auquel vous avez succédé ?

— Événements lointains et oubliés !

— Le jeune Cambyse ne se montrera-t-il pas ambitieux et conquérant ?

— Crésus le calmera. Il connaît mon réseau d'alliances et sait que les Grecs défendraient toujours l'Égypte contre la Perse. Nous attaquer serait suicidaire.

— Majesté, je tiens néanmoins à souligner le danger et…

— Affaire classée, Hénat. Et la seconde nouvelle ?

— Un horrible massacre vient d'être commis.

Le roi se crispa.

— Une insurrection ?

— Non, l'assassinat de tous les membres du Bureau des Interprètes. Enfin, presque tous. Deux d'entre eux ont été épargnés. Nous les recherchons activement.

— Le chef du service fait-il partie des victimes ?

— Malheureusement oui.

Amasis parut accablé.

— Je l'appréciais beaucoup. C'était un incorruptible, capable de sélectionner les meilleurs scribes et de fournir un travail impeccable. Nous perdons un homme précieux, très précieux. Qui a commis ces crimes et pourquoi ?

— Le juge Gem s'occupe personnellement de l'enquête.

Amasis devint bougon.

— Je l'ai nommé à la tête de la magistrature en raison de son intégrité, mais il est âgé et lent d'esprit. Une affaire de cette importance ne dépasse-t-elle pas ses capacités ?

— À vous de décider, Majesté.

— Ne joue pas les flatteurs, Hénat ! Ton avis ?

— Jamais nous n'avons été confrontés à une tragédie d'une telle ampleur. S'agit-il de l'acte d'un fou, d'une vengeance ou d'une atteinte à la sécurité de l'État ? Je n'en sais rien encore. Le juge Gem poursuivra ses investigations à sa manière, moi à la mienne. Tâchons de tout mettre en œuvre pour découvrir la vérité.

8

Contrarié, Amasis vida deux coupes de vin liquoreux avant de se rendre chez la reine, une femme superbe, plus jeune que lui. Naguère Ladiké de Cyrène, elle avait pris le nom de Tanit[1], rappelant son origine étrangère. D'un caractère aimable, élégante et racée, elle pardonnait à son mari ses infidélités passagères et organisait les réjouissances de la cour avec un talent inégalable.

— Cyrus est mort, annonça le roi.
— Un tyran de moins ! Son successeur ?
— Cambyse, son fils.
— Mauvaise nouvelle.
— Pourquoi ce pessimisme, Tanit ?
— Jeunesse, ambition, esprit guerrier… Ne songera-t-il pas à nous envahir ?
— Il connaît notre puissance militaire et n'osera pas nous attaquer.
— Êtes-vous sûr de notre système de défense ?
— Phanès d'Halicarnasse est un excellent général, et je m'y connais ! Quant à notre flotte, elle est supérieure

---

1. *Ta-net-Kheti*, « Celle des Hittites », disparus depuis longtemps.

à celle des Perses et les empêcherait d'atteindre nos côtes.

— Et la voie terrestre ?

— Nos meilleures troupes, formées de mercenaires grecs expérimentés, en interdisent l'accès. Rassurez-vous, pas un seul Perse ne pénétrera dans le Delta ! Et nos alliances avec les royaumes et les principautés grecs sont plus solides que jamais. L'Égypte ne risque rien, et Cambyse se contentera d'administrer son vaste empire. Les conflits internes requerront tout son temps. Et nous avons notre cher Crésus ! Il ne cesse de plaider notre cause et de conseiller à l'empereur une politique de modération, semblable à la mienne. La guerre est ruineuse, la paix profite à tous. N'ai-je pas rendu ce pays prospère et heureux ?

— Chacun vous en est reconnaissant, Amasis, et personne ne désire perdre ce bonheur-là. Puisque vous ne redoutez pas les Perses, pourquoi semblez-vous soucieux ?

— On a assassiné les scribes du service des interprètes.

Tanit crut avoir mal compris.

— Des meurtres, ici, à Saïs ?

— Un véritable massacre. Le vieux Gem s'occupe de l'enquête.

— Sera-t-il à la hauteur ?

— Hénat se montrera sans doute plus efficace. Je redoute une affaire d'espionnage. Éliminer nos meilleurs interprètes désorganise en partie notre activité diplomatique. Nombre de documents délicats passaient entre les mains du chef de service, un serviteur compétent et dévoué. Je dois trouver un nouveau responsable, et cette démarche me fatigue.

— Remettez-la à demain, et goûtons aujourd'hui les

charmes de la campagne. Nous déjeunerons ensemble sous une pergola, loin de l'agitation du palais.

Amasis embrassa son épouse.

— Vous seule me comprenez.

Guilleret, le roi se rendit à la cave où il choisit lui-même quelques grands crus. Cette escapade lui permettrait d'oublier ses soucis.

— Ton nom ? demanda le juge Gem.
— Le Buté.
— Profession ?
— Laitier.
— Situation de famille ?
— Divorcé, deux fils et une fille.
— C'est bien toi qui livres le lait au Bureau des Interprètes ?
— À l'aube de chaque jour travaillé. Puisque c'est mon client le plus prestigieux, je me déplace en personne. Avec Le Buté, vous avez l'assurance des meilleurs produits laitiers au meilleur prix.
— Ce matin, tu as livré ton lait comme d'habitude ?
— Eh oui ! Avec Le Buté, ni retard ni incident. Mes concurrents ne peuvent pas en dire autant.
— Donc, rien d'anormal ?
— Non, rien... Mais pourquoi toutes ces questions ? Quelqu'un se serait-il plaint de mes services ? En ce cas, je veux le voir tout de suite et on va s'expliquer !
— Calme-toi, exigea le juge. À qui remettais-tu les jarres de lait ?
— Toujours au même scribe, depuis son arrivée dans le service. Un jeune homme bien poli, chargé de servir ses collègues. Et, d'après lui, ils l'appréciaient, mon

lait ! C'est le meilleur de Saïs. Sauf votre respect, vous devriez en boire et constater que je ne mens pas.

— Connais-tu le nom de ce jeune scribe ?

Le Buté parut gêné.

— Ben... je ne devrais pas. Mais un garde me l'a dit : il s'appelle Kel. Un surdoué, paraît-il.

— Et c'est à lui, ce matin, que tu as confié tes jarres ?

— Ben oui, comme d'habitude !

Gem appela un dessinateur et ordonna au Buté de décrire l'assassin.

Une demi-heure plus tard, le juge disposait d'un portrait ressemblant.

9

Il y avait tellement d'agitation au poste de police que Bébon dut attendre longtemps avant de voir son ami Nédi.

Trapu, rugueux, l'air triste, le lieutenant de police était pointilleux et honnête. Homme de dossiers, il manquait de diplomatie et ne plaisait guère à sa hiérarchie, néanmoins obligée de reconnaître ses compétences.

Bébon l'amusait. Et, à l'occasion, puisque le comédien voyageait souvent, Nédi lui confiait de petites missions de renseignements. Un policier n'était jamais assez informé.

Enfin, le lieutenant sortit de son bureau.

— Allons boire une bière, dit-il à Bébon.

Au soleil couchant, ils s'assirent à l'extérieur d'une taverne.

— Aurais-tu des ennuis ?
— Moi, non. Un ami, oui.
— Se serait-il rendu coupable d'un forfait ?
— Justement pas !
— Alors, que redoute-t-il ?
— Rien, assura Bébon, mais il doit témoigner.

— Qu'il se rende au poste de police le plus proche de son domicile, et l'on enregistrera sa déposition.

— Mon ami n'est pas n'importe qui, et l'affaire à laquelle il est involontairement mêlé risque de faire du bruit, beaucoup de bruit. C'est pourquoi il doit rencontrer un policier de haut rang, parfaitement intègre.

— Tu m'intrigues ! reconnut le lieutenant. De quelle affaire s'agit-il ?

— De l'assassinat des interprètes.

Nédi faillit s'étrangler.

— Comment es-tu au courant ?

— Mon ami a échappé au massacre.

— Son nom ?

— Kel, un garçon exceptionnel.

— Exceptionnel... et accusé de meurtres.

Bébon blêmit.

— Il doit y avoir une erreur... Je te répète qu'il a échappé de peu au massacre !

— D'après le juge Gem, la plus haute autorité judiciaire du pays, ton ami est un assassin monstrueux.

— Aberrant !

— Où se trouve Kel ?

— Justement, affirma Bébon, je l'ignore. Il vient de disparaître et je suis très inquiet. Le véritable assassin s'en prendra forcément à lui !

— Ne t'engage pas sur un mauvais chemin. Tous les policiers ont pour ordre d'arrêter une bête fauve. Qui lui prêterait main-forte serait accusé de complicité de meurtre.

Le comédien baissa la tête.

— Kel m'a menti... Comme j'ai été naïf !

— Ta bonne étoile te permet d'éviter le pire. Où résides-tu, en ce moment ?

— Dans un beau quartier, chez une chanteuse de Neit.

— Ne quitte pas Saïs, ton témoignage sera peut-être nécessaire.

L'appartement de la nouvelle maîtresse de Bébon était agréable. Occupant le deuxième étage d'une maison récente, il bénéficiait d'une terrasse équipée de parasols et de nattes. Les nerfs à vif, Kel assista au coucher du soleil, un spectacle magique dont la magnificence lui fit oublier quelques instants la tragédie.

Pourquoi son univers si tranquille, porteur d'un avenir bien tracé, basculait-il ainsi ? Heureusement, l'amitié de Bébon l'extirpait de ce cauchemar. Dès le lendemain, il comparaîtrait devant un juge et serait lavé de tout soupçon.

Rassuré, il s'assoupit.

Le bruit d'une porte claquée le réveilla en sursaut.

— C'est moi, Bébon !

Kel dévala le petit escalier menant de la terrasse à l'appartement.

— As-tu contacté ton ami ?

— Tu es accusé de crimes, révéla le comédien.

Kel se figea.

— Te moques-tu de moi ?

— Hélas, non ! Le juge Gem possède des preuves irréfutables.

Le scribe prit son ami par les épaules.

— C'est faux ! Je suis innocent, je le jure !

— Je n'en doute pas, mais tel n'est pas l'avis des autorités.

Kel vacilla.

— Que m'arrive-t-il...

— Surtout, ne perdons pas pied !

— Je vais me constituer prisonnier et m'expliquer. Mon innocence sera reconnue.

— Ne te leurre pas, recommanda Bébon.

— N'aurais-tu pas confiance en la justice ?

— L'affaire est si grave qu'il faut un coupable très rapidement. Et tu risques d'être broyé.

— Je suis innocent ! réaffirma Kel.

— Ta parole ne suffira pas.

— Alors, que faire ?

— Retrouver le véritable assassin.

Surmontant son émotion, le scribe tenta de réfléchir.

— Le laitier ! Ou bien il a empoisonné les jarres, ou bien il est complice.

— Connais-tu son adresse ?

— Son étable se trouve près du temple de Neit.

— Ce bonhomme doit parler, décida Bébon.

10

Grâce au travail précis du dessinateur, le juge Gem disposait à présent d'une trentaine de portraits du scribe Kel qui seraient bientôt distribués aux postes de police de Saïs.

Débordé, comme d'habitude, par les mille et un devoirs que lui imposaient ses multiples fonctions, le gouverneur de la ville, Oudja, interrompit sa longue liste de rendez-vous pour recevoir le magistrat.

Lors de chaque entrevue, la stature et la largeur d'épaules d'Oudja impressionnaient le juge. Le dignitaire disposait d'une rare énergie, et son autorité ne se discutait pas. L'âge n'avait aucune prise sur lui et, bien qu'il eût connu le roi Apriès, le prédécesseur d'Amasis, le gouverneur de la capitale et chancelier royal semblait jouir d'une inaltérable jeunesse.

— De bonnes nouvelles, juge Gem ?

— Excellentes ! Nous connaissons l'identité de l'assassin. Il s'agit du jeune scribe Kel. Malheureusement, il ne se trouvait pas à son domicile. La police le recherche activement.

— Possédez-vous une preuve irréfutable ?

— Le témoignage du laitier Le Buté, dûment enregistré devant deux témoins, est déterminant. Hier matin, il a remis ses jarres à Kel. Selon la coutume, il a lui-même offert le lait à son patron et à ses collègues de bureau. Auparavant, il l'avait empoisonné.

Oudja parut à demi convaincu.

— Reconstitution plausible... Mais pourquoi a-t-il commis un acte aussi horrible ?

— Sans doute une crise de folie meurtrière. Et s'il existe un autre motif, il nous l'avouera pendant son interrogatoire.

— Agissez aussi discrètement que possible, recommanda le gouverneur. Nous ne pouvons encore exclure l'hypothèse d'un complot visant à détruire le service des interprètes. En ce cas, Kel en serait le bras armé.

— Ce massacre porterait-il un coup sévère à l'État ? s'inquiéta Gem.

— Terme excessif, mais nous devons rebâtir au plus vite le service avec des professionnels sûrs et compétents, et la tâche ne s'annonce pas facile.

— Même s'il s'agit d'une affaire d'espionnage, j'ai découvert le coupable, je le ferai arrêter et juger selon la procédure légale. Autrement dit, que le chef des services secrets ne me mette pas de bâtons dans les roues !

— Et le second suspect ? s'inquiéta Oudja.

— Démos a également quitté son domicile. L'interrogatoire des habitants du quartier n'a rien donné. Là encore, la situation me paraît claire : Kel et Démos étaient amis, donc complices, et le Grec a aidé l'Égyptien d'une manière ou d'une autre. Peut-être se sont-ils enfuis ensemble. Grâce au portrait de Kel, nous ne tarderons pas à le retrouver.

— Et si vous établissiez également un portrait de Démos ?

— Bonne idée. La complicité de meurtre est sévèrement punie, et ce Grec avouera forcément la vérité afin d'éviter le châtiment suprême.

Kel connaissait bien Le Buté. Chaque matin, peu après l'aube, il lui apportait les jarres de lait tant appréciées des interprètes. Leur nombre était noté et, tous les dix jours, le comptable payait le laitier.

L'artisan et le scribe échangeaient volontiers quelques mots. Ex-mercenaire, Le Buté avait profité du pécule accumulé pour acheter une belle étable proche des principales administrations et s'était lancé, avec succès, à la conquête d'un marché rentable. Certes, il se plaignait des difficultés quotidiennes et regrettait ses médiocres bénéfices, mais son excellente réputation et la qualité de ses produits lui garantissaient un nombre appréciable d'acheteurs. La lourdeur des impôts l'incitait parfois à changer de métier. Néanmoins, il comptait développer son entreprise.

Ce lait, Kel, dernière recrue du service, l'apportait à ses collègues. La coutume ne le heurtait pas. Certains marmonnaient un simple « merci », d'autres se montraient plus chaleureux. Un jour, le nouvel entrant prendrait sa place et procurerait aux interprètes le premier petit plaisir de la journée.

Une coutume qui faisait de Kel le principal suspect.

Facile, en effet, de verser du poison dans les jarres ! L'auteur de cet acte criminel ? Le laitier !

Un spécialiste lui avait fourni la substance mortelle. Qui commanditait cet expert ?

L'ampleur du complot donnait le vertige !

Si les assassins recherchaient vraiment le document codé, ils avaient échoué, et Kel se trouvait en danger de mort. La police ne voulait pas l'arrêter, mais le supprimer. Et le contenu du papyrus devait être terrifiant pour causer un tel carnage !

Il fallait faire parler Le Buté.

— À nous deux, décréta Bébon, nous y parviendrons.

— Le gaillard saura se défendre.

— J'utiliserai ma matraque.

— Pas de violence ! objecta Kel.

— Reviens sur terre, mon ami ! On t'accuse de meurtre, et seul ce laitier peut t'innocenter. Alors oublie tes principes moraux d'un autre âge et défends ta peau. Ce bonhomme appartient au clan des assassins, ne le ménageons pas.

Le jeune scribe basculait dans un monde obscur où les règles d'harmonie n'existaient plus.

À la laiterie, tout semblait tranquille. Un rouquin trayait une superbe vache au regard doux et au pelage blanc et marron.

— Reste en retrait, recommanda Bébon à Kel.

Le comédien s'avança.

— Des bêtes magnifiques ! s'exclama-t-il. Et quelle étable ! C'est toi, le patron ?

— J'aimerais bien ! Que lui veux-tu ?

— Je cherche un emploi.

— Je ne suis même pas sûr de conserver le mien.

— Le Buté aurait-il des ennuis ?

— Il vient de vendre l'étable et les vaches.

— L'entreprise n'était-elle pas florissante ?

— Il se plaignait de ne pas gagner assez et a choisi de reprendre son ancien métier de mercenaire. À Naukratis, il occupera un poste d'officier.

11

— Naukratis ! s'étonna Kel. Ce serait le refuge de Démos, d'après son blanchisseur.
— Le laitier t'accuse et disparaît ! s'exclama Bébon.
— Simple hypothèse.
— Ne sois pas naïf ! Te voilà au centre d'une machination. Les vrais coupables se dispersent et toi, tu constitues la cible idéale !
Bébon voyait juste.
Mêlés au complot, Démos et Le Buté venaient de disparaître, et la justice ne remonterait pas jusqu'à la tête pensante.
Kel n'était-il pas le parfait assassin ?
— On nous observe, murmura Bébon. Prenons la ruelle, à gauche, et marche loin de moi, comme si nous ne nous connaissions pas.
— C'est l'assassin ! cria un policier en désignant Kel.
Lui et ses deux collègues s'élancèrent en direction du scribe, mais Bébon se jeta dans leurs jambes.
— Cours ! hurla-t-il.

Les mains immobilisées par des menottes en bois, le front en sang, Bébon fut traîné devant le juge Gem.

— Ce bandit est le complice du meurtrier, déclara l'officier de police. Il l'a aidé à s'enfuir.

— Avant l'interrogatoire, qu'un médecin le soigne. Et donnez-moi un rapport écrit.

Quand le comédien réapparut, il avait repris figure humaine.

— Ton nom ?
— Bébon.
— Profession ?
— Je parcours l'Égypte en racontant les vieux mythes et j'interprète le rôle des dieux lors des représentations publiques des mystères.

— Une famille ?
— Plus personne. Et je suis célibataire.

— D'après le rapport que j'ai sous les yeux, tu as empêché la police de procéder à l'arrestation d'un criminel.

— Moi ? Pas du tout ! D'abord, j'ignorais qu'il s'agissait de policiers ; ensuite, ils m'ont heurté violemment, je suis tombé, et ils m'ont roué de coups.

— Tu as crié « cours » afin d'avertir ton complice !

— Non, « au secours ! », tellement j'avais peur ! Et je n'ai aucun complice.

— Connais-tu un scribe nommé Kel ?

Bébon fit mine de réfléchir.

— Je n'en fréquente pas beaucoup. Celui-là ne me dit rien.

Le juge fut troublé.

Les déclarations du suspect étaient plausibles, et il n'avait pas le profil d'un dangereux comploteur.

— L'un de mes assistants t'interrogera à nouveau et notera tes propos.

— Va-t-on encore me battre ? demanda Bébon en tremblant.

— Certainement pas ! s'indigna Gem. Je mènerai d'ailleurs une enquête et, en cas de violences injustifiées, les policiers seront sanctionnés.

Le comédien baissa la tête.

— Je ne comprends pas ce qui m'arrive... Moi, je n'ai rien fait de mal.

— Si tu es innocent, tu n'as rien à craindre. Dis la vérité, et tout ira bien.

Ce pauvre bougre s'était trouvé au mauvais endroit au mauvais moment. Les vérifications de routine effectuées, il serait libéré. Et s'il portait plainte contre la brutalité policière, elle serait recevable.

— Je vous ai réunis afin de faire le point, déclara Oudja. Ensuite, j'informerai Sa Majesté. Le poison a-t-il été identifié, Horkheb ?

— Malheureusement non, répondit le médecin-chef. Mais il s'agissait d'une substance d'une rare efficacité qu'utilisent volontiers les Asiatiques.

— Les Perses, par exemple ?

— Par exemple.

— Cet indice nous orienterait donc vers une affaire d'espionnage, estima le gouverneur de Saïs.

— Pas de conclusions hâtives, recommanda le juge Gem. Il en faudra davantage pour accuser Kel d'espionnage au profit des Perses.

— Qu'en penses-tu, Hénat ?

Le chef des services secrets fit la moue.

— J'approuve le juge.

— Nous avons identifié le coupable, poursuivit Gem,

satisfait, et son arrestation n'est qu'une question d'heures. Reste à connaître son véritable mobile. Je l'interrogerai moi-même, et il dira la vérité.

— Je ne suis pas certain qu'un procès public serait opportun, avança Hénat.

— À moi d'en décider, trancha le juge, et le pharaon en personne ne saurait intervenir. Chacun, dans ce pays, doit savoir que la justice est régie par les préceptes de la déesse Maât et non par des intérêts personnels. Le pauvre comme le riche lui accordent leur confiance, et ils ne doivent pas être déçus.

— Certes, admit Hénat, mais si ce massacre se relie à des secrets d'État…

— En ce cas, j'aviserai.

— Jusqu'à présent, reprit le gouverneur de Saïs, cette terrible affaire ne s'est pas ébruitée. J'ose espérer que la police sera à la fois efficace et discrète.

— Mes instructions vont dans ce sens, affirma Gem. Une enquête n'est pas un spectacle, et seuls comptent sa réussite et le respect de la légalité.

12

Épuisé, affamé, Kel s'arrêta enfin de courir.

D'instinct, il avait quitté Saïs en direction de son village natal, proche de la grande cité. Bébon arrêté, emprisonné, voire éliminé par des policiers complices des assassins, il se retrouvait seul et sans allié.

Où trouver refuge, sinon auprès d'un vieil oncle, le dernier membre de sa famille encore vivant ? Possédant une petite exploitation agricole, peut-être lui accorderait-il l'hospitalité, au moins quelques jours. Kel serait contraint de s'expliquer, avec l'espoir de se montrer convaincant.

Revoir une campagne verdoyante, peuplée de palmeraies et de jardinets bien entretenus, le rasséréna. Il croisa des paysans et leurs ânes, chargés de paniers remplis de légumes, et salua des cultivateurs au travail. Sous un soleil clément, la vie s'écoulait, immuable et paisible.

Le jeune homme n'était-il pas la proie d'un cauchemar qui allait bientôt se dissiper ? Hélas ! Fermer les yeux, s'endormir et se réveiller ne suffisait pas. L'atroce réalité continuait à lui serrer la gorge.

À l'entrée du village, un attroupement.

Hommes et femmes avaient une discussion animée.

Un échalas levait les bras au ciel, une vieille l'apostrophait.

Le ton baissa, et l'on se dispersa.

À l'ombre d'un palmier, Kel attendit le retour durable du calme, puis se dirigea vers les petites maisons blanches qu'ombrageaient des sycomores. Ici, ses parents avaient vécu heureux avant de partir pour le Bel Occident où leur âme vivait en compagnie des Justes. Le scribe se souvint des jeux de son enfance, des baignades, des éclats de rire, des courses folles. Participer aux récoltes n'était pas un châtiment mais un plaisir. Et comme il aimait s'occuper des cochons et des oies ! Leur intelligence le fascinait, et il passait des heures à parler avec eux. Son avenir de paysan semblait tout tracé.

Un soir de fête, le scribe préposé aux récoltes lui avait montré des lignes d'écriture.

Soudain, un autre monde s'ouvrait.

Rien n'était plus important que ces signes, le pinceau servant à les tracer, les godets à encre et la gomme à effacer.

Bravant l'hostilité de ses parents, le petit Kel s'était présenté, sans la moindre recommandation, à l'école des scribes du temple voisin. Écartant les récriminations de ses collègues, le directeur l'avait admis en dictant ses exigences.

Studieux, désireux d'apprendre, infatigable, Kel était vite devenu le meilleur de ses élèves. Ne souhaitant pas étouffer un élément d'une valeur exceptionnelle, le directeur l'avait signalé à un professeur de Saïs. Vérification faite, le garçonnet présentait bien des dons hors du commun.

Pris dans une sorte de tourbillon, Kel n'oubliait pas son village.

Le revoyant aujourd'hui, devait-il déplorer sa destinée ? Non, il tentait d'accomplir un idéal, et nul regret ne lui permettrait de vaincre l'adversité.

L'échalas lui barra le passage.

— Tu n'es pas d'ici, toi.
— Tu te trompes.
— C'est la police qui t'envoie ?

Kel sourit.

— Rassure-toi, je viens simplement voir mon oncle.

L'échalas fronça les sourcils.

— Comment s'appelle-t-il ?
— L'Endurant.
— Ah !... Tu n'es pas au courant ?
— Que devrais-je savoir ?
— Aurais-tu faim ?
— J'ai l'estomac creux.
— Viens manger à la maison. Mon épouse cuisine le meilleur ragoût de la province.

L'échalas ne se vantait pas. Morceaux de mouton, aubergines farcies et sauce au cumin formaient un plat succulent. Et la piquette locale, un vin rouge pétillant, ne déparait pas ce régal.

Les banalités échangées, Kel aborda le vif du sujet.

— Mon oncle aurait-il des ennuis ?

Un silence pesant s'installa.

— Dis-lui la vérité, exigea l'épouse de l'échalas.
— Sa maison a brûlé, et il est mort dans l'incendie. La majorité des villageois veut croire à un accident, mais moi, j'ai vu un étranger mettre le feu. Et notre doyenne m'interdit d'en parler à la police.
— Elle a raison, intervint sa femme. Ça ne nous attirerait que des ennuis. Ces histoires-là ne nous regardent pas. Occupe-toi de ta famille et tiens ta langue.
— Quand ce drame s'est-il produit ? demanda Kel.

— Il y a deux jours.

Soudain, tout s'éclairait.

Rien n'était dû au hasard.

Les assassins avaient choisi Kel comme victime et supprimé, en la personne de son oncle, sa seule position de repli. Pendant le banquet précédant le drame, selon la supposition de Bébon, on l'avait drogué, afin qu'il se réveille au milieu de la matinée et arrive en retard au bureau.

Meurtrier désigné, Kel n'avait aucune chance d'échapper à la justice. Et les véritables coupables ne seraient jamais identifiés.

— Merci de votre accueil, je dois partir.
— Tu ne reprends pas de ragoût ?
— Une merveille, mais mon temps est compté.

Ainsi, l'invitation au banquet était l'ultime étape de la machination conçue par un ou plusieurs personnages influents, suffisamment proches du pouvoir pour connaître l'importance du Bureau des Interprètes.

Qui pouvait aider Kel à identifier les notables présents lors de cette soirée ?

Le visage de Nitis, la belle prêtresse, lui apparut.

13

Âgée de dix-huit ans, les yeux d'un bleu profond, presque irréel, Nitis se consacrait au service de Neit depuis son adolescence. Chanteuse et tisserande, elle avait découvert que la déesse incarnait l'être par excellence, à la fois « Mère des mères » et « Père des pères ». Flot créateur, énergie primordiale, Neit tissait l'univers à chaque instant. Mort et vie se trouvaient dans sa main et, en façonnant les tissus rituels, les initiées prolongeaient son œuvre.

La jeune femme habitait la modeste demeure familiale, proche du grand temple de la déesse. Sa mère venait de disparaître, au terme d'un long veuvage. Elle ne s'était jamais remise du décès de son mari, un charpentier, victime d'un accident.

Si elle se montrait digne des grands mystères, la jeune femme résiderait à l'intérieur du domaine sacré. Mais il lui fallait encore faire ses preuves, travailler avec rigueur et patience et se montrer digne de son idéal.

Après avoir franchi l'enceinte, elle se dirigea vers son domicile. Alors qu'elle songeait à un texte symbolique évoquant les deux flèches entrecroisées de Neit, l'un des symboles de la déesse, un jeune homme l'aborda.

— Pardonnez-moi de vous importuner. Mon nom est Kel, et je désire vous parler d'une affaire grave.

Nitis n'avait pas oublié ce regard intense.

— Vous étiez l'un des invités au banquet organisé par le ministre des Finances, n'est-ce pas ?

— En effet. Et je crois que tous mes malheurs proviennent de là. Sans votre aide, je risque la mort.

Kel s'étonnait lui-même de son audace. Comment osait-il s'adresser ainsi à une prêtresse de Neit dont la beauté et le charme le subjuguaient ?

— Vous semblez bouleversé, observa-t-elle.

— Sur le nom de Pharaon, je vous jure que je suis innocent des crimes dont on m'accuse.

Kel avait pris tous les risques.

Ou bien Nitis acceptait de l'écouter, ou bien elle l'éconduisait. Et comment lui reprocher de ne pas accorder sa confiance à un inconnu au comportement suspect et aux déclarations inquiétantes ?

— Venez chez moi.

Il eut envie de la prendre dans ses bras et de l'embrasser, mais parvint à contenir cet élan qu'il n'avait jamais ressenti auparavant.

Le quartier résidentiel était fort tranquille. Çà et là, on allumait des lampes à huile et l'on se préparait à dîner.

Personne ne vit Kel franchir le seuil de la demeure de Nitis, à l'intérieur dépouillé.

— Prosternons-nous devant les ancêtres, exigea-t-elle, et sollicitons leur sagesse.

Les deux jeunes gens s'agenouillèrent, côte à côte, face à deux bustes en calcaire représentant un homme et une femme. Ils élevèrent leurs mains en signe de vénération, et Nitis prononça la formule rituelle célébrant la lumière émanant de l'au-delà afin d'éclairer le chemin des vivants.

Le parfum de la prêtresse enivra Kel. Subtil mélange de mille senteurs où prédominait le jasmin, il était à la fois douceur et feu.

— Avez-vous faim ? lui demanda-t-elle.

— Je ne peux rester chez vous, je dois…

— Vous m'expliquerez tout autour d'un bon repas. À voir votre degré de fatigue, il s'impose.

— Je ne veux pas mettre en péril votre réputation et…

— Je vis seule, nul ne sait que vous êtes ici.

— Alors, vous… vous me croyez ?

Nitis sourit.

— Je ne connais pas encore les détails de votre histoire.

Ils passèrent dans la pièce de réception, équipée de fauteuils et d'une table basse d'une rare élégance. Nitis appréciait le style dépouillé du mobilier de l'Ancien Empire, repris par certains artisans contemporains.

La jeune femme déposa plusieurs petits plats : oignons doux, concombres, gratin d'aubergines, poisson séché, figues, pain frais et vin rouge des oasis.

Malgré sa fringale, Kel tenta de ne pas tout dévorer.

Nitis mangeait, s'exprimait et bougeait avec la même distinction, alliance de féminité et de magie. Il aurait aimé la contempler des heures durant, devenir son ombre et ne plus la quitter un seul instant.

— Que vous arrive-t-il, Kel ?

Il vida une coupe de vin afin de se donner du courage.

— J'étais la dernière recrue du Bureau des Interprètes de Saïs.

— Si jeune ?

Le scribe rougit.

— Travailler est mon unique passion, et j'ai eu de la chance.

— Ne faudrait-il pas plutôt parler de compétences précoces et exceptionnelles ?

— J'ai tenté de me montrer à la hauteur des responsabilités que me confiait le chef de service. Et j'ai hérité d'un étrange papyrus codé, résistant aux tentatives de déchiffrement. Le voici.

Kel sortit le document d'une poche de sa tunique. Nitis y jeta un œil et, en dépit de ses connaissances, ne parvint pas à lire un seul mot.

— Peut-être tous mes collègues ont-ils été assassinés à cause de ce texte.

— Assassinés ?

— Avec du lait empoisonné, à l'exception de mon ami grec, Démos, qui a disparu, de même que le laitier. Et la police m'accuse d'être le meurtrier. Deux jours avant le drame, le dernier membre de ma famille a péri dans l'incendie criminel de sa maison. La veille, lors du banquet, on m'a drogué. Aussi suis-je arrivé en retard au Bureau. Et voici le coupable idéal.

La prêtresse dévisagea longuement le scribe.

De sa décision dépendait son destin.

— Je crois à votre innocence, Kel.

14

Un instant, le scribe ferma les yeux.

Elle ne le repoussait pas, il lui restait donc un avenir !

— La parole donnée est sacrée, rappela-t-elle. Puisque vous avez prêté serment, vous vous engagez à la fois devant les dieux et les hommes. Seul un pervers pourrait mentir à ce point.

— Je vous ai dit la vérité. Si la police m'arrête, on me supprimera. Sans doute un regrettable accident, afin d'éviter un procès.

— Il faut imaginer un incroyable complot !

— Certes, Nitis, mais il n'existe pas d'autre explication.

Kel reprit son récit point par point. Et il ne dissimula pas l'intervention de son ami Bébon, aujourd'hui arrêté.

— Le service des interprètes s'occupait de nombreux dossiers délicats, révéla-t-il, et mon patron était en contact permanent avec le palais. Le pharaon utilisait nos travaux pour orienter sa diplomatie, garante de la paix. Un tel massacre ne saurait être l'acte d'un fou. Il a été soigneusement organisé, et ses instigateurs m'ont choisi comme coupable idéal. Ma fuite ne constitue-t-elle pas une preuve ? Un innocent aurait dû se présenter à la police et clamer sa bonne foi. La chasse à l'homme sera intense, on accumulera des preuves, et l'enquête sera vite close.

— La justice ne distinguera-t-elle pas le vrai du faux ?

— Les circonstances plaident contre moi. Et si le juge est complice des assassins, il ne m'écoutera même pas.

Le monde paisible de Nitis s'écroulait.

Soudain déferlaient le crime, la violence, le mensonge et l'injustice, aspects d'*Isefet*, la force de destruction opposée à l'harmonie sereine de Maât, déesse de la rectitude.

Pourquoi se fiait-elle à la parole de ce jeune homme, pourquoi écoutait-elle ces horreurs qui bouleversaient son existence tranquille et toute tracée ?

Kel perçut son trouble.

— Pardonnez-moi de vous importuner ainsi. Ma position est intenable, je le sais, et je ne tiens nullement à vous entraîner au fond du gouffre. Puis-je simplement vous demander le nom des personnalités présentes lors du banquet au cours duquel on m'a drogué ?

Surmontant son émotion, la prêtresse s'exprima d'une voix posée.

— D'abord, le propriétaire de la villa, le ministre des Finances et de l'Agriculture, Péfy[1]. Il connaissait bien mes parents et a facilité mon entrée dans le temple. C'est un homme droit, travailleur, qui gère au mieux la Double Maison de l'Or et de l'Argent, et veille sur la prospérité du pays. Directeur des champs et supérieur des rives inondables, il a créé un poste de planificateur

---

1. Son nom complet était *Pef-tjaou-âouy-Nt*, « C'est de Neit que dépend son souffle ».

afin d'éviter les aléas de l'avenir. De plus, il est initié aux grands mystères d'Osiris et dirige les rituels d'Abydos dont il plaide souvent la cause auprès du pharaon. En raison du développement de Saïs et des autres villes du Delta, on néglige trop, selon lui, la cité sacrée du maître de la résurrection.

— Un des premiers personnages de l'État ! Pourquoi m'a-t-il invité, moi, un petit scribe ?

— Vu votre brillant début de carrière, il tenait sans doute à vous connaître.

— En ce cas, il m'aurait adressé la parole au moins une fois !

— Péfy ne saurait être l'organisateur d'un complot meurtrier !

— Ne possède-t-il pas l'envergure nécessaire ?

— Vous faites fausse route, j'en suis certaine !

— Les autres dignitaires, Nitis ?

— Menk, l'organisateur des fêtes de Saïs. Il se charge de l'entretien des barques de la déesse Neit, vérifie les stocks d'encens, de fards et d'huiles et veille au parfait déroulement des processions. Affable, d'un caractère agréable, il n'a rien d'un assassin !

— Se mêle-t-il de politique ?

— En aucune façon.

— Néanmoins, il connaît le roi et fréquente ses ministres.

— En effet, mais la juste réalisation des rites est son unique préoccupation !

— Et s'il ne s'agissait que d'une apparence ?

Le regard de Nitis vacilla.

— Je m'égare peut-être, concéda Kel. Comprenez-moi, je vous en prie ! Notre monde me paraissait ordonné, régi par la loi de Maât, et me voici accusé de plusieurs meurtres !

— Je vous comprends, murmura-t-elle. Seule la vérité rétablira l'harmonie.

Soudain, un souvenir inquiétant.

— Il y avait un troisième personnage de haut rang à ce banquet, déclara la prêtresse : le médecin-chef du palais, Horkheb.

— Un médecin... Toutes les drogues sont à sa disposition !

— Horkheb soigne la famille royale, précisa Nitis. On le dit excellent thérapeute, arrogant et prudent. Il ne manque aucune grande réception, tient à l'estime générale, mais ne se mêle pas des affaires du gouvernement et se soucie surtout d'accumuler une immense fortune. Pourquoi aurait-il trempé dans un tel complot ?

— On l'aura grassement payé !

— Simples soupçons.

— Néanmoins une première piste, grâce à vous ! Vous m'avez beaucoup aidé, Nitis, et je vous remercie de tout cœur. Maintenant, je dois partir.

— En pleine nuit ? Ce serait de la folie ! Vous dormirez ici.

— Je refuse de vous mettre en danger ! Et votre réputation...

— Personne ne sait que vous vous trouvez chez moi. Et je n'ai pas le droit de vous abandonner en de telles circonstances. Mon maître, le grand prêtre du temple de Neit, est un personnage influent et respecté. Le pharaon tient compte de ses avis. J'ai décidé de lui parler de vous et de solliciter ses conseils.

15

Wahibrê[1], le grand prêtre de Neit, célébrait chaque matin le culte de la déesse avec davantage de vénération envers la divinité.

Peu avant l'aube, il se purifiait dans le lac sacré, se vêtait d'une robe blanche et procédait, au cœur du sanctuaire, à l'éveil en paix de la Grande Mère d'où jaillissait la lumière secrète, source des multiples formes de vie.

Ce devoir quotidien ne lui pesait pas, bien au contraire. Conscient de participer au maintien de l'harmonie sur terre et de lutter contre les forces de destruction, le grand prêtre remerciait le destin de lui accorder tant de bonheur. Aussi veillait-il à chaque détail, afin que le rituel fût l'œuvre d'art la plus parfaite possible.

À ses yeux, rien n'égalait la puissance spirituelle des pyramides de l'Ancien Empire. Néanmoins, il appréciait la splendeur du temple principal de Saïs, antique cité élevée au rang de capitale. Au centre de la moitié occidentale du Delta, elle occupait une position stratégique, cause de son impressionnant développement

---

1. *Wah-ib-Râ*, « Le cœur de la lumière divine est durable ».

depuis quelques décennies. Protégé par le mur des Milésiens[1], le port accueillait d'impressionnants navires de guerre, preuve de la capacité défensive de l'Égypte.

Le grand prêtre faisait confiance au pharaon Amasis pour assurer la sauvegarde des Deux Terres. Monarque expérimenté, bon gestionnaire, ex-général détestant la guerre, le roi avait consolidé une paix souvent menacée. En dépit de leur caractère belliqueux et de leur soif de conquêtes, les Perses n'oseraient pas s'attaquer à un adversaire trop coriace.

Se détachant des réalités extérieures, Wahibrê se félicitait de l'attention que le souverain portait au temple de Neit. Semblable au ciel dans toutes ses dispositions, abritant l'ensemble des dieux et des déesses, il avait bénéficié de nombreux embellissements : un propylône, une allée de sphinx, des colosses royaux, un lac sacré long de soixante-huit coudées et large de soixante-cinq[2], deux étables dédiées à Horus et à Neit, un lieu de repos pour la vache sacrée de la déesse, et de nombreuses restaurations effectuées avec d'énormes blocs de granit provenant d'Éléphantine.

À l'intérieur du temple se dressaient plusieurs statues de Neit, coiffée de la couronne rouge de Basse-Égypte, symbole de la naissance et du développement du principe créateur. Elle tenait deux sceptres, Vie et Puissance[3]. Assistée des effigies de ses fils[4] et de ses filles[5],

1. Les Grecs originaires de la ville de Milet.
2. La valeur estimée de la coudée est de 0,52 m.
3. L'*ânkh* et l'*ouas*.
4. Osiris, Horus, Thot et Sobek.
5. Nekhbet (déesse vautour, garante de la titulature royale), Ouadjet (déesse serpent, assurant la prospérité de la création), Sekhmet (la lionne terrifiante, détentrice de la puissance du cosmos), Bastet (la chatte, lionne apaisée et apparemment apprivoisée).

la souveraine des grands mystères ouvrait aux initiés les portes du ciel.

Leur fonction ne consistait ni à répandre une doctrine ni à convertir mais à prolonger l'œuvre de Maât en accomplissant correctement les rites de la Première fois, de cet instant perpétuellement renouvelé où la lumière du Verbe s'était révélée. Son énergie se concentrait dans le sanctuaire et devait être maniée par des spécialistes avec d'extrêmes précautions.

L'office du matin terminé, Wahibrê se rendit à l'atelier de tissage. Des prêtresses y préparaient les étoffes utilisées lors de la célébration des rites osiriens, et la plus jeune, Nitis, ne se montrait pas la moins habile. Toujours à l'écoute de ses Sœurs, animée d'une joie intérieure et d'une lumière qui apaisaient les irritables et redonnaient de la vigueur aux dolentes, Nitis accomplissait une sorte de miracle : recueillir l'unanimité de la hiérarchie en sa faveur.

À la vue du grand prêtre, les tisserandes se levèrent et s'inclinèrent.

— Viens, Nitis, j'ai à te parler.

La jeune femme suivit Wahibrê jusqu'à un édifice nommé «La Maison de Vie[1]». Clos de hauts murs, il n'était accessible qu'aux initiés aux mystères d'Isis et d'Osiris.

— Le temps est venu de franchir cette porte, annonça le grand prêtre.

Nitis faillit reculer.

— Je suis trop jeune, je...

— Je te nomme Supérieure des chanteuses et des tisserandes de Neit. À l'intérieur de la Maison de Vie, tu découvriras les archives sacrées, préservées depuis la

---

1. *Per ânkh.*

naissance de la lumière, et les textes rituels qu'il nous appartient de reformuler sans cesse. Je suis vieux et malade, et la transmission de la connaissance doit être effectuée. C'est pourquoi j'achève ta formation afin que tu puisses me succéder.

Le poids du temple entier pesait soudain sur les épaules de la frêle jeune femme.

— Seigneur, je...

— Mille protestations seraient inutiles. En développant ta magie et ton sens de l'abstrait, tu as provoqué toi-même cette décision irrévocable. Pas plus que toi je n'ai souhaité occuper de hautes fonctions. Il convient d'oublier toute ambition, de servir les dieux et non les humains. Seule cette rigueur te permettra de supporter ta charge.

La porte de la Maison de Vie s'ouvrit.

Un prêtre chauve accueillit Nitis et la conduisit au centre de l'édifice, une cour carrée où elle contempla le symbole d'Osiris ressuscité.

Ensuite, Wahibrê lui fit découvrir les textes formulés par les anciens voyants, à partir desquels s'était formée la spiritualité égyptienne. La jeune femme s'imprégna de ces paroles de puissance, consciente qu'elle n'en épuiserait jamais la signification.

16

Encore éblouie, Nitis ne pouvait pas cacher à son initiateur les graves soucis qui troublaient sa sérénité. Lors de leur déjeuner en tête à tête, elle osa se confier.

— Je suis navrée de vous ramener aux tourments du monde extérieur, déplora-t-elle. En raison de la gravité de la situation, j'ai besoin de vos conseils.

Le sérieux de la jeune femme inquiéta le grand prêtre.

— J'ai rencontré un scribe interprète, Kel, révéla-t-elle. On l'accuse d'avoir assassiné ses collègues, il affirme son innocence. Et je le crois.

Wahibrê fut stupéfait.

— Le Bureau des Interprètes est indispensable à la sécurité de l'État, précisa-t-il. Sans lui, notre diplomatie serait sourde et aveugle. Puisque je n'ai pas été informé de cette tragédie, elle semble soigneusement étouffée.

— Kel s'estime victime d'une incroyable machination, ajouta Nitis. S'il s'agit réellement d'un complot, de hauts personnages sont forcément impliqués.

— Une affaire criminelle d'une telle ampleur... Ce scribe ne serait-il pas un affabulateur ?

— Sa sincérité m'a convaincue. Dernière recrue du service des interprètes, drogué au cours d'un banquet afin qu'il se réveille tard et ne soit pas empoisonné par le lait qu'il avait coutume de servir à ses collègues, il a eu le tort de céder à la panique et de s'enfuir en emportant un document crypté que recherchaient probablement les véritables assassins.

— L'a-t-il déchiffré ?

— Pas encore.

— Te l'a-t-il montré ?

— Je n'en comprends pas un seul mot.

— Pourquoi ne se rend-il pas à la police ?

— Il craint d'être éliminé avant de pouvoir s'expliquer.

— Les forces de l'ordre complices des criminels ? Insensé !

— Si Kel ne ment pas, on ne saurait écarter ce soupçon.

— Depuis quand connais-tu ce scribe ?

— Depuis… hier soir.

— Et tu ne mets pas sa parole en doute ?

— Il a juré qu'il disait la vérité, s'exprime de manière directe et possède un regard franc. D'abord incrédule, je suis tout à fait convaincue de son innocence.

Le grand prêtre observa un long silence.

— Ce scribe accuse-t-il quelqu'un ?

— Le médecin-chef du palais, Horkheb, l'a peut-être drogué. Si c'est le cas, obéissait-il à une tête pensante ?

— Kel n'aurait-il pas inventé cette histoire absurde ?

La prêtresse éprouva un doute cruel. Le jeune homme se serait-il moqué d'elle ?

— Étudie le papyrus consacré aux sept paroles de Neit, ordonna le grand prêtre. Je me rends au palais avec l'espoir de dissiper ce cauchemar.

— Le directeur du palais va vous recevoir immédiatement, dit le secrétaire particulier d'Hénat au grand prêtre.

Le chef des services secrets disposait d'un bureau d'une rare sobriété. Aucune décoration, un mobilier austère.

Dès le franchissement du seuil, le visiteur se sentait mal à l'aise.

— Des ennuis, cher ami ?

— Les scribes du Bureau des Interprètes ont-ils été assassinés ?

Hénat évita le regard du vieillard.

— Question fort brutale !

— Cette rumeur est-elle fondée, oui ou non ?

— Vous me gênez.

— Vous interdirait-on d'informer le grand prêtre de Neit ?

— Non, certes non ! Mais la gravité de la situation…

— Donc, ce drame a bien eu lieu.

— Je le crains. Par bonheur, l'enquête a rapidement abouti et nous connaissons l'identité du coupable.

— Son nom ?

— Mon devoir de réserve…

— Dois-je vous rappeler qui je suis ?

— Puis-je vous demander la plus extrême discrétion ?

Wahibrê hocha la tête.

— Il s'agit du scribe Kel, la dernière recrue du bureau.

— Certitude ou simples présomptions ?

— Le juge Gem, dont l'intégrité et la compétence ne sauraient être mises en doute, possède des preuves accablantes. Kel avait un complice, le Grec Démos, également en fuite. La police ne tardera pas à les arrêter.

— Pourquoi ont-ils tué leurs collègues ?

— Nous l'ignorons et sommes impatients de les entendre.

— Soupçonnez-vous une affaire d'espionnage ?

— Impossible, à l'heure actuelle, d'écarter définitivement cette hypothèse, mais aucun indice concret ne la conforte.

— Privée d'interprètes de haut niveau, notre diplomatie ne connaîtra-t-elle pas de graves difficultés ?

— Sa Majesté s'emploie à les résoudre.

Bien entendu, Hénat menait une enquête parallèle et n'en dirait pas un mot. Le juge Gem suivait les voies légales, le chef des services secrets agissait dans l'ombre. Et il était forcément persuadé, malgré sa réserve, que l'élimination du service des interprètes ne se résumait pas à un acte de folie ou à un crime crapuleux.

— Soyez rassuré, Hénat. Je n'ai pas la réputation d'être bavard.

— Loin de moi cette idée, grand prêtre ! Mieux vaut ne pas troubler la population et rester discret à propos de ce drame abominable. Le juge Gem l'admet et travaille sans ostentation. L'essentiel n'est-il pas de châtier l'assassin et de reconstruire le service des interprètes ?

17

Deux jours et deux nuits s'étaient écoulés, et Nitis ne revenait pas.

Excluant toute trahison de la part de la jeune femme, si douce et attentive, Kel ne pouvait éluder la réalité : on l'avait arrêtée sur l'ordre du grand prêtre.

Courageuse, Nitis refusait de le dénoncer. Sinon, la police serait déjà intervenue.

Éperdu d'admiration, Kel se reprochait d'avoir entraîné la prêtresse dans cette aventure désastreuse et ruiné sa carrière. À cause de lui, son ami Bébon subissait le même sort. Battu, torturé, avait-il survécu ? Et quels supplices ferait-on subir à Nitis ?

Il devait quitter cette maison et voler à son secours.

Comment la libérer, sinon en se rendant à la police et en affirmant qu'elle n'était pas sa complice ? Hélas ! Elle l'avait abrité chez elle. Si tous les deux niaient farouchement ce détail, peut-être le juge se montrerait-il clément.

Le juge… Cherchait-il la vérité ou était-il manipulé ?

La porte s'ouvrit.

La police… ou les assassins ?

Aucune possibilité de s'enfuir.

S'emparant d'un tabouret, Kel se battrait.

Apparut Nitis, resplendissante.

— Je suis seule, rassurez-vous. Le grand prêtre Wahibrê désire vous voir. Cette entrevue sera décisive.

— Votre si longue absence…

— Il me fallait remplir les premiers devoirs de ma nouvelle fonction de Supérieure des chanteuses et des tisserandes. Et je comptais sur votre sang-froid, pendant que le grand prêtre se rendait au palais afin de vérifier vos dires.

— M'aider davantage serait déraisonnable, Nitis ! À présent, ne vous mettez plus en danger.

— Hâtez-vous, Wahibrê nous attend. La police ne vous recherchera pas au temple.

Émerveillé, Kel découvrit l'immense domaine de la déesse Neit. Nitis le guida jusqu'à une chapelle située au nord et précédée d'un acacia sous lequel s'était assis le grand prêtre.

Sa sévérité impressionna le jeune homme. Saurait-il convaincre le vieillard revêche ?

— Que représentent pour toi les hiéroglyphes ? demanda-t-il d'une voix dure.

— Je ne les confonds pas avec l'écriture profane utilisée lors des tâches quotidiennes. Paroles des dieux, les hiéroglyphes sont réservés aux temples. Ils contiennent les secrets et les formes de la création où s'incarne la véritable pensée, au-delà des limites humaines. Formant une langue sacrée, ils sont la base de notre civilisation et, avant le drame auquel je suis mêlé, j'espérais percer une partie de leurs mystères.

— Chargé de l'enquête, le juge Gem possède les

preuves de ta culpabilité. Nies-tu encore être un assassin ?

— Sur le nom de Pharaon, j'affirme ma totale innocence.

— Un faux serment détruit l'âme.

— J'en suis conscient, grand prêtre. Et je maintiens ma déclaration. C'est la seule liberté qui me reste.

— Face aux preuves, persisteras-tu ?

— On les aura fabriquées ! Je n'ai tué personne, et l'on m'a choisi comme un parfait meurtrier, incapable de se défendre.

— Accuses-tu ton ami Démos ?

— Sa disparition me trouble, et je désire le retrouver afin qu'il s'explique.

— Puisque tu jures sur le nom de Pharaon, comment envisages-tu la hiérarchie des puissances ?

— Au sommet se trouve le principe créateur, Un en Deux, à la fois mâle et femelle. Puis viennent les divinités, organisatrices de la vie et de l'ordre de Maât que Pharaon doit faire appliquer ici-bas en construisant les temples, en célébrant les rites et en pratiquant la justice. Si ces tâches ne sont pas correctement remplies, le pays retournera au chaos. Détenteur du testament des dieux et serviteur de la puissance créatrice, le pharaon repousse les forces des ténèbres et garantit la prospérité.

— Des monarques n'ont-ils pas failli ?

— Notre histoire le prouve.

— Quand le roi se montre inexact, déclara le grand prêtre, le peuple devient fautif et la barbarie triomphe. Un pharaon doit d'abord se préoccuper des divinités, et non des hommes. En se trompant de priorité, il nous conduit au désastre.

Kel crut mal comprendre : Wahibrê accusait-il Amasis d'être un mauvais souverain ?

Le grand prêtre se releva et planta son regard au fond de celui du jeune scribe.

— Je crois à ton innocence, mon garçon, car j'ai sondé ton cœur. Nous sommes donc en présence d'une affaire d'État exceptionnellement grave. Le pouvoir laisse proférer une fausse accusation, des dignitaires sont mêlés à un complot, et l'on n'a pas hésité à commettre des meurtres abominables.

— En voici peut-être la raison, avança Kel en montrant au grand prêtre le papyrus codé.

Malgré toute sa science, Wahibrê fut incapable de le déchiffrer.

— Le Bureau des Interprètes est lié aux services secrets, rappela-t-il. Hénat les dirige et rend compte au roi, favorable aux Grecs. Peu lui importent la corruption et l'abandon de certaines valeurs, pourvu que ses alliés s'installent en masse à Naukratis, à Memphis et dans d'autres villes du Delta.

— Amasis serait-il responsable de cette tragédie ? interrogea Nitis.

— Nous ne pouvons l'exclure.

— En ce cas, police et justice exécutent ses ordres sans se préoccuper de la vérité !

— Kel se cachera ici, décida Wahibrê. Ses connaissances lui permettent de remplir la fonction de prêtre pur. Toi et moi mènerons notre propre enquête et rassemblerons des éléments permettant de l'innocenter. Si les coupables sont des dignitaires, je trouverai les appuis nécessaires pour briser leurs sinistres desseins.

18

— Les nouvelles vont vite, dit à Nitis l'aimable Menk, organisateur des fêtes de Saïs. Votre nomination à la tête des chanteuses et des tisserandes me réjouit. Ensemble, nous ferons de l'excellent travail. Puis-je avouer que je vous trouve resplendissante ?

— Vu mon inexpérience, votre aide me sera précieuse.

— Surtout, ne heurtez personne ! Vous devrez donner des ordres à des prêtresses plus âgées, susceptibles, imbues de leurs prérogatives. Si vous les blessez, elles deviendront des ennemies et vous causeront mille et un tracas. Sachez les envoûter, utilisez votre magie, et vous continuerez à recueillir l'unanimité. Quant aux problèmes rituels, je vous faciliterai la tâche en toutes circonstances. À la moindre difficulté, appelez-moi et j'accourrai.

— Soyez-en remercié d'avance.

— Le grand prêtre a eu raison de vous choisir comme disciple, Nitis. Grâce à vous, l'avenir apparaît riant.

— Je m'efforcerai de servir au mieux la déesse Neit.

— Demeurez intransigeante sur la qualité des produits utilisés lors des cérémonies. Le grand prêtre exige le meilleur encens, les meilleures huiles et les meilleurs parfums. Et les objets fabriqués par nos ateliers ne doivent souffrir d'aucun défaut. Reste un aspect toujours délicat : la voix des chanteuses. Certaines, hélas ! oublient parfois de la travailler, d'autres ont le tort de se croire douées. Rectifier ces voix vous prendra beaucoup d'énergie.

— Puisqu'il s'agit d'honorer les divinités et non les humains, je ne m'épuiserai pas.

— La prochaine fête a lieu la semaine prochaine. Tout est au point, à l'exception de la barque des processions que les menuisiers du temple viennent de restaurer. Nous l'examinerons demain matin.

La jeune femme parut contrariée.

— En raison de l'énormité de la tâche, je n'aurai plus le temps d'assister à des banquets semblables à celui qu'a organisé le ministre des Finances.

— Au contraire, sachez vous détendre ! Si vous travaillez trop, vous manquerez de lucidité. Et votre rang vous impose de participer à ces réjouissances où les notables apprécieront votre personnalité. Croiser leur chemin et bénéficier de leurs bonnes grâces est indispensable.

— La présence d'un invité, ce soir-là, m'a surprise.

— Ah !... Lequel ?

— Un jeune scribe interprète. Ne l'avez-vous pas remarqué ?

— Il ne m'a pas frappé.

— Pourquoi le ministre l'a-t-il convié à ce dîner ?

— Aucune idée, affirma Menk.

— On murmure que ce Kel, s'il s'agit bien de lui, aurait commis des actes affreux.

L'organisateur des fêtes de Saïs sembla mal à l'aise.

— En savez-vous davantage ?

— Il aurait assassiné plusieurs collègues.
— Des crimes, ici, à Saïs ? Impossible !
— Vous n'avez donc entendu parler de rien ?
— De rien !
— Et vous ne connaissiez pas ce jeune scribe ?
— J'en entends parler pour la première fois !
— Je réunis les chanteuses à la fin de l'après-midi. Désirez-vous assister à la répétition ?
— Désolé, je suis pris. La prochaine fois, certainement. Bon courage, Nitis.

Menk quitta l'enceinte sacrée et se précipita chez son supérieur, Oudja, le gouverneur de la ville.

Les bureaux de son administration occupaient une aile du vaste palais royal. Grand travailleur, Oudja s'entretenait chaque jour avec le souverain et lui présentait une synthèse des nombreux dossiers à traiter. Amasis tranchait vite, Oudja exécutait.

Menk dut patienter une longue heure avant d'être reçu par le chancelier. Debout face à une large fenêtre, il admirait Saïs.

— Splendide cité, n'est-ce pas ? Au lever et au coucher du soleil, je m'accorde l'infini plaisir de la contempler. Et nous ne cesserons de l'embellir.
— Certes, chancelier, certes !

Oudja se retourna et toisa l'organisateur des fêtes.

— Te voici en proie à une agitation inhabituelle. Des ennuis ?
— Non, mais une rumeur… Une rumeur terrifiante !
— Je t'écoute.
— On aurait commis des meurtres, ici, à Saïs !
— Les victimes ?

— Les scribes du Bureau des Interprètes ! Et l'assassin serait l'un de leurs collègues, un nommé Kel, que j'ai croisé lors d'un récent banquet. J'en frissonne encore... mais tout cela est faux, bien sûr ?

— Qui propage cette rumeur ?

— Une amie... une grande amie, digne d'estime et de confiance. C'est pourquoi j'ai été troublé. Je veux la détromper, et vous seul pouvez m'aider.

— Son nom ?

— La discrétion...

— J'exige son nom.

— Mais puisqu'il s'agit d'une folle rumeur !

— Le scribe Kel a bien assassiné ses collègues du Bureau des Interprètes, assena le chancelier Oudja. Il sera arrêté, jugé et condamné. Comme il s'agit d'une affaire d'État, Sa Majesté exige un maximum de discrétion, et les dignitaires sont tenus au silence. Le nom de ton amie ?

— Nitis, la nouvelle Supérieure des chanteuses et des tisserandes de Neit.

— À titre confidentiel, je t'informe que nos services secrets s'occupent de cette affaire dont les éventuelles ramifications sont encore inconnues. Un bon conseil : tiens-toi à l'écart de cet horrible drame.

— Je serai muet ! promit Menk. Et je ne souhaite plus entendre un seul mot à propos de ces crimes !

— Recommande à ton amie Nitis une extrême prudence. Les sages n'affirment-ils pas que trop parler nuit ?

— Je la conseillerai utilement, chancelier !

— Prépare-nous une belle fête, Menk. Notre ville doit rester joyeuse.

19

Péfy, le ministre des Finances et de l'Agriculture, était courroucé. De nouveau, Amasis lui refusait les crédits nécessaires à la restauration du temple d'Abydos. Seul comptait l'embellissement de la capitale, Saïs.

— Le grand prêtre de Neit souhaite vous parler, lui annonça son secrétaire.

— Qu'il entre immédiatement ! Tu ne l'as pas fait attendre, j'espère ?

Le secrétaire bredouilla en s'inclinant.

Péfy et Wahibrê s'étreignirent.

— Heureux de te revoir enfin ! s'exclama le ministre. À nos âges, nous ne devrions pas laisser passer de longs mois sans évoquer le bon vieux temps.

— Tes écrasantes fonctions ne t'accordent pas beaucoup de loisirs.

— Les tiennes non plus ! J'annule mon déjeuner avec le directeur du fisc et nous dégustons ensemble quelques cailles rôties au vin.

Le cuisinier du ministre valait celui du roi. Quant au grand cru datant de l'an dix d'Amasis, il atteignait la perfection.

— Le roi néglige Abydos, déclara Péfy, contrarié. Ce n'est plus qu'une bourgade dépourvue d'importance économique, mais elle reste un haut lieu osirien dont la magie assure l'équilibre des Deux Terres. Développer le Nord au détriment du Sud risque de le rompre.

— La Divine Adoratrice de Thèbes n'est-elle pas à la fois le roi et la reine de la Haute-Égypte ?

— Son pouvoir spirituel et temporel se limite à la cité sacrée du dieu Amon, et sa remarquable gestion satisfait Amasis. De mon côté, j'utilise ma fortune personnelle pour restaurer le temple d'Abydos, planter des arbres et de la vigne, bâtir une enceinte de briques, drainer le lac sacré, façonner des tables d'offrande en or, en argent et en pierre dure, et assurer le fonctionnement de la Maison de Vie où sont préservées d'inestimables archives. Toi, mon vieil ami, tu n'as pas ces soucis-là !

— Le roi me permet d'entretenir au mieux le temple de Neit, je te l'accorde, mais la récente tragédie trouble ma sérénité.

Péfy fronça les sourcils.

— Quelle tragédie ?

— L'assassinat des scribes interprètes.

— Tu n'es pas du genre à proférer de sinistres plaisanteries ! Explique-toi.

— Le roi ne t'aurait-il pas informé ?

— Je ne suis au courant de rien !

— On accuse le scribe Kel d'avoir empoisonné ses collègues.

— Le Bureau des Interprètes au grand complet ?

— Chef du service compris. Kel aurait eu un complice, le Grec Démos. Le juge Gem mène l'enquête. Hénat, le chef des services secrets, agit de son côté.

Péfy était effondré.

— Ce n'est pas tout, ajouta le grand prêtre.

— Quoi de pire ?

— Tu as invité l'assassin, le scribe Kel, à ton dernier banquet.

— Moi ? Jamais !

— Il figurait pourtant au nombre des convives. Un scribe brillant, certes, mais pas au point de bénéficier d'un tel honneur.

— Nous allons éclaircir ce détail immédiatement !

Le ministre fit convoquer son intendant, un professionnel aux états de service irréprochables.

— As-tu invité un scribe interprète, Kel, au banquet de la semaine dernière ?

L'intendant évita le regard de son patron.

— Pardonnez-moi, j'étais souffrant. J'ai confié la liste à mon remplaçant, et j'espérais qu'il s'acquitterait au mieux de cette tâche. Le nom de ce scribe m'est inconnu.

— Ton remplaçant aurait-il pu le convier ?

— Malheureusement oui. Fièvre et courbatures m'ont empêché de procéder aux vérifications habituelles. Quantité de traîne-la-faim tentent de profiter des réceptions officielles.

— Qui vous a soigné ? demanda le grand prêtre.

— Le médecin-chef du palais, Horkheb. Il m'a remis sur pied en deux jours.

L'intendant se retira, le ministre mastiqua nerveusement un morceau de pain.

— Pourquoi le roi me tient-il à l'écart d'une affaire aussi grave ? Son amour des Grecs lui monte à la tête ! Cependant, la mort de Cyrus et l'avènement de Cambyse, un jeune empereur forcément avide de conquêtes, devraient l'inquiéter.

— Notre armée ne serait-elle pas capable de repousser les Perses ?

— Toute tentative d'invasion semble vouée à l'échec,

concéda Péfy. Oudja a développé une formidable marine de guerre, et le général en chef de l'infanterie, Phanès d'Halicarnasse, est un soldat expérimenté. Néanmoins, nous avons besoin d'une diplomatie intelligente et active. Et l'anéantissement du service des interprètes nous en prive !

— Ne sera-t-il pas reconstitué rapidement ?

— Plus facile à dire qu'à faire ! Son chef était un technicien exceptionnel, capable d'apprécier les situations délicates sans commettre d'erreur. Le remplacer prendra peut-être beaucoup de temps.

— Qui avait intérêt à perpétrer ce massacre ?

— À première vue, estima le ministre, un agent secret au service des Perses. En nous privant d'yeux et d'oreilles, l'ennemi peut développer une stratégie à notre insu.

— Kel, un jeune scribe récemment engagé... Un coupable plausible, à ton avis ?

— La jeunesse n'est pas un gage d'innocence !

— Si tu vois juste, l'enquête du juge Gem servira de trompe-l'œil. Seul le chef des services secrets, Hénat, découvrira la vérité.

— On s'est assez moqué de moi, décréta Péfy. Cette fois, Hénat ne se dissimulera pas derrière ses dossiers.

20

La mine furibonde, le ministre des Finances força la porte du directeur du palais, Hénat, qui dictait un courrier urgent à son secrétaire.

— Je veux te parler seul à seul.

N'attendant pas les ordres de son patron, le secrétaire s'éclipsa.

— Qu'y a-t-il de si grave ? s'étonna Hénat.

— Pas de comédie. Pourquoi ne m'a-t-on pas informé de l'assassinat des interprètes ?

Le chef des services secrets eut un geste d'impuissance.

— Tout est allé très vite ! Le coupable, un scribe nommé Kel, sera bientôt arrêté, et le juge Gem rendra une juste sentence.

— Et les résultats de ta propre enquête ?

Le visage d'Hénat se ferma.

— Seul le juge Gem est autorisé à...

— Cesse de me traiter comme un imbécile ! tonna Péfy. J'exige la vérité, immédiatement !

— Il s'agit de crimes affreux dont la cause sera élucidée.

— Anéantir le service des interprètes implique un

complot d'une rare ampleur. Incarcérer le bras armé ne suffira pas. Que sais-tu précisément, Hénat ?
— Les investigations se poursuivent.
— Et tu continues à me tenir à l'écart !
— Sa Majesté exige la plus grande discrétion. Inutile d'affoler la population. Le roi en personne s'occupe de rebâtir le service des interprètes et veille sur la bonne marche de notre diplomatie. De ton côté, assure celle de l'économie.
— Serait-ce une menace voilée ?
— Allons donc ! Chacun connaît le poids de tes responsabilités et apprécie ton efficacité. La semaine prochaine, Saïs célébrera une belle fête, et nous continuerons à jouir de la prospérité et de la paix.

En sa qualité d'organisateur des fêtes de Saïs, le séduisant Menk était autorisé à écouter la répétition des chanteuses de la déesse Neit, sous la direction à la fois souple et ferme de la belle Nitis.

Dieux, quel charme ! À l'évidence, cette femme serait un jour la sienne. Déjà, ils travaillaient ensemble. Demain, ils goûteraient les joies de l'amour. Surtout, ne pas l'effrayer mais la conquérir pas à pas. Et puis, l'empêcher de commettre de regrettables erreurs !

Oubliant les chanteuses, Menk ne regardait que la Supérieure, à l'élégance souveraine.

La répétition prit fin, les prêtresses se dispersèrent.

— Vous avez pu vous libérer, constata Nitis. Le chœur vous a-t-il semblé plus cohérent ?

Grâce à vous, il est meilleur, bien meilleur !

— Vous semblez bouleversé. La musique de la prochaine fête serait-elle trop émouvante ?

— J'ai vu le chancelier royal Oudja, et il m'a confirmé l'assassinat des interprètes. Un drame horrible qui ne doit pas s'ébruiter ! Gem, le patron des juges, et les services secrets s'occupent de l'affaire. Le coupable est bien ce jeune scribe, Kel, que nous avons croisé au banquet du ministre des Finances. J'en frissonne encore ! Et si ce fou furieux avait décidé de supprimer tous les invités ? Pourvu qu'il ne recommence pas à tuer avant d'être arrêté !

— L'enquête conclurait-elle à un acte de démence ?

— Je l'ignore et refuse de le savoir ! Tenons-nous à l'écart de cette abomination, chère Nitis, et soucions-nous de nos devoirs. Ni vous ni moi n'appartenons à la police. Une question me brûle les lèvres : comment avez-vous appris cette tragédie ?

— La rumeur, déclara-t-elle en souriant.

— Ne l'écoutez plus et ne la propagez pas ! Oudja recommande le silence, obéissons-lui. Un grave faux pas ne briserait-il pas votre carrière ?

— Sage conseil, reconnut Nitis.

Menk se détendit.

— Votre intelligence égale votre beauté. Quand on sait se tenir à sa place et ne pas froisser le pouvoir, le destin se montre favorable. Et nous avons tant de travail en perspective !

— Servir au mieux la déesse restera notre priorité, affirma la Supérieure. À demain, pour la nouvelle répétition.

— Hénat, le chef des services secrets, se moque de moi, révéla le ministre des Finances au grand prêtre Wahibrê, et refuse de me confier ce qu'il sait vraiment.

Puisqu'il s'occupe de ce drame, il ne s'agit certainement pas des crimes d'un dément. Nous sommes en présence d'une affaire d'État aux conséquences imprévisibles.

— Prononcerais-tu le mot de « complot » ?

— En tout cas, moi, j'en suis exclu ! Je songe toujours au sinistre exploit d'un réseau perse chargé de désorganiser notre diplomatie en nous privant d'informations.

— Autrement dit, Cambyse préparerait l'invasion de l'Égypte, prophétisa le grand prêtre.

— Peu probable, jugea Péfy. En revanche, il songe sans doute à mettre la main sur la Palestine en y infiltrant espions, commerçants et propagandistes. L'élimination des interprètes nous empêchera, un certain temps, d'en savoir davantage. Surtout, mon ami, tiens-toi à l'écart de cette affaire. Hénat n'est pas un plaisantin.

— Oserait-il s'en prendre à la personne du grand prêtre de Saïs ?

— Les coups tordus des services secrets ne se comptent plus ! N'oublie pas qu'Amasis a conquis le pouvoir par la force et qu'il ne supporte aucune remise en cause de son autorité. Nous lui devons la paix et la prospérité, certes, mais seront-elles durables ?

— Te voilà bien pessimiste, Péfy !

— Si Amasis reconstitue rapidement le service des interprètes et si les assassins sont châtiés à la mesure de leurs crimes, l'avenir s'éclaircira.

21

Kel s'adonnait avec enthousiasme à sa nouvelle fonction de « prêtre pur [1] ». Avant l'aube, il se rendait au lac sacré et remplissait deux vases d'albâtre qu'il remettait à un ritualiste. Ensuite, il examinait la liste des produits frais destinés au temple et vérifiait les déclarations des fournisseurs. Réservé, il ne se distinguait pas des autres scribes au service de la Supérieure des chanteuses et des tisserandes.

Vu son récent engagement, il se pliait volontiers aux besognes élémentaires : nettoyer les palettes, laver les godets à encre, rouler les papyrus. L'hygiène s'imposant comme une règle absolue, il balayait le local réservé aux prêtres purs et portait les pagnes au blanchisseur.

Cette nouvelle existence le satisfaisait pleinement, mais des bouffées d'angoisse le ramenaient à la réalité : il n'était qu'un criminel en fuite, disposant d'un abri provisoire ! Oubliés l'avenir brillant, le plan de carrière et la sécurité d'un bon technicien.

Ce merveilleux mirage ne tarderait pas à se dissiper.
— La Supérieure te demande, l'avertit un collègue.

1. *Ouâb*.

Kel se rendit à la Maison des tisserandes où l'accueillirent Nitis et le grand prêtre Wahibrê.

La jeune femme verrouilla la porte.

— Pas d'incident ? demanda-t-elle.

— On ne m'a posé aucune question gênante.

— Les prêtres purs ne séjournant au temple que pendant une brève période, rappela Wahibrê, les têtes changent souvent. À condition d'accomplir son travail correctement, Kel passera inaperçu.

— Avez-vous obtenu des informations sérieuses ? s'inquiéta le scribe.

— J'ai d'abord cru Menk tout à fait étranger à l'affaire, révéla Nitis, mais son comportement m'intrigue. Il assure n'être au courant de rien et veut rester à l'écart de ce drame. Néanmoins, il s'est précipité chez le chancelier royal Oudja pour lui signaler que je lui avais parlé de l'assassinat des interprètes. À mots feutrés, il m'a ordonné de me cantonner à ma nouvelle fonction et de laisser agir la police.

— Menk est amoureux de toi, précisa le grand prêtre. Il souhaite t'éviter un faux pas.

— Ne serait-ce pas une preuve de sa complicité ? Connaissant l'identité d'un ou de plusieurs criminels, il cherche à m'éloigner de la vérité.

Kel éprouva une profonde tristesse.

Menk, l'organisateur des fêtes de Saïs, amoureux de Nitis ! Et il n'était probablement pas le seul à la convoiter. Elle épouserait un dignitaire de son rang, à la réputation sans tache.

— Menk semble terrorisé, ajouta-t-elle, mais ne joue-t-il pas les lâches ? Trop habile, trop enjôleur, ne mêle-t-il pas sincérité et mensonge ? Impossible de lui faire confiance.

— Pourtant, objecta le grand prêtre, il t'a avoué sa rencontre avec Oudja.
— Ne s'agit-il pas d'une habile stratégie ? avança Kel. Aux ordres du chancelier royal, exécuteur des basses œuvres, Menk simule la soumission au pouvoir afin de protéger Nitis.
— Comment croire à tant de duplicité ?
— Tant de meurtres ont été commis !
— Et tu es le seul assassin, rappela Wahibrê. Le cas de ton ami Démos ne semble guère intéresser les autorités. Ton complice, peut-être, mais pas le coupable. La conviction du juge Gem est établie, tu seras bientôt arrêté et tu révéleras la raison de ce massacre.

Kel se sentit brisé.

En peu de mots, le grand prêtre venait de résumer la situation. Impossible d'échapper à ce sort-là.

Wahibrê posa sa main puissante sur l'épaule du jeune homme.

— Ne te désespère pas, je crois à ton innocence.

Le sourire de Nitis réconforta Kel.

— Le grand prêtre et moi-même savons que les véritables auteurs de ce massacre vous ont choisi comme coupable idéal. Et nous restons décidés à les identifier.
— Mon ami Péfy ne m'a pas beaucoup éclairé, reconnut Wahibrê. À l'écouter, il ne serait au courant de rien, et le chef des services secrets refuserait de l'informer.
— Le ministre des Finances et de l'Agriculture ainsi traité… Est-ce plausible ? s'étonna Nitis.
— Jusqu'à présent, Péfy ne m'a jamais menti.
— Êtes-vous persuadé qu'il ne joue pas son propre jeu ? demanda Kel.
— Il est très attaché à la loi de Maât et n'a commis aucun acte méprisable.
— Néanmoins, il exécute les directives du roi !

— Certes, mais il demeure lucide et envisage l'action d'un réseau perse infiltré en Égypte afin de rendre notre diplomatie sourde et aveugle. D'après lui, Cambyse songerait à étendre son influence sans envahir l'Égypte. L'objectif serait la Palestine. Désireux d'éviter une nouvelle guerre, Amasis ne réagirait pas.

— Pourquoi m'a-t-il invité à son banquet ?

— Ce point semble éclairci, déclara le grand prêtre. En temps normal, son intendant soumet à Péfy une liste de personnalités et les convie à la réception. Souffrant, il a confié cette tâche à un remplaçant. Ignorant ton existence, le ministre a été lui-même manipulé. Détail important : c'est le médecin-chef Horkheb qui a soigné l'intendant. D'ordinaire, il ne s'intéresse qu'aux malades de haut rang.

— Enfin du solide ! s'exclama Kel. Horkheb a drogué l'intendant et choisi le remplaçant de manière à m'attirer dans un piège.

— Le médecin-chef du palais a toujours soigneusement évité de se mêler de politique, rappela le grand prêtre.

— Il fréquente les hauts dignitaires et soigne le pharaon, insista le jeune homme.

— Horkheb songe surtout à accroître sa fortune et ses biens, déjà considérables. Une forte rétribution l'aura convaincu de se prêter à une manipulation dont il ignorait l'importance réelle.

— Voilà une piste sérieuse, jugea Nitis. Il faut faire parler Horkheb, son témoignage pourrait innocenter Kel et permettre à l'enquête de repartir sur de nouvelles bases.

— Malheureusement, déplora Wahibrê, le juge Gem est têtu et ne songe qu'à arrêter Kel. S'adresser directement à lui me paraît risqué.

— J'ai une idée, proposa le scribe.

22

Appelé en urgence, Horkheb gravit à pas rapides la rampe menant au palais royal, véritable ruche où travaillaient bouchers, boulangers, brasseurs et quantité d'autres artisans fort bien payés et désireux de garder leur place. Vu la taille du bâtiment et le nombre considérable de pièces, maçons, sculpteurs, menuisiers et peintres étaient souvent à l'œuvre. La demeure du pharaon, comparée à l'horizon, ne devait souffrir d'aucun défaut. Chaque matin, il s'y levait comme le soleil afin de répandre la vie et la lumière.

La partie construite en brique rappelait le caractère humain et passager de l'individu chargé d'incarner la fonction royale, celle en pierre son origine divine. Au cœur du palais, une immense salle de réception à colonnes et des chapelles au seuil de granit, permettant au pharaon de rester en contact avec les divinités.

Horkheb appréciait le luxe et la beauté du palais d'Amasis. Richesse des couleurs, variété des motifs floraux, superbes peintures d'oiseaux s'ébattant au-dessus de lotus... Le regard ne cessait de s'émerveiller.

À chaque entrée, des membres de la garde personnelle du monarque. Lourdement armés, ils appliquaient à la lettre les consignes de sécurité. Amasis n'oubliait pas qu'il s'était emparé du trône au prix d'un coup d'État et avait dû mener une guerre civile avant de s'imposer à l'Égypte entière.

Quoique médecin de la famille royale, Horkheb se plia de bonne grâce au règlement exigeant la fouille de toute personne pénétrant dans les appartements privés du monarque. Il ouvrit même sa sacoche en cuir contenant de précieux remèdes.

La reine Tanit vint à sa rencontre.

— Mon mari a eu un malaise, murmura-t-elle. Je suis très inquiète.

Étendu sur un lit aux pieds en forme de sabots de taureau, Amasis avait les yeux mi-clos.

— Me voici, annonça Horkheb. Que se passe-t-il ?

— Une migraine atroce et des vertiges, indiqua le roi. J'ai cru perdre conscience et je ne peux pas me tenir debout.

Le médecin-chef posa la main sur la nuque, la poitrine, les poignets et les jambes de son illustre patient.

— Rien de grave, conclut-il. Les canaux expriment la voie du cœur et l'énergie circule librement. Je vous prescris une potion composée d'un huitième de figue, d'un huitième d'anis, d'un huitième d'ocre pilée et d'un trente-deuxième de miel. Vous l'absorberez pendant quatre jours, et votre organisme sera rafraîchi.

Rassurée, la reine sourit et sortit de la chambre.

— Majesté, marmonna Horkheb, il existe une partie du traitement que vous seul pouvez appliquer.

Amasis se redressa.

— Quoi, encore ?

— L'excès de vin et de bière me paraît préjudiciable à votre santé. Certes, vous bénéficiez d'une robuste constitution, mais les excès…

— Laisse-m'en juge.

— Permettez-moi d'insister !

— Je ne te le permets pas. Fais ton travail et dispense-toi de commentaires.

Horkheb regagna la somptueuse demeure du centre de la ville où il recevait des patients fortunés. Brillant diplômé de l'école de Saïs, il ne soignait plus la classe moyenne et les gens modestes. Aujourd'hui propriétaire de deux villas, l'une proche de la capitale et l'autre en Haute-Égypte, il ne travaillait que trois jours par semaine et profitait pleinement de sa réputation de médecin de la famille royale. Généraliste, donc au sommet de la hiérarchie médicale, il orientait vers des spécialistes les cas difficiles.

— Une urgence, l'avertit son assistant.

— De qui s'agit-il ?

— De la Supérieure des chanteuses et des tisserandes de Neit.

— Une vieille rébarbative, je suppose ?

— Au contraire, jeune et très jolie.

— Présente mes excuses à mon premier rendez-vous et fais-la entrer dans ma salle d'examen.

L'assistant n'avait pas menti : Nitis était ravissante.

— Nous nous sommes rencontrés au dernier banquet du ministre des Finances, me semble-t-il ?

— En effet.

— J'ignorais votre promotion.

— Elle est toute récente.

— Permettez-moi de vous féliciter et de vous souhaiter une brillante carrière. De quoi souffrez-vous ?

— Je me porte à merveille, mais un prêtre du temple de Saïs vient d'avoir un accident grave.

Horkheb toussota.

— Ce type d'urgence ne me concerne pas.

— Le grand prêtre Wahibrê vous serait infiniment

reconnaissant d'intervenir. D'une part, vous fixerez vous-même votre rémunération. D'autre part, il parlera au roi de votre générosité.

— Mon devoir de médecin m'impose d'agir, jugea Horkheb.

Il ordonna à son assistant de renvoyer ses patients au lendemain et suivit la jeune femme dont le parfum, aux senteurs de jasmin, l'envoûtait.

— Quel type d'accident ?
— Une lourde chute.
— Coma ?
— Le blessé est resté conscient.
— Bon signe ! L'avez-vous déplacé ?
— Nous nous sommes contentés d'appliquer un baume sur ses plaies.

Nitis emmena le médecin-chef dans une annexe extérieure du temple où logeaient les prêtres purs en service.

Songeant au montant élevé de son intervention, Horkheb franchit allègrement le seuil.

Soudain, il se pétrifia.

Face à lui, le scribe interprète Kel.

— Pourquoi m'avez-vous drogué et qui vous l'a ordonné ?

La réaction brutale du médecin-chef surprit les jeunes gens.

Il lâcha sa sacoche, bouscula Nitis et s'enfuit à toutes jambes.

Kel le prit aussitôt en chasse.

Existait-il meilleur aveu ? Reconnaissant sa victime et l'assassin désigné, Horkheb prouvait sa participation au complot. Bien entendu, on lui avait promis qu'il ne reverrait jamais le scribe et n'entendrait plus parler de cette affaire.

Affolé, regrettant de trop copieux repas, Horkheb ne tiendrait pas longtemps l'allure. En s'engageant dans une ruelle encombrée, il se heurta de plein fouet au mâle dirigeant d'un troupeau d'ânes chargés de sacs de blé et se retrouva à terre.

Plusieurs bêtes se cabrèrent, certaines ruèrent, d'autres émirent des braiments de protestation. Le chargement du dominant se détacha et tomba sur la nuque du médecin-chef. Furieux, l'ânier frappa de plusieurs coups de bâton le voleur qui tentait de lui dérober son bien. Et deux quadrupèdes déchaînés piétinèrent l'agresseur à grands coups de sabot.

— Arrêtez ! hurla Kel.

Le visage en sang, les membres brisés, Horkheb poussait de misérables couinements.

— Ce bandit a mérité son châtiment, estima l'ânier.
— Je dois l'interroger.
— Tu es de la police ?
— Ça ne se voit pas ?

Le paysan repoussa ses ânes, enfin calmés, et récupéra son lourd sac de blé.

Kel s'adressa au blessé.

— Parle, Horkheb ! Qui t'a engagé ? Pourquoi a-t-on assassiné les interprètes ?

Armés de gourdins et d'épées courtes, de vrais policiers accouraient.

— Parle ! implora le scribe.

Horkheb s'évanouit, Kel déguerpit.

23

L'état du médecin-chef Horkheb était désespéré, son décès imminent. Le crâne enfoncé, il ne pouvait plus parler et respirait à peine. Trois éminents praticiens de l'école de Saïs posaient le même diagnostic : « Une maladie que nous ne pouvons soigner. »

Une drogue puissante atténuait les souffrances du mourant.

À peine conscient, il discerna pourtant une silhouette venant d'entrer dans sa chambre, celle du chef suprême, à l'origine du complot.

Cette visite ne devait rien à la compassion. Le chef voulait extirper quelques renseignements à cet imbécile d'Horkheb, si facile à manipuler. Au fond, cet accident l'arrangeait. Les conjurés avaient décidé de se débarrasser de l'encombrant médecin-chef, des ânes s'en étaient chargés.

— Es-tu vraiment incapable de t'exprimer ?

L'agonisant souleva péniblement la main droite.

— D'après le rapport de police, un ânier t'aurait pris pour un voleur, et ses bêtes t'auraient piétiné. S'agit-il bien d'un accident ?

Au prix d'un douloureux effort, Horkheb hocha négativement la tête.

— Qui t'a tué ?

La main se souleva de nouveau.

Le chef aida son complice à se saisir d'un pinceau et plaça sous ses doigts un morceau de papyrus. Horkheb traça trois signes à peine lisibles : K... e... l.

— Kel ! Ainsi, il se cache toujours à Saïs. En sais-tu davantage ?

Raides et maladroits, les doigts du médecin-chef serrèrent le pinceau et tracèrent quelques signes presque indéchiffrables.

Le chef parvint à lire le mot « temple ». Suivait peut-être un nom.

— Applique-toi ! Qui protège le scribe ?

Le pinceau tomba sur le papyrus.

Horkheb venait de mourir.

Le chef ne cacha pas la vérité aux conjurés.

— Non seulement ce maudit Kel est vivant, non seulement il échappe à la police, mais encore a-t-il remonté la bonne piste jusqu'à Horkheb ! Heureusement, elle s'arrête là. Impossible d'aller plus loin.

— Le scribe possède certainement le papyrus codé.

— Jamais ce document n'aurait dû parvenir au patron du service des interprètes ! Cette stupide erreur administrative nous a contraints d'agir de manière radicale, et je le déplore. Néanmoins, au regard de la situation, il faut continuer à développer notre plan.

Les conjurés donnèrent leur accord.

— Soyez rassurés, notre code est inviolable. Fait gênant, Kel dispose certainement de protections.

— Identifiées ?

— Avant de mourir, Horkheb m'a procuré un indice.

Nous allons l'exploiter. Le scribe arrêté et le document récupéré, nous irons de l'avant en toute sécurité.

Le pharaon Amasis fulminait.

— Je ne peux pas me passer d'Horkheb !

— Hélas ! Majesté, déclara le chancelier Oudja, mon éminent confrère vient de s'éteindre. Il bénéficiera d'une momification de première classe et sera inhumé dans un superbe tombeau.

— La cause de sa mort ?

— Un accident stupide. Le destin se montre parfois cruel.

— Ma décision est prise : tu le remplaceras.

— Majesté, je ne pratique plus depuis longtemps et mes fonctions…

— Chacun s'accorde à dire que tu étais le meilleur médecin-chef de l'école de Saïs. Je serai ton unique patient et tu accourras en cas de nécessité.

Oudja s'inclina.

Il connaissait le penchant du roi pour les vins corsés et la bière forte, et tenterait de maintenir son organisme en bon état malgré les excès.

— Majesté, déclara Hénat, visiblement troublé, mes services ont reçu une lettre anonyme accusant le temple de Saïs de cacher le scribe Kel, l'assassin en fuite.

— Impossible ! estima Oudja.

— Supposons que ce monstre ait abusé de la bonne foi d'un prêtre, objecta le chef des services secrets. Un individu aussi dangereux se montre capable de tout ! Se sachant perdu, il n'hésitera pas à utiliser la violence.

— Je vais donner au juge Gem l'ordre d'investir le

temple puis de procéder à une fouille. Si ce meurtrier s'y trouve, il sera arrêté.

— Une action brutale ne mécontentera-t-elle pas le grand prêtre ?

— Il ne dirige ni ce pays ni l'enquête ! Dois-je te rappeler que j'ai supprimé les tribunaux des temples et qu'ils sont désormais soumis à la juridiction royale ? Aucun sanctuaire ne peut servir de refuge à un hors-la-loi. Mon administration n'a-t-elle pas restauré leurs finances en leur accordant des privilèges fiscaux et des terres rentables ? En dépit de son autorité et de sa réputation, le grand prêtre doit m'obéir et laisser le passage à mes juges et à mes policiers.

— Je préconise un certain doigté, avança le chancelier. Une intervention trop voyante n'inquiéterait-elle pas la population ?

— Permettez-moi d'approuver Oudja, insista le chef des services secrets. Et songeons à d'éventuels otages ! En les supprimant, Kel répandrait la terreur, et la paix de notre capitale serait gravement troublée.

— Méfions-nous de cette lettre anonyme, souligna le chancelier en regardant le chef des services secrets comme s'il en était l'auteur. Il s'agit peut-être d'une calomnie.

— Qui viserait-elle ? s'étonna Hénat.

— L'envergure spirituelle du grand prêtre lui attire des ennemis, et des ambitieux convoitent sa place.

— Oublions ça, trancha Amasis, et préoccupons-nous de savoir si l'assassin se dissimule au temple. Oudja, fais venir immédiatement le juge Gem. Je lui donnerai moi-même les instructions nécessaires.

24

— Horkheb s'est évanoui avant de répondre à mes questions, révéla Kel à Nitis et au grand prêtre. Vu la gravité de ses blessures, il a peu de chances de survivre. Et son attitude prouve sa culpabilité ! En me voyant, il a compris que j'avais découvert la vérité.

— À l'évidence, jugea Wahibrê, le médecin-chef ne fut qu'un exécutant. Sa probable disparition n'arrange-t-elle pas son commanditaire ? En mourant, il se taira à jamais, et notre seule piste se termine en cul-de-sac.

— Certes pas ! protesta Nitis. L'organisateur des fêtes de Saïs, Menk, participait au banquet qu'organisait le ministre des Finances. Et n'éliminons pas de la liste des suspects le chef des services secrets et le puissant gouverneur de Saïs.

— J'y ajoute le roi en personne, déclara Kel avec gravité.

— Demeurons circonspects, recommanda Wahibrê. Pourquoi Amasis détruirait-il l'une des forces majeures de sa diplomatie, son service des interprètes ?

— J'enrage de ne pouvoir déchiffrer le document codé ! Sans doute nous donnerait-il toutes les réponses.

Nitis consulta le grand prêtre du regard. Wahibrê perçut aussitôt ses intentions.

— La Maison de Vie dispose peut-être d'éléments décisifs. Remets le papyrus à Nitis, elle tentera de trouver la clé de lecture.

Et s'il s'agissait d'un piège subtil ? La prêtresse, elle aussi, se trouvait au banquet. Sa stratégie ne consistait-elle pas à l'amener à ce geste précis ? Privé du précieux document, Kel ne disposerait plus d'aucun moyen de se défendre, et ses poursuivants n'auraient pas besoin de le prendre vivant.

Nitis était la disciple du grand prêtre, le grand prêtre obéissait au pharaon. Se croyant protégé par des alliés sincères, Kel ne tombait-il pas entre les mains des comploteurs ?

Il regarda intensément la jeune femme et vit tant de lumière dans son regard qu'il se reprocha ses soupçons.

— Puissiez-vous réussir, Nitis.

On frappa à la porte de la salle d'audience du grand prêtre.

Kel se dissimula, Wahibrê entrouvrit et discuta longuement avec son assistant chargé de l'accueil des visiteurs.

— Le juge Gem exige de fouiller le temple et la totalité de ses annexes, annonça-t-il aux jeunes gens. Kel ne peut regagner son logement.

— Partons immédiatement, recommanda Nitis. Tâchez de retarder le juge pendant que nous sortons de l'enceinte.

— Où irez-vous ? s'inquiéta Wahibrê.

— Ils n'arrêteront pas Kel, rassurez-vous.

— La porte de la salle des archives est ouverte. Ensuite, longez le mur jusqu'au premier poste de garde.

Il ne devrait pas interpeller la Supérieure des chanteuses et des tisserandes, accompagnée d'un prêtre pur.

Une nouvelle fois, l'angoisse saisit Kel.

Il ne doutait pas de la sincérité de Nitis, mais le grand prêtre ne le livrait-il pas ainsi à la police ?

— Venez vite, exigea Nitis.

Wahibrê alla au-devant du juge Gem, flanqué de deux soldats à l'impressionnante carrure.

— Que se passe-t-il ? demanda le grand prêtre.

— Autant être clair : Kel, l'assassin des interprètes, se cacherait ici.

— Sur quoi se fonde cette hypothèse invraisemblable ?

— Dénonciation anonyme.

— Vous, un juge expérimenté, y prêtez foi ?

— Je dois tout vérifier.

— Je m'oppose à une fouille complète du temple de Neit !

— Ordre du pharaon. Ne m'obligez pas à utiliser la force et à déployer la centaine d'hommes qui m'accompagnent. Dès cet instant, les accès au domaine de Neit sont sous surveillance.

— Vous violez un espace sacré !

— Les temples n'ont plus de juridiction propre, rappela Gem, et nous poursuivons un fauve capable de tuer à nouveau. Ne me refusez pas votre aide, grand prêtre. Au contraire, guidez-moi et troublons le moins possible la quiétude de ces lieux.

— Entendu, à une condition : vous ne pénétrerez ni dans le Saint des Saints, réservé au pharaon et à son représentant, le grand prêtre, ni dans la Maison de Vie où sont conservées les archives sacrées qu'utilisent les initiés aux mystères d'Isis et d'Osiris.

— Jurez sur le nom du roi que l'assassin ne s'y cache pas !

— Comment osez-vous émettre une telle monstruosité ? Je suis le garant du secret de ces endroits purs et prête volontiers le serment exigé. Que les dieux me foudroient si ma langue ment !

La colère froide du grand prêtre impressionna le juge.

— Ma tâche est délicate, comprenez-le.

— Accompagnez-moi, ordonna Wahibrê. Examinons ensemble chaque parcelle du domaine de la déesse. Et interrogez qui bon vous semblera.

Au fond, Gem ne croyait guère à la dénonciation anonyme. D'ordinaire, il déchirait ce genre de paperasse et n'en tenait pas compte lors des procès. Cette fois, le roi avait beaucoup insisté pour qu'il vérifiât. Le juge aurait pu refuser, mais l'affaire était si grave qu'il préférait ne négliger aucune piste.

Aussi, en compagnie du grand prêtre et d'une escouade de policiers expérimentés, explora-t-il les locaux sacrés et profanes, depuis la salle du silex où l'on entreposait de très anciens objets rituels en pierre jusqu'aux chambres des prêtres purs. Il ne négligea ni les quatre chapelles disposées aux points cardinaux, ni le château des tissus de lin, ni les nombreux ateliers, et visita même les chapelles dominant les tombes des rois inhumés à proximité du sanctuaire de Neit.

Lorsqu'il voulut pénétrer dans le temple de l'Abeille, Wahibrê s'interposa.

— Vous seul, comme serviteur de Maât. Pas de profanes.

N'ayant rien à craindre du grand prêtre, le juge accepta.

Le temple de l'Abeille accueillait le culte d'Osiris, associé à celui des ancêtres. On y célébrait des rites liant à la déesse Neit le dieu de la résurrection et des « Justes de voix ». Là trônait le coffre mystérieux contenant le corps de lumière d'Osiris.

Très impressionné par la majesté de l'édifice dont la façade ressemblait à celles de la Maison du Nord et de la Maison du Sud de Saqqara, datant du règne de Djéser, Gem en oublia un instant son enquête.

Au sortir du temple, un gradé le ramena brusquement à la réalité.

25

— Êtes-vous satisfait ? demanda le grand prêtre au juge Gem.

— Mon dispositif de surveillance empêchait quiconque de sortir de l'enceinte sacrée avant la fin de la perquisition. Pourtant, un incident s'est produit. Une prêtresse, accompagnée d'un homme, est parvenue à franchir le premier poste de garde en arguant de sa fonction de Supérieure des chanteuses et des tisserandes. De qui s'agit-il ?

— De Nitis.

— Une femme âgée et de grande expérience, je suppose ?

— Non, une jeune prêtresse aux qualités reconnues de tous. Sa nomination fut approuvée à l'unanimité.

— L'aviez-vous désignée ?

— En effet.

— Pourquoi s'est-elle enfuie ?

— Enfuie ? Qu'allez-vous imaginer !

— Où réside-t-elle ?

— La réfection de son logement de fonction sera achevée dès demain.

Le ton du juge se durcit.

— Où réside-t-elle… actuellement ?

— Dans sa demeure familiale, proche du temple.
— Acceptez-vous de m'y conduire ?
— Si je refuse ?
— Je signalerai votre attitude au roi et réclamerai un interrogatoire serré afin d'obtenir la vérité. Votre titre de grand prêtre de Neit ne vous place pas au-dessus des lois. Si vous avez abrité ce criminel et si cette Nitis s'est bien enfuie avec lui pour le cacher chez elle, vous serez châtiés, l'un et l'autre, à la mesure du délit. Et le tribunal ne manifestera aucune indulgence.
— Vos accusations sont insultantes et grotesques. Moi, je parlerai au roi de la manière dont vous menez votre enquête en soupçonnant des innocents.
— Me conduirez-vous chez Nitis ?
— Je me plie une dernière fois à vos injonctions.

Wahibrê adopta une allure pondérée et ne manifesta pas le moindre signe d'inquiétude.

Comment Nitis se justifierait-elle ? Avait-elle commis l'imprudence d'accueillir Kel ? En cas d'arrestation, le grand prêtre et sa protégée seraient reconnus coupables de complicité de meurtre, destitués et emprisonnés. Nul ne croirait à l'innocence du jeune scribe.

La porte de la modeste demeure de Nitis était close.
Un policier frappa.
— Ouvrez, le juge Gem désire vous parler !
La jeune femme apparut.
— Juge Gem... et vous, grand prêtre !
— Pourquoi vous êtes-vous enfuie ? attaqua le magistrat.
— Moi, enfuie ?
— Vous avez quitté le temple avec un homme et franchi un poste de garde malgré mes consignes.
— En effet, à cause d'une urgence.
— Laquelle ?

— Une sérieuse fuite sur ma terrasse. Lors du prochain orage, ma chambre risque d'être inondée. Aussi ai-je demandé à un maçon du temple d'intervenir sans tarder.

Le juge Gem eut un sourire féroce.

— Et le maçon est au travail, je présume ?
— Bien entendu.
— Je vais vérifier.

Wahibrê était consterné. Naïve, Nitis se croyait en sécurité chez elle, mésestimant la pugnacité de l'adversaire. Même si Kel réussissait à s'enfuir en sautant d'un toit à l'autre, les policiers le rattraperaient.

— Ne bougez pas d'ici, ordonna le juge.

Deux costauds le précédèrent.

Ils grimpèrent l'escalier quatre à quatre, bondirent sur l'ouvrier et le plaquèrent au sol.

— Alors, scribe Kel ! s'exclama le juge, ravi. On se croyait à l'abri, mais la cavale se termine.

L'homme, un petit brun au front barré d'une cicatrice, ne ressemblait pas au portrait de l'assassin.

— Je ne suis pas scribe ! protesta-t-il, affolé. Je travaille comme maçon au temple de Neit et je suis venu colmater une fuite, à la demande de la Supérieure.

— Lâchez-le, décida le juge, dépité. Et fouillons la maison.

Au visage de Gem, le grand prêtre comprit que la situation évoluait de manière favorable. Quand le juge remonta de la cave, il interpella Nitis.

— Le scribe interprète Kel est un dangereux criminel en fuite. Vous a-t-il contacté d'une manière ou d'une autre ?

— Pourquoi un assassin s'adresserait-il à moi ? s'indigna la jeune femme.

Le magistrat exhiba le portrait.

— Regardez bien ce visage. Si vous croisez ce monstre, avertissez-moi immédiatement.

— Je n'ai aucune chance de le rencontrer au temple, où je vais résider dès demain.

— Le juge Gem le sait parfaitement, confirma le grand prêtre. Et s'il n'a plus besoin de nous, nous allons célébrer le rituel du soir. J'ose espérer que policiers et militaires retourneront dans leurs casernes.

— Pour votre propre sécurité, avança Gem, je laisse en place quelque temps ce dispositif de surveillance. Puisque vous n'avez rien à vous reprocher, il ne saurait vous importuner.

— Je déplore ce coup de force inutile et j'en avertirai le roi.

Wahibrê et Nitis s'éloignèrent.

— Où se cache Kel ?

— Il n'a pas quitté le temple. Quand j'ai constaté la présence des forces de l'ordre, je lui ai demandé de se déplacer sans cesse en vous suivant pas à pas. En emmenant le plâtrier, j'étais certaine d'attirer l'attention du juge et de lui prouver ainsi notre innocence. Kel a regagné votre salle des archives et nous y attend. Après un tel échec, le juge n'osera plus fouiller le domaine de la déesse Neit.

26

Le grand prêtre Wahibrê n'en doutait pas : le juge Gem obéissait aux assassins qui voulaient faire croire à la culpabilité du scribe Kel. La manière dont il menait son enquête prouvait sa partialité, et la dénonciation calomnieuse n'était qu'un prétexte de son invention. Agissant sur ordre, il mettait en garde le temple de Neit contre toute velléité d'aider le suspect.

Espérant en l'innocence du roi, le grand prêtre devait lui signaler les agissements de ce juge et le prier de le dessaisir de l'affaire au profit d'un magistrat plus intègre, susceptible d'entendre Kel sans *a priori*.

Wahibrê n'avait jamais vu autant de soldats à proximité du palais ! Interdisant l'accès à la rampe menant à l'entrée principale, ils dispersaient les badauds.

Le visiteur se heurta à un gradé.

— Personne ne peut entrer.
— Le roi recevra le grand prêtre de Neit.
— Patientez ici.

Le gradé alla chercher son supérieur.

— Veuillez m'accompagner, je vous prie.
— Un grave événement se serait-il produit ?
— Je l'ignore, grand prêtre. J'ai reçu l'ordre de conduire les personnalités auprès du chancelier.

Oudja venait d'éconduire un haut fonctionnaire, et sa mine rébarbative ne présageait rien de bon.

— Je désire m'entretenir avec Sa Majesté, déclara Wahibrê.

— Désolé, c'est impossible.

— Pour quelle raison ?

— Secret d'État.

— De qui vous moquez-vous, chancelier ? Chassez-moi, si vous l'osez !

— Soyez compréhensif ! Les circonstances...

— Je veux le voir immédiatement.

— Impossible, je vous le répète.

— Affaire d'État, chancelier. Elle ne souffre aucun retard.

Oudja parut excédé.

— La reine acceptera peut-être de vous recevoir.

— Je patienterai, le temps nécessaire.

Le grand prêtre n'attendit pas longtemps. Un chambellan le conduisit à la salle de réception de la reine où des peintures de style grec se mêlaient à un décor floral égyptien des plus classiques.

Vêtue d'une longue robe verte, le cou orné d'un collier à cinq rangs de perles multicolores, Tanit avait belle allure.

— Le roi serait-il souffrant ? demanda Wahibrê.

— Disons... contrarié.

— Désolé de vous importuner, mais je dois m'entretenir avec Sa Majesté.

— Est-ce vraiment urgent ?

— Vraiment.

— Je vais tenter de convaincre le pharaon.

Cette fois, l'attente se prolongea.

La reine en personne conduisit le grand prêtre jusqu'au bureau d'Amasis.

— Laissez-nous, lui ordonna-t-il. Alors, grand prêtre, cette urgence ?

— Le juge Gem persécute le temple de Neit, Majesté. Il mène son enquête de manière inacceptable. Rechercher un assassin n'implique pas de traîner dans la boue des innocents.

— Cette affaire vient de changer de nature, révéla le roi, et seul un magistrat expérimenté et intègre comme Gem pourra découvrir la vérité sans ménager quiconque.

— Permettez-moi de protester !

— Vous n'êtes au courant de rien ! On a dérobé mon casque.

— Votre casque... Vous voulez dire...

— Oui, celui dont m'a coiffé un soldat pour me couronner pharaon, face à mon armée, alors que mon prédécesseur, Apriès, conduisait le pays au désastre ! D'abord, j'ai refusé cette lourde responsabilité et cette façon d'accéder au pouvoir. Ensuite, j'ai accepté mon destin et la décision des dieux. Ce casque en était le symbole et garantissait magiquement ma légitimité. Sans lui, ma puissance disparaîtra.

— La pratique des rites la maintiendra, Majesté. Lorsque vous êtes coiffé de la couronne d'Osiris, vous n'êtes plus un général victorieux mais le pharaon répandant sur les Deux Terres la lumière de l'au-delà.

— On tente de me détruire, confia Amasis. L'assassinat des interprètes et le vol du casque sont liés.

— De quelle manière ?

— Je l'ignore encore. Hénat et les agents des services secrets le découvriront.

— Leurs méthodes, Majesté...

— Je leur donne toute liberté d'agir !

— Violer la règle de Maât engendrera le malheur.

— En tuant ses collègues, le scribe Kel ne fut-il pas le principal coupable ? En dépit de son jeune âge, je le soupçonne d'être la tête pensante du réseau qui cherche à me renverser. Inutile d'évoquer la menace perse ! C'est ici même, à l'intérieur de l'Égypte, qu'on complote contre moi ! Et mes adversaires se trompent en croyant à mon abattement. Je suis un guerrier et je remporterai cette nouvelle bataille. Quant à vous, grand prêtre, célébrez les rites et conservez-moi les faveurs des divinités. Surtout, n'essayez pas d'intervenir. Cette affaire vous dépasse, et vous ne disposez pas des armes nécessaires pour la résoudre. Toute démarche intempestive, risquant de compromettre la réussite de l'enquête, sera sévèrement sanctionnée.

Désemparé, Wahibrê se retira.

Amasis était-il sincère ou jouait-il la comédie ? En éloignant du pouvoir le grand prêtre de Neit, quel but poursuivait-il ? Se priver ainsi de son aide et de ses conseils conduirait le pharaon à s'isoler, voire à se ligoter en écoutant ses ennemis.

Seule certitude : le destin d'un jeune scribe innocent était scellé, et rien ni personne ne lui permettrait d'échapper à l'injustice.

27

Quand s'ouvrit la porte de la salle des archives du grand prêtre Wahibrê, Kel sursauta.

Des policiers venaient-ils l'arrêter ?

Clamer son innocence serait inutile. Alors, il se défendrait bec et ongles, préférant tomber sous leurs coups plutôt que de croupir en prison.

— C'est moi, Nitis, annonça la voix mélodieuse de la prêtresse.

Soulagé, Kel se montra.

— L'affaire prend une nouvelle tournure, révéla-t-elle. On vient de voler le trésor du palais, le fameux casque dont un soldat avait coiffé le général Amasis pour le proclamer Pharaon. La capitale a été mise en état d'alerte, la police et l'armée sont partout, et le grand prêtre donne des instructions visant à restreindre temporairement l'activité des temples.

— Amasis craint qu'un usurpateur ne l'imite, ne coiffe le casque et ne prenne la tête de séditieux en s'affirmant comme le nouveau roi.

— Les généraux, à commencer par Phanès d'Halicarnasse, sont fidèles au pharaon Amasis auquel ils doivent tout ! objecta Nitis. Comment les révoltés pourraient-ils terrasser les forces de sécurité ?

— Vous semblez avoir raison, mais l'on a dérobé le casque, privant ainsi Amasis du symbole de son pouvoir ! Magiquement, le roi s'affaiblit. Et le voleur a forcément l'intention de prendre sa place. Seul un haut dignitaire a pu concevoir un tel projet.

— Le roi a pleine confiance en Gem, précisa Nitis. Il refuse de lui ôter l'affaire et considère que le vol du casque et l'assassinat des interprètes sont liés.

— De quelle façon ? s'étonna le scribe.

— Le lien, c'est vous, l'assassin et la tête pensante de la faction résolue à renverser le monarque.

Abattu, le jeune homme s'assit sur un tabouret pliant.

— Je vais devoir fuir, Nitis ! Pourquoi cet acharnement insensé ?

— Il n'a rien d'insensé et correspond à un plan savamment élaboré où vous tenez le rôle de coupable idéal.

— Et le pharaon en personne exige ma mort ! Et s'il avait décidé lui-même de l'exécution de mes collègues ?

— Aujourd'hui, Amasis apparaît plutôt comme une victime, rappela Nitis.

Kel se prit la tête entre les mains.

— Une tempête de sable m'empêche d'y voir à deux pas ! Tout devient obscur et incompréhensible. Je suis perdu, Nitis.

Elle s'approcha, il sentit son parfum.

— On tente de vous faire perdre raison et courage, et l'on interdit au grand prêtre d'intervenir. Pourtant, nous ne resterons pas inactifs. Et l'on ignore ma présence à vos côtés.

Il eut le sentiment que le sourire de la jeune femme

n'était pas seulement celui d'une amie ou d'une confidente, mais s'interdit de divaguer.

— Vous prenez trop de risques !

— En Égypte, une femme est libre d'agir à sa guise. Ne s'agit-il pas d'un des plus beaux fleurons de notre civilisation ?

— Je n'ai aucun avenir, Nitis, au contraire.

— Et si vous retrouviez ce casque ?

Kel demeura bouche bée.

— À en croire Amasis, rappela-t-elle, vol et meurtres sont liés. Dispose-t-il d'informations secrètes pour l'affirmer ? Ne laissons pas errer notre imagination, sortons de cette tempête et revenons aux faits.

— Mon meilleur ami, le comédien Bébon, est emprisonné à cause de moi. Peut-être a-t-il déjà rendu l'âme, à moins qu'il n'ait été condamné aux travaux forcés dans une oasis.

— Je tâcherai de me renseigner, promit Nitis. L'essentiel demeure le papyrus codé. À mon avis, c'est lui que recherchaient les assassins. Et ils le recherchent toujours. J'ai commencé à l'étudier en utilisant les archives de la Maison de Vie. Tâche longue et difficile, je le crains.

— Et sans garantie de succès ! déplora Kel. Nous ne possédons pas de fil directeur.

— Il existe forcément. Comptez sur ma patience et ma détermination.

Comme il aurait aimé la serrer tendrement contre lui ! Mais elle était la Supérieure des chanteuses et des tisserandes de la déesse Neit, une femme d'une extraordinaire beauté et d'une intelligence hors du commun, promise à la succession du grand prêtre. Elle épouserait forcément un haut dignitaire.

— Faisons deux copies du document codé, recommanda-t-elle, et cachons l'original.

— À quel endroit ?

— Là où personne n'ira le chercher : dans la chapelle funéraire prévue pour le pharaon Amasis, derrière sa statue de culte. La copie de ma main, vous la conserverez et je garderai la vôtre. Ainsi, nos destins s'entrecroiseront et nous pourrons travailler à tout moment.

Kel acquiesça et les deux jeunes gens se mirent à l'œuvre.

De ces quelques signes à l'assemblage incompréhensible dépendait l'avenir.

— N'oublions ni le laitier ni Démos, déclara le scribe. Le premier a livré le breuvage mortel et l'a peut-être empoisonné. Quant au Grec, son rôle demeure obscur. Complice ou victime ?

— Il ne figurait pas au nombre des cadavres, rappela Nitis.

— Comme moi, il a dû s'enfuir en redoutant d'être accusé à tort.

— Pourquoi n'aurait-il pas bu le lait ?

— Concours de circonstances…

— Je ne crois guère à l'innocence de votre ex-ami.

— Son témoignage sera capital, de même que celui du laitier ! Or l'un et l'autre se trouveraient à Naukratis, la cité grecque du Delta qui ne cesse de croître, grâce à la bienveillance du pharaon Amasis. Je dois m'y rendre et les rencontrer.

— S'ils sont coupables, ils vous tueront !

— Je prendrai mes précautions.

— Vous ne connaissez personne, là-bas ! s'inquiéta la jeune femme.

— Si, mon professeur de grec aujourd'hui retraité. Son aide sera décisive.
— Ne vous dénoncera-t-il pas aux autorités ?
— Je ne le pense pas.
— Trop risqué !
— Ma seule chance, Nitis.
— Soyez très prudent, je vous prie. Et surtout, revenez.

28

Le grand conseil était au complet : Oudja, chancelier royal et gouverneur de Saïs ; Hénat, directeur du palais et chef des services secrets ; Péfy, ministre des Finances et de l'Agriculture ; le juge Gem, chef de la magistrature ; Phanès d'Halicarnasse, chef des armées.

Comme d'ordinaire, Péfy fit un rapport chiffré sur l'économie et se félicita de ses excellents résultats.

— Néanmoins, conclut-il, je déplore l'augmentation constante du nombre de fonctionnaires. Leur masse commence à grever le budget de l'État.

— Leur caste me soutient fidèlement, objecta Amasis, et je décide, au contraire, d'engager davantage de contrôleurs du fisc afin d'inventorier de manière sérieuse les richesses du pays. Naguère, nous souffrions de la concurrence des temples et de leur administration. Aujourd'hui, ils sont réduits au silence, et nous avons repris en main la direction des affaires. J'exige aussi davantage de taxes douanières et une déclaration obligatoire des revenus de chaque habitant, désormais imposé en fonction de leur montant.

Péfy fut indigné.

— Il existe suffisamment d'impôts, Majesté, et...

— La discussion est close. Cette idée de mes amis

grecs me plaît beaucoup et son application me permettra de payer au mieux mes soldats. Que les tribunaux châtient sévèrement les tentatives de fraude.

— Bonnes nouvelles en provenance de l'île de Chypre, intervint Hénat. De ses chantiers navals sortiront bientôt de nouveaux bateaux de commerce qui nous permettront de joindre plus rapidement la Phénicie et les ports grecs. Notre protectorat militaire fonctionne à merveille. Quant au tyran Polycrate de Samos, il vous assure de son amitié. Et l'ensemble des cités grecques confirme nos traités d'alliance. Je me permets néanmoins, une fois encore, de mettre en garde Votre Majesté contre l'ambition de Cambyse, l'empereur de Perse.

— Des éléments nouveaux ?

— Non, mais…

— Alors faisons confiance à mon ami Crésus, chef de la diplomatie perse et soutien indéfectible de l'Égypte ! Si Cambyse avait des intentions belliqueuses, nous en serions immédiatement avertis.

— J'ai le devoir de me montrer méfiant, insista le patron des services secrets.

— Douterais-tu toujours de la parole de Crésus ?

— En effet, Majesté. Le mari de Mitétis, fille du pharaon Apriès, que vous avez détrôné, ne conçoit-il pas un désir de vengeance ?

— Balivernes ! Ces vieux événements sont oubliés, et le monde a changé. Il n'y aura pas de choc entre les civilisations perse et égyptienne, car nous souhaitons tous vivre en paix.

— Au contraire de l'Égypte, rappela le chancelier Oudja, la Perse possède un esprit guerrier et conquérant. Cambyse n'aurait-il pas l'intention de s'implanter en Palestine et d'en faire sa base de départ pour attaquer l'Égypte ?

— Ce serait de la folie ! Toi-même, chef de ma marine de guerre, ne disposes-tu pas d'une puissante arme de persuasion ?

— Je la renforce chaque jour, affirma Oudja, et les Perses n'ont aucune chance de nous vaincre.

— Et sur terre, tonna Phanès d'Halicarnasse, ils ne passeront pas davantage ! Je propose une démonstration de force que présidera Sa Majesté. L'avertissement éteindra les éventuelles ardeurs de Cambyse.

— Organise-la avec Oudja, ordonna Amasis. De solides alliances, une armée de professionnels aguerris et bien équipée : voilà mes réponses aux velléités de conquête d'un jeune empereur qui trouvera d'autres os à ronger. Et Crésus achèvera de le convaincre de consolider la paix au lieu de se lancer dans une aventure désastreuse.

— Néanmoins, murmura Hénat, les derniers incidents...

Le pharaon se tourna vers Péfy.

— Je n'ai pas jugé utile de t'informer de l'assassinat des interprètes, mais il ne s'agissait pas d'une mise à l'écart. Aujourd'hui, en raison de la gravité des événements, l'ensemble du grand conseil doit être alerté. Ici même, au palais, mon casque de général, symbole du pouvoir accordé par le peuple révolté contre un mauvais roi, m'a été dérobé ! Autrement dit, un usurpateur a l'intention de s'en coiffer et de se proclamer Pharaon.

— Vous étiez le général en chef, rappela Phanès d'Halicarnasse, et l'armée entière vous a choisi comme roi. Elle vous reste fidèle, nul officier supérieur n'oserait vous défier. Et je trancherai la tête du premier contestataire, pour haute trahison !

— Je préférerais un jugement et une condamnation en règle, intervint Gem.

— Le danger viendra peut-être d'un civil, ajouta Amasis. C'est un jeune scribe qui a assassiné ses collègues. Et j'ai le sentiment que ce drame est lié au vol de mon casque, qu'il faut retrouver au plus vite sans ébruiter l'incident.

— Mes services sont déjà au travail, révéla Hénat.

— À part les membres du conseil, précisa le monarque, seul le grand prêtre de Neit est informé. Il saura tenir sa langue, se cantonnera à ses indispensables activités rituelles et ne troublera pas le cours de l'enquête.

— Dois-je m'occuper aussi de cette affaire ? interrogea le juge Gem.

— Tous les membres du grand conseil doivent collaborer de manière efficace ! exigea le roi. Quand arrêteras-tu enfin ce Kel ?

— La fouille du domaine de Neit n'a rien donné, Majesté, et nul n'oserait imaginer le grand prêtre complice d'un criminel. Le document anonyme ne visait qu'à le compromettre. La vérité étant établie, il ne nous reste qu'à interpeller le coupable et à le faire parler. Ni le scribe Kel ni son collègue Démos ne me paraissent en mesure de vous nuire. Ce ne sont que des fugitifs traqués. L'aide de l'armée et des services secrets sera la bienvenue.

— Au travail, ordonna Amasis.

Oudja laissa sortir les autres membres du grand conseil.

— Puis-je vous parler en particulier, Majesté ?
— Je t'écoute.
— Votre chef des services secrets est un grand pro-

fessionnel, mais ne s'intéresse-t-il pas à trop de dossiers ?
— Me conseillerais-tu de me méfier de lui ?
— Je n'irai pas jusque-là. Néanmoins…
— Des faits précis ?
— Simple impression, probablement erronée. Vu la situation, je préfère vous confier mes doutes avant qu'il ne soit trop tard. C'est vous qui dirigez et décidez.
— Je ne l'oublie pas, chancelier.

29

Un canal reliait Saïs à la cité grecque de Naukratis[1], située à l'ouest de la capitale, sur la branche canopique du Nil. C'est là qu'Amasis[2] avait décidé de concentrer le commerce grec, de plus en plus florissant. Grouillante de vie, accueillant des Hellènes de toutes origines[3], Naukratis, ville ouverte et dépourvue de fortifications, abritait plusieurs temples, notamment celui d'Aphrodite, équivalent d'Isis-Hathor, patronne des marins et protectrice de la navigation.

Au port, on parlait grec, et Kel se félicita d'avoir pratiqué divers dialectes grâce à son professeur, longtemps installé au palais pour apprendre cette langue au roi et à ses conseillers. Le scribe emprunta une ruelle étroite menant au quartier des artisans où travaillaient des potiers, des orfèvres, des fabricants d'amulettes et de scarabées, et des forgerons. Ils étaient autorisés à produire des lames et des pointes de flèches en fer, desti-

---

1. À une vingtaine de kilomètres (aujourd'hui, Kôm Ga'eif).
2. Naukratis a peut-être été fondée vers 664 av. J.-C. par Psammétique Ier, mais c'est Amasis qui l'a développée.
3. Ioniens, Éoliens, Doriens, Éginètes, Samiens, Milésiens, Lesbiens, ainsi que des Phéniciens et des Chypriotes.

nées aux mercenaires grecs formant les troupes d'élite d'Amasis.

Kel s'adressa à un vieillard, assis devant chez lui.

— Je cherche le professeur Glaucos.

— Va voir au poste de douane. Là-bas, ils connaissent chaque habitant.

Amasis prélevait impôts et taxes sur les marchandises, et nul commerçant n'échappait à la cohorte de douaniers.

Le scribe préférait éviter tout contact avec les autorités. Il interrogea une dizaine d'artisans, mais n'obtint aucune réponse. Peut-être aurait-il davantage de chance en consultant un écrivain public ou un prêtre. Il se rapprocha donc du temple d'Apollon, bien visible au centre de son esplanade. Entouré d'une enceinte, il ressemblait à une citadelle.

Croulant sous le poids de vases en argent destinés au sanctuaire, un livreur peinait à marcher.

— Puis-je vous aider ?

— Jusqu'au sommet de l'escalier, volontiers ! Ces marches sont pénibles. Tu habites dans le coin ?

— Je suis à la recherche du professeur Glaucos.

— Ce nom-là me dit quelque chose… J'ai dû lui apporter des tablettes pour écrire, le mois dernier. On fait la livraison au temple, et je te conduis jusqu'à sa maison.

La demeure du professeur occupait l'extrémité d'une ruelle tranquille, bordée de logements confortables occupés par des notabilités.

Un portier en surveillait l'accès.

— Que veux-tu, mon garçon ?

— Voir le professeur Glaucos.

— De la part de qui ?

— D'un ancien élève.

Propre, correctement habillé, attitude d'un jeune homme éduqué... le visiteur ne ressemblait pas à un quémandeur de bas étage. Aussi le portier accepta-t-il d'aller prévenir son patron.

— Glaucos t'attend.

Selon la coutume égyptienne, Kel se déchaussa et se lava les pieds et les mains avant de pénétrer dans la maison coquette, peuplée de vases grecs de tailles et de formes variées dont le décor évoquait des passages de l'*Odyssée*.

Glaucos occupait un élégant fauteuil en bois d'ébène. Ses mains serraient une canne.

— Je suis presque aveugle, avoua le professeur, et je ne distingue pas tes traits. Comment t'appelles-tu ?

— Vous souvenez-vous du scribe Kel ?

Un franc sourire anima le visage du vieillard.

— Mon meilleur élève ! Tu étais le seul à pratiquer plusieurs dialectes grecs et tu apprenais à une vitesse incroyable ! Ta carrière te satisfait-elle ?

— Je n'ai pas à m'en plaindre.

— Un jour, tu entreras au gouvernement ! Le roi remarquera forcément un surdoué de ton espèce, et tu finiras ministre.

— Votre retraite se déroule-t-elle de manière heureuse ?

— La vieillesse ne présente que des inconvénients, mais je bénéficie d'un personnel dévoué. Mon cuisinier me nourrit bien, et un ami me lit chaque jour des poésies grecques. La vie disparaît lentement, et je tente de me souvenir des bons moments. Pourquoi te trouves-tu à Naukratis ?

— Le repas est servi, annonça le cuisinier.

— Aide-moi à me relever, pria Glaucos.

Le scribe et son professeur se rendirent à la salle à

manger où ils dégustèrent du bœuf bouilli avec de l'ail, du cumin et de la coriandre. Un vin local, additionné d'aromates, aiguillonnait le goût.

— Je dois remettre un document à un collègue grec, Démos. Il réside depuis peu à Naukratis. En avez-vous entendu parler ?

— Je ne m'intéresse plus aux promotions des scribes nommés ici par le roi. Naukratis ne cesse de se développer, et de nouvelles têtes apparaissent quotidiennement. À dire vrai, marchands et militaires se taillent la part du lion.

— Justement, précisa Kel, je désire contacter un laitier de Saïs qui aurait récemment repris du service à Naukratis comme officier.

— T'intéresserais-tu à l'armée ?

— Simple concours de circonstances.

— Goûte-moi ce gâteau à la caroube pilée[1] ! Une véritable merveille dont je raffole.

Le vieillard se gava de la succulente pâtisserie et but une coupe de vin.

— Si je comprends bien, tu remplis une sorte de mission secrète.

— Simple démarche administrative.

— Mon ami Arès pourrait t'aider. Il habite à deux pas de la fabrique de scarabées et connaît tout de la caserne de Naukratis.

---

1. Considérée comme le chocolat égyptien en raison de son goût proche du cacao, la caroube est le fruit d'un petit arbre fort apprécié des anciens Égyptiens. On l'appelait *nedjem*, « le doux ».

30

— Je cherche la demeure d'Arès, demanda Kel à un barbu qui le dépassait d'une bonne tête et dont le bras droit était couvert de cicatrices.

Le bonhomme le toisa.

— Curieuse idée… Enfin, chacun son chemin ! Je t'aurais plutôt vu un pinceau à la main et assis en scribe ! Le bureau d'Arès se trouve dans la ruelle de droite. Prends la queue et attends ton tour.

Une dizaine d'hommes patientaient, en file indienne. Le dernier se retourna.

— Tu me parais un peu frêle, mon garçon ! Arès préfère les costauds. Pour devenir mercenaire, il faut des muscles !

Ainsi, son vieux professeur se débarrassait de lui en l'envoyant à un bureau de recrutement ! Ne croyant nullement à son histoire, Glaucos ne le dénonçait pas à la police mais lui offrait la seule porte de sortie possible. Sans doute pensait-il que son ancien élève avait commis de graves erreurs, n'appartenait plus à l'administration centrale et tentait de se cacher à Naukratis. Et l'armée serait l'abri idéal.

— Je tente quand même ma chance.

— Bah, tu as raison ! Ça recrute, en ce moment. Faut

dire qu'on a besoin d'hommes sur les bateaux et qu'on vient d'agrandir le camp fortifié, près de Boubastis, et les casernes de Memphis et de Maréa, à la frontière libyenne. Moi, j'aimerais être en poste à Daphnae, près de Péluse, face à l'Asie. On y mange correctement, paraît-il, il y a des filles à disposition et la solde est bonne. Et les commerçants grecs nous font des petits cadeaux, vu qu'on les protège. L'Égypte, quelle belle vie ! Je ne regrette pas mon Ionie natale. Ici, on ne manque de rien et l'on coule une vieillesse tranquille.

— Et s'il fallait se battre ?

— Avec l'armée qu'on possède, personne n'osera nous attaquer ! Un vrai coup de génie du pharaon Amasis, un ex-général : développer une force de dissuasion. Même un fou de guerre reculerait. Et chacun sait que les mercenaires grecs sont les meilleurs des guerriers. C'est pourquoi l'Égypte leur confie sa sécurité. Sacrée bonne initiative, crois-moi !

Le bonhomme ressortit satisfait du bureau de recrutement.

— Je pars demain pour Daphnae. À toi, mon garçon, et bonne chance !

Arès était trapu, pincé et pressé.

Aux murs de son bureau, des cartes du pays avec l'emplacement des camps et des casernes.

L'allure du scribe le surprit.

— Je te préviens, mon rôle ne consiste qu'à orienter en fonction des besoins du moment. Sur place et après épreuves, un gradé décide de l'engagement définitif. Destination favorite ?

— Ici, à Naukratis.

— Marine, cavalerie ou infanterie ?

— Je désirerais rejoindre un ex-laitier qui s'est engagé récemment.

— Son nom ?
— Le Buté.
— Provenance ?
— Saïs. Vu son passé militaire, il devrait être officier.

Arès fronça les sourcils.

— Et qu'est-ce que tu lui veux, à cet officier ?
— Servir sous ses ordres.
— Tu viens de Saïs, toi aussi ?
— D'un village voisin.
— As-tu déjà manié les armes ?
— Je préférerais m'occuper d'intendance et d'administration.
— Ce n'est pas mon domaine. Moi, je sélectionne de futurs mercenaires, et tu n'as pas le profil de l'emploi. Aucun commandant de camp ne retiendra ta candidature. Cherche un autre métier.
— Je dois m'entretenir avec Le Buté.
— Connais pas. Et si je connaissais, je ne parlerais pas à un inconnu qui n'appartient pas à l'armée.
— J'insiste, c'est très important !
— Ici, c'est un bureau de recrutement. Je ne distribue pas de renseignements.
— Je vous assure, je…
— Dehors, mon garçon, et ne reviens pas. Sinon, tu le regretteras.

Dépité, Kel sortit du bureau.

Échec total.

En se cachant à Naukratis, pourtant proche de la capitale, Démos et Le Buté se savaient hors d'atteinte.

Perdu dans ses pensées, le scribe se heurta à une passante.

Une belle et grande femme d'une trentaine d'années,

les cheveux ramassés en un chignon parfumé et couverte de bijoux.

La file d'attente était devenue silencieuse. Chaque mâle fixait cette superbe femelle, tout à fait inaccessible.

— Pardonnez-moi, bredouilla Kel.
— Tu désirais t'engager ?
— Oui et non, je…
— Nous avons suffisamment de soldats, à Naukratis. En revanche, nous manquons de scribes qualifiés. Saurais-tu lire et écrire ?
— En effet.
— Mon nom est Zéké, mais l'on m'appelle « la courtisane » parce que je suis la femme d'affaires la plus riche de la ville, libre et célibataire. Pour les Grecs, une véritable prostituée ! Ils ne s'habituent pas aux droits dont jouissent les Égyptiennes et ne souhaitent surtout pas les importer chez eux. Beaucoup voudraient nous voiler et nous confiner à la maison. Servir d'esclave sexuelle à son mari, lui faire la cuisine et bien élever ses fils, n'est-ce pas l'unique fonction d'une femme ? Moi qui suis née à Sparte, je profite pleinement de Naukratis et je montre la voie ! Comme je viens d'acheter des terres et des vignes, je dois engager un régisseur. Serais-tu capable d'occuper ce poste ?
— Je ne crois pas.
— Curieux, je suis persuadée du contraire. Acceptes-tu au moins d'en discuter ?
— À votre guise.
— Alors, allons chez moi.

Kel devait être le seul mâle à ne pas subir le charme de l'envoûtante Zéké. En la suivant, il espérait obtenir des renseignements qui lui permettraient de retrouver la trace de Démos et de l'ex-laitier.

Les futurs mercenaires regardèrent le couple s'éloigner.

— Par Aphrodite, s'étonna l'un d'eux, ce gamin m'épate ! Comment a-t-il réussi à séduire cette fabuleuse pouliche ?

— Elle ne tardera pas à le piétiner, prédit son camarade.

31

Sise au centre de la ville, la demeure de la Dame Zéké comprenait quatre étages. Un portier en gardait l'accès jour et nuit. Il s'inclina bien bas devant sa patronne, accompagnée d'un nouveau soupirant, beaucoup plus jeune que les précédents. L'appétit de la richissime femme d'affaires semblait insatiable.

— J'ai horreur de la campagne, avoua-t-elle à son protégé. Trop de bestioles en tout genre !

Au rez-de-chaussée, un atelier de tissage fournissait à la belle vêtements sur mesure, linge de maison, draps de lit et oreillers. Boulangers et brasseurs produisaient chaque jour pain et bière frais, et une salle à manger permettait aux serviteurs de se restaurer.

Premier et deuxième étages accueillaient les appartements privés et les commodités, le troisième les bureaux, le quatrième servait de grenier où l'on entreposait des archives et des denrées alimentaires.

Le mobilier était d'un luxe inouï : fauteuils à haut dossier pourvus d'accoudoir, sièges bas en bois précieux, pliants ornés de motifs végétaux, tables rectangulaires, guéridons, coffres à rangement et une multitude de coussins chamarrés. Aux murs, de lourdes tentures de lin coloré en vert, en rouge et en bleu.

— Déjeunons, décida la Dame Zéké.

Empressés, deux serviteurs disposèrent les mets sur des plateaux en albâtre et versèrent du vin rouge dans des coupes en verre.

— Voici du confit d'oie, expliqua le maître d'hôtel. Il a cuit longuement en marmite avec de la graisse de première qualité. Suivront des œufs de caille durcis grâce à de l'eau chaude salée. Le cuisinier leur a ajouté de l'oignon haché et du beurre. Permettez-moi de vous souhaiter un excellent appétit.

— J'aime manger légèrement, déclara Zéké. Une interminable digestion ralentirait mon rythme de travail, et j'ai quantité d'affaires à traiter. Ce vin ne te tournera pas la tête : il ne comporte ni miel ni aromates. Âgé d'une vingtaine d'années, aérien, il éclaircit l'esprit.

Kel goûta au nectar.

La Grecque n'exagérait pas.

— Il n'existe pas de meilleur pays, affirma-t-elle. Si tu voyais la tête des Grecs débarquant à Naukratis ! Ils ne supportent pas qu'une femme soit libre de se marier selon ses goûts, de divorcer, de jouir de ses biens, de les léguer aux héritiers de son choix, d'aller seule au marché, de faire du commerce et de diriger une entreprise ! La vanité du mâle est atteinte au tréfonds de sa bêtise. Et je suis ravie de voir ces prétentieux devenir mercenaires au service du pharaon et assurer l'indépendance de l'Égypte et des Égyptiens !

— Vous n'êtes donc pas mariée, avança Kel.

— Pour mon plus grand bonheur, divorcée ! Dès mon arrivée, j'ai épousé un armateur originaire de Milet. Et je l'ai surpris en train de coucher avec une servante. La séparation fut prononcée à mon avantage, j'ai touché une indemnisation substantielle, aussitôt investie. Bref, la liberté et la fortune ! Quelques idées, beaucoup de travail, et le succès. Les négociants égyptiens m'apprécient, j'importe des marchandises de qualité et j'achète des terres en rémunérant correctement mon personnel. Aujourd'hui, je possède plusieurs immeubles à Naukratis, et les notables se félicitent d'être mes invités. Toi, tu sembles gêné !

— Je ne mérite pas tant d'honneur.

— À moi d'en juger. Tu m'intrigues, jeune homme, car tu n'es pas quelqu'un d'ordinaire. Qui es-tu et que cherches-tu à Naukratis ?

Trouver une échappatoire ou bien révéler une partie de la vérité en prenant des risques ? Véritable cobra, cette femme ne pratiquait pas la générosité gratuite.

Kel n'avait pas le choix. Étranger dans cette société fermée, sinon hostile, il se jeta à l'eau.

— Je suis un scribe interprète, originaire de Saïs, et je recherche deux hommes réfugiés ici. L'un est mon collègue Démos, l'autre Le Buté, un laitier désireux de s'engager comme mercenaire.

Zéké sembla surprise.

— Pourquoi utilises-tu le terme « réfugiés » ?

— L'un et l'autre sont mêlés à une affaire criminelle, et je suppose qu'ils se cachent à Naukratis.

— Une affaire criminelle ! Des coupables ou des innocents menacés ?

— Franchement, je l'ignore. Aussi dois-je leur parler et obtenir leurs explications.

— Serais-tu concerné au premier chef ? demanda Zéké, grinçante.

— On m'accuse injustement.

— Ton nom ?

— Kel.

La femme d'affaires ne réagit pas. L'assassinat des

interprètes demeurait donc sous le boisseau, Naukratis n'en était pas informée.

Pour combien de temps ?

— Démos et Le Buté, répéta-t-elle en accentuant chaque syllabe. Leur veux-tu vraiment du bien ?

— Démos est mon ami ! protesta le scribe. Quant au laitier, j'aimais bavarder avec lui et le considérais comme un brave homme. S'ils se sont enfuis, ils possèdent peut-être des informations qui me permettront de prouver mon innocence.

— Affaire criminelle, disais-tu. Qui a-t-on tué ?

— Des scribes interprètes. Et je dirais plutôt : affaire d'État. Personne n'a intérêt à s'en mêler.

— Avertissement salutaire ! Je devrais alerter la police.

— Exact.

La Dame Zéké eut un étrange sourire.

— Erreur, jeune homme ! D'abord, je ne suis pas une indicatrice ; ensuite, ta formation de scribe interprète me sera fort utile. Puisque tu lis à la fois le grec et l'égyptien, tu étudieras aisément des documents administratifs et en tireras l'essentiel beaucoup plus vite que mon secrétariat. Car, toi, tu as besoin de mon aide et tu es pressé.

— Pouvez-vous retrouver la trace de Démos et du Buté ?

— S'ils se terrent à Naukratis, ils ne m'échapperont pas. Voici ma proposition, à prendre ou à laisser : logé et nourri, tu travailles pour moi conformément à mes exigences, et je te fournis les renseignements nécessaires. Sinon, tu quittes immédiatement Naukratis.

— Je reste, décida Kel.

32

Deux des sanctuaires du domaine sacré de la déesse Neit étaient consacrés au tissage des nombreuses étoffes utilisées lors de la célébration des fêtes et des rituels. Ayant gravi tous les échelons de la hiérarchie et toutes les étapes du métier, la jeune Supérieure ne se laisserait pas abuser par une éventuelle paresseuse.

Nulle ne contestant sa nomination et chacune se félicitant d'échapper à de lourdes responsabilités, les prêtresses travaillaient avec entrain. La doyenne présenta à Nitis des vêtements de lin terminés la veille et des bandelettes de momification destinées à un crocodile sacré. Elles rendraient son âme heureuse et lui permettraient de franchir les portes des paradis célestes.

— L'heure est venue de tisser l'œil d'Horus [1], annonça la Supérieure.

À la fois soleil et lune, lumière diurne et nocturne, cet œil s'incarnait dans une étoffe blanche et brillante, d'une qualité exceptionnelle. D'une main très sûre, Nitis façonna le premier faisceau de lin pendant que ses assistantes roulaient des filasses afin d'obtenir un

---

1. Cf. F. Servajean, *Bulletin de l'Institut français d'archéologie orientale* 104, Le Caire, 2004, p. 523 *sq*.

assemblage en torsion. Et le chant des fuseaux commença à résonner.

Cet œil tissé serait aussi le linceul d'Osiris, le vêtement de résurrection du corps de lumière qui rayonnait au-delà de la mort. Peu de tisserandes étaient initiées aux grands mystères, mais la corporation entière avait conscience d'accomplir un acte essentiel. En créant cette offrande, en recherchant la perfection de l'œuvre, elle participait à l'immortalité divine.

Au regard de ses Sœurs, Nitis fut rassurée : le travail se déroulerait au mieux. Pas d'esprit de compétition, une quête de l'excellence et le don des compétences. La puissance de Neit guidait les cœurs.

À la nuit tombée, les ateliers fermèrent. La gardienne vérifia les verrous, les prêtresses se dispersèrent.

Alors que Nitis se dirigeait vers sa demeure de fonction, Menk l'aborda.

— Satisfaite de cette première journée de dur labeur ?

— Les tisserandes se sont montrées dignes de leurs devoirs.

— Vous savez adoucir les plus récalcitrantes !

— J'attribue ce miracle à la magie de l'œil d'Horus. En lui se rassemble ce qui était épars.

— Ne sous-estimez pas votre magie personnelle, recommanda l'organisateur des fêtes de Saïs. En vous nommant à ce poste, le grand prêtre ne s'est pas trompé.

— Je tâcherai de ne pas le décevoir.

— Assurer le bon fonctionnement d'un aussi vaste sanctuaire présente bien des difficultés, constata Menk. Chaque matin, l'ensemble du personnel doit être purifié selon la Règle et non selon sa propre fantaisie. Nous devons disposer du nombre suffisant de robes de lin et de sandales, nettoyer les vasques et les remplir fréquemment d'eau fraîche, n'oublier aucun objet et songer au bien-être des divinités présentes dans leurs chapelles. Et je ne parle pas des fêtes !

— Seriez-vous découragé ?

— Certes pas, mais j'aimerais m'entretenir avec vous des multiples problèmes à résoudre. À deux, nous serions plus efficaces.

— La Règle ne fixe-t-elle pas le cadre de notre coopération ? s'étonna Nitis.

— Elle ne nous interdit pas des rencontres moins... formelles. Surtout, méfiez-vous de certains scribes et de certains administrateurs, uniquement préoccupés de leur carrière et désireux de s'enrichir. Ils cherchent à obtenir votre bienveillance et vous tendent des pièges.

— Merci de vos précieux conseils, Menk. Je ne les oublierai pas.

— N'hésitez jamais à me consulter. Je connais tous les notables et n'ignore rien de ce qui se passe ou se trame à Saïs.

— Sauf cet horrible assassinat des interprètes, semble-t-il ?

— Ne parlons plus de cette monstruosité ! exigea l'organisateur des fêtes, irrité.

— Difficile de ne pas y penser.

— Elle ne concerne ni vous ni moi. La police s'en occupe, l'assassin sera arrêté et condamné. Grâce à la discrétion des services officiels, la cité ne bruit pas de mille rumeurs alarmantes et infondées.

— Et si l'on cherchait à dissimuler la vérité ?

— Cette affaire nous dépasse, chère Nitis. À l'État de la résoudre. Écoutez la voix de la raison, je vous en prie, et ne sortez pas de votre rôle.

— Je n'en ai nullement l'intention.

— Vous me rassurez ! Quand dînerons-nous ensemble ?

— Pas dans l'immédiat, à cause d'un travail écrasant. Je dois consulter de nombreuses archives afin de reformuler certains rituels et de leur redonner la vigueur de l'Ancien Empire.

— Tâche admirable, reconnut Menk, mais n'en oubliez pas de vivre. Ces vieux documents ne sauront rendre un juste hommage à votre beauté.

— Passez une bonne nuit, Menk.

— Vous de même, Nitis.

L'organisateur des fêtes de Saïs s'éloigna.

Perplexe, la jeune femme ne parvenait pas à se forger une opinion. Menk était-il un banal séducteur, proférait-il des menaces à mots couverts, participait-il de près ou de loin au complot ? Fréquentant le Tout-Saïs, il avait accès au palais et entretenait des liens étroits avec des hommes de pouvoir. Jouissant d'une excellente réputation, il ne comptait que des amis.

Nitis explora les papyrus mathématiques de la Maison de Vie, espérant y trouver des éléments de codage. À certaines époques, en effet, des jeux de signes avaient permis de dissimuler la signification de textes touchant à la nature des dieux.

La tâche s'annonçait longue et difficile, et la jeune femme n'obtiendrait peut-être aucun résultat. Kel, lui, risquait sa vie à Naukratis. Sa connaissance du grec était un atout précieux, mais Démos et Le Buté ne lui tendraient-ils pas un piège mortel ?

En envisageant la disparition du jeune scribe, Nitis fut bouleversée : ne plus le voir, l'entendre, ne plus partager craintes et espoirs... Incapable de travailler, elle roula lentement le papyrus et le reposa sur l'étagère.

— Tu sembles contrariée, estima le grand prêtre Wahibrê.

La jeune femme sursauta.

— Ah ! vous étiez là ?

— Je venais te chercher afin de te présenter un étrange personnage, un Grec en quête de connaissances qu'il n'a pas trouvées dans son pays. Il souhaite nous consulter et j'aimerais ton avis à propos de sa sincérité.

— Comment s'appelle-t-il ?

— Pythagore.

33

Le front haut et le visage grave, vêtu d'une longue robe blanche, Pythagore[1] s'inclina devant le grand prêtre et Nitis.

— Merci de m'accueillir. Je viens du palais du pharaon Amasis qui m'a accordé une longue entrevue pour savoir si je lui avais obéi sans faillir. De fait, je me suis rendu à Héliopolis, la cité sacrée de Râ, le dieu de la lumière divine, puis à Memphis, la ville de Ptah, maître du Verbe et des artisans.

— Avez-vous été mis à l'épreuve? demanda Wahibrê.

— De rude manière, mais je ne le regrette pas.

— Vous autres Grecs, vous êtes toujours des enfants ! Il n'y a pas de vieillards au sein de vos temples et vous ignorez la véritable Tradition. C'est pourquoi votre philosophie se réduit à un bruit de mots.

— Je le reconnais, grand prêtre, et j'ai compris, comme un certain nombre de mes compatriotes, que l'Égypte était la patrie de la Sagesse. Longtemps, on m'a repoussé

---

1. Deux écrivains de l'Antiquité initiés aux mystères, Porphyre (233-304) et Jamblique (250-330), ont écrit une *Vie de Pythagore* qui relate son long séjour en Égypte et ses contacts avec les sages et les savants.

et conseillé de retourner chez moi. Seule la persévérance m'a permis de convaincre les prêtres de l'authenticité de ma quête. Ici, et nulle part ailleurs, on enseigne la science de l'âme et l'on distingue la connaissance d'un savoir, en subordonnant le second à la première.

— Qu'avez-vous appris à Héliopolis et à Memphis ?

— La géométrie, l'astronomie et les méthodes symboliques conduisant à la perception des mystères. En évitant de courir et de se disperser, mon esprit a été éveillé à la puissance des dieux lors de plusieurs rituels d'initiation.

— Avez-vous vu l'acacia ? interrogea Nitis.

— Je suis un fils de la Veuve et un suivant d'Osiris, l'Être perpétuellement régénéré, répondit correctement Pythagore.

— Vous avez déjà parcouru un long chemin, reconnut le grand prêtre.

— Je me suis également rendu à Thèbes où la Divine Adoratrice, après m'avoir longuement éprouvé, m'a initié aux mystères d'Isis et d'Osiris.

— Un homme obéissant à une femme, observa Nitis. N'est-ce pas choquant, d'un point de vue grec ?

— Dans ce domaine-là aussi, nous avons beaucoup à apprendre ! Quand je retournerai en Grèce pour y fonder une communauté d'initiés, j'ouvrirai ses portes aux femmes, et elles accéderont à la connaissance des mystères comme en Égypte[1]. En les excluant des hautes fonctions spirituelles, on condamne le monde à la violence et au chaos. C'est d'ailleurs une femme, la Dame Zéké de Naukratis, qui m'a facilité bien des démarches. Elle apprécie la liberté dont elle jouit en Égypte et souhaiterait la voir s'étendre partout.

---

1. Voir Mario Meunier, *Femmes pythagoriciennes,* rééd., Paris, Guy Tédaniel, 1980.

— Vous avez donc décidé de fonder un Ordre initiatique en Grèce et d'y transmettre l'ésotérisme égyptien, tel que vous l'avez perçu, avança Wahibrê.

— Cette tâche me paraît primordiale. Certes, je pourrais demeurer ici et progresser sur le chemin de la connaissance jusqu'à ma dernière heure. Mais ne serait-ce pas une démarche égoïste ? Ma vocation consiste à révéler aux Grecs les trésors entrevus dans vos temples et à élever ainsi leurs âmes. Ils doivent mieux respecter les dieux et la loi de Maât, pratiquer le respect de la parole donnée, la modération et l'harmonie, tout en suivant des rituels qui leur permettront d'atteindre les îles des bienheureux, à savoir le soleil et la lune, les deux composantes de l'œil d'Horus.

— Quel est l'essentiel, selon vous ? questionna Wahibrê.

— Le Nombre, répondit Pythagore. Chaque être possède le sien, et le connaître mène à la Sagesse. À la fois unité et multiplicité, le Nombre contient les forces vitales. À nous de les découvrir afin de percevoir l'univers dont nous sommes une expression limitée. Notre origine et notre but ne sont-ils pas le ciel des étoiles fixes, le séjour des divinités où vivent les âmes libérées, celles des Justes ?

— Qu'attendez-vous de moi, Pythagore ?

— Fonder mon Ordre implique l'accord unanime des grands prêtres qui m'ont accordé leur enseignement et jugé digne de le transmettre. Si vous me refusez le vôtre, ma démarche s'interrompra.

— Renoncerez-vous ?

— Je tenterai de vous convaincre, car je crois à l'importance de cette mission.

— Je pratiquerai la même méthode que mes collègues, décida Wahibrê : vous mettre à l'épreuve. Nitis,

Supérieure des chanteuses et des tisserandes de Neit, vous conduira dès demain matin à l'un de nos principaux ritualistes. Il vous donnera plusieurs tâches à remplir. Ensuite, nous nous reverrons.

Pythagore s'inclina de nouveau et regagna le palais royal où il était logé.

— Un homme savant et déterminé, jugea Nitis.

— Mais un Grec, rappela le grand prêtre, et un protégé du roi Amasis.

— Soupçonneriez-vous Pythagore d'être un espion chargé de nous observer ?

— Je n'écarte pas l'hypothèse. Sa curiosité me paraît sans bornes, et il ne manque pas d'intelligence.

— La Divine Adoratrice l'a initié aux mystères osiriens, rappela Nitis. D'après sa réputation, elle se montre d'une sévérité exemplaire ! Nul hypocrite ne saurait la tromper.

— L'argument ne manque pas de force, reconnut Wahibrê. Néanmoins, demeurons vigilants.

— Si Pythagore possède des talents mathématiques et géométriques, ne pourrait-il pas nous aider à déchiffrer le code ?

— Ne brûlons pas les étapes, Nitis ! Avant de lui montrer un document aussi dangereux, assurons-nous de sa parfaite sincérité.

— Hélas ! le temps presse.

— J'en suis conscient, mais un faux pas nous serait fatal, et Kel sombrerait dans l'abîme.

— Je retourne à la Maison de Vie, annonça Nitis. Les papyrus mathématiques abondent, et j'ai repéré des détails intéressants.

— N'oublie pas de dormir, recommanda le grand prêtre. Les devoirs de ta charge ne sont pas minces, et tu auras besoin de toutes tes forces.

34

Coiffé d'une perruque à l'ancienne, portant un pendentif représentant Maât, la déesse de la justice [1], le juge Gem présidait le tribunal qui se tenait devant la porte monumentale du temple de Neit. Ne faisant aucune distinction entre un grand seigneur et son serviteur, entre une servante et sa maîtresse, il écouta divers plaignants dont les affaires outrepassaient la compétence des tribunaux locaux. Le conseil du village apaisait la plupart des conflits, et les magistrats de la ville voisine s'occupaient des cas difficiles. Si nulle solution satisfaisante n'était trouvée, plaignants et accusés remontaient jusqu'au chef de la justice.

En touchant la figurine de Maât, Gem signifia le début de l'audience. Trente juges écoutèrent des scribes lire des plaintes détaillées, se concluant par le montant du dédommagement souhaité, et les réponses des défenseurs. Vu la complexité de la querelle entre héritiers, on écouta la réfutation de ces arguments et l'ultime contre-attaque des opposants [2].

---

1. Assise, elle a sur la tête une plume, la rectrice, qui permet aux oiseaux de s'orienter.
2. « C'est ainsi, écrit Diodore de Sicile, que tous les procès se

Gem aurait pu convoquer les deux parties, mais les documents établissaient clairement la vérité. Aussi imposa-t-il la figurine de Maât sur le dossier des plaignants. Une mère de famille avait légalement déshérité ses enfants, ingrats et malhonnêtes, au profit d'une domestique courageuse que la cohorte des aigris tentait de discréditer. Étant allés jusqu'à produire un faux, ils seraient condamnés à de lourds dommages et intérêts.

La justice rendue au nom de Maât et de Pharaon, Gem regagna son bureau où l'attendaient les derniers rapports de la police concernant l'affaire Kel.

Aucune trace de l'assassin en fuite.

Pourtant, tous les indicateurs étaient en éveil, et les forces de l'ordre ne ménageaient pas leurs efforts.

Donc, Kel avait quitté Saïs.

À moins qu'il ne se dissimulât à l'intérieur de l'enceinte sacrée de Neit… Non, la perquisition avait été correctement menée, et le juge ne pouvait douter de la parole du grand prêtre.

Il fallait alerter l'ensemble des cités du Delta. Le scribe bénéficiait-il de complicités, n'errait-il pas dans la campagne ? Et s'il dirigeait un réseau de malfaiteurs, ceux-ci ne l'avaient-ils pas aidé à quitter l'Égypte ?

Hénat, le chef des services secrets, connaissait peut-être la réponse à ces questions ! Malgré l'intervention du roi, il demeurait muet.

— Que fait-on du dénommé Bébon ? demanda le greffier.

— Amenez-le-moi.

---

plaidaient chez les Égyptiens, qui étaient d'opinion que les avocats ne font qu'obscurcir les causes par leurs discours et que l'art de l'orateur, la magie de l'action, les larmes des accusés souvent entraînent le juge à fermer les yeux sur la loi et la vérité. »

Le juge consulta le dossier du comédien ambulant. Vide. Et la police ne cessait d'interpeller des innocents dont le seul crime était de ressembler à Kel ! Croulant sous les dossiers inutiles, Gem décida de se débarrasser de celui-là.

Défraîchi, le gaillard ne semblait guère vaillant.

— Alors, Bébon, as-tu réfléchi ?
— À quoi ?
— N'as-tu rien à me dire à propos du scribe Kel ?
— Moi ? Vraiment rien ! Je voudrais juste sortir de prison et reprendre mes activités.
— Tu comptes voyager ?
— C'est mon métier !
— Ne pas me dire toute la vérité serait une faute grave.
— C'est bien pour ça que je vous ai tout dit !
— Ton arrestation a été brutale. Désires-tu porter plainte contre la police ?

Bébon ouvrit de grands yeux.

— Cette plainte serait recevable, indiqua Gem, et tu ne ferais qu'exercer le bon droit d'un innocent.
— J'ai eu assez d'ennuis comme ça !
— À ta guise.
— Vous… vous me libérez ?
— Aucune charge n'a été retenue contre toi.
— Il y a quand même une justice, dans ce pays !

Bébon reçut une miche de pain frais, une gourde d'eau, une paire de sandales neuves et, dès sa sortie des locaux de l'administration judiciaire, il salua le soleil et le ciel bleu.

Première destination : la taverne ! Enfin, de la bière forte, indispensable pour s'éclaircir les idées.

Comment retrouver Kel, dont il était le seul ami ? Où

le scribe s'était-il réfugié ? Il existait un semblant de piste, si fragile…

En se levant, Bébon se sentit observé.

Il marcha au hasard, changea plusieurs fois de direction, traversa un marché, discuta avec des commerçants et repéra son suiveur.

Ainsi, sa remise en liberté n'était qu'un trompe-l'œil ! Le soupçonnant de complicité, le juge Gem espérait que le comédien le mènerait jusqu'à son ami Kel.

Supprimer le gêneur serait un aveu de culpabilité. Aussi Bébon prit-il une chambre au deuxième étage d'une auberge des faubourgs, fréquentée par des colporteurs. À peine installé, il bondit sur le toit et vit le policier contraint de faire le pied de grue à proximité de l'établissement. De terrasse en terrasse, il gagna un quartier populaire, puis emprunta une ruelle menant au temple de Neit.

Nitis, la prêtresse qu'avait rencontrée Kel lors du banquet précédant l'assassinat des interprètes, en savait peut-être long.

Elle parlerait, de gré ou de force.

Selon la lettre que venait de lui apporter le facteur, Nitis devait se rendre de toute urgence à son ancienne adresse pour résoudre un problème matériel. Malgré son emploi du temps surchargé, elle décida de le régler immédiatement.

À peine franchissait-elle le seuil qu'une main vigoureuse se plaqua sur sa bouche.

— Ne crie pas ! Surtout, ne tente pas de t'enfuir.

La porte se referma.

L'agresseur emmena la prêtresse dans la chambre.

— Je m'appelle Bébon et je suis le seul ami du scribe Kel. Ou bien tu réponds à mes questions, ou bien je t'étrangle.

— Pose-les.

— Supérieure des chanteuses et des tisserandes de Neit... ta trace fut facile à retrouver ! Les prêtresses pures ne parlent que de cette promotion et de ton brillant avenir ! Admets-tu connaître Kel ?

— Je l'admets.

— Tu l'as piégé, au banquet !

— Je ne suis pas la responsable de ce traquenard.

— Prouve-le !

— Toi, es-tu son ami ou l'un des indicateurs de la police chargés de le repérer ?

Bébon éclata de rire.

— Moi, un policier ? Celle-là est vraiment inédite ! Autant m'accuser d'être marié et père de famille !

La sincérité du comédien paraissait éclatante.

— Je crois à l'innocence de Kel, déclara Nitis, et je l'ai aidé à se cacher.

Bébon poussa un soupir de soulagement.

— Une alliée... Les dieux soient loués ! Où se cache-t-il ?

— Il est parti pour Naukratis. Si Démos et Le Buté, forcément mêlés à l'assassinat des interprètes, ont élu domicile dans cette ville grecque, il les retrouvera et les interrogera.

— Et s'ils sont coupables, ils le tueront !

— Je n'ai pas réussi à l'en dissuader, déplora Nitis, car il n'entrevoyait pas d'autre solution. Aux yeux des autorités, Kel est un assassin en fuite.

— Je vais lui porter assistance, promit Bébon.

Le comédien prit un air penaud.

— Pardonnez-moi ma brutalité, mais je vous croyais complice des comploteurs.

Nitis sourit.

— J'aurais agi de la même manière.

— Aider Kel pourrait vous attirer de graves ennuis !

— Rechercher la vérité et combattre le mensonge ne sont-ils pas les devoirs d'une prêtresse ?

— Vous rencontrer fut un honneur.

— Ramène Kel sain et sauf. Ensemble, nous parviendrons à l'innocenter.

35

En une seule journée, Kel avait abattu davantage de travail que les trois secrétaires de la Dame Zéké en une semaine. Plusieurs difficultés administratives avaient été résolues, la gestion des terres nécessitait de profondes réformes et la rentabilité serait nettement améliorée.

— Éblouissant, reconnut la superbe femme d'affaires. Je ne m'étais pas trompée. Il reste d'autres dossiers à traiter, mais je tiens parole. Puisque tu coopères de manière efficace, tu mérites de rencontrer un homme important qui te procurera des renseignements fiables. Seule condition : il ne s'exprimera qu'en ma présence.

— Quand ?
— Cette nuit même.

Le chef des mercenaires de Naukratis dévorait Zéké des yeux.

— Je te présente un ami, lui dit-elle. Il a besoin de tes services.
— Officieusement, je suppose ?

— Je me porte garante de lui, tu peux répondre sans détour. Et cet entretien n'a jamais eu lieu.

— Que désire savoir cet ami anonyme ?

— As-tu récemment recruté un jeune interprète grec nommé Démos ? demanda Kel.

Le chef consulta ses registres.

— Négatif.

— Et s'il occupait un emploi administratif, le saurais-tu ?

— Bien entendu.

— Et un homme plus âgé, Le Buté ?

Le chef fronça les sourcils.

— Un ex-officier devenu laitier à Saïs ?

— Exactement !

— Lui, il s'est engagé la semaine dernière.

— Je voudrais lui parler !

— Impossible.

— J'insiste !

— Lors de son premier entraînement, Le Buté a été victime d'un accident mortel.

— Les détails du drame ?

— Il a glissé sur le sol mouillé et s'est empalé sur la lance du soldat qu'il affrontait. Au cours de ce genre d'exercice, nous subissons souvent des pertes. C'est le prix à payer pour former des mercenaires et non des femmelettes.

Kel ne parvenait pas à se concentrer.

À l'évidence, on avait donné l'ordre de supprimer Le Buté. Cette piste-là définitivement coupée, restait celle de Démos. Puisque le Grec se terrait, à la différence de l'ex-laitier, complice trop voyant, il devait être innocent. Mais comment le retrouver ?

Soudain, il lut un document ahurissant.

Incrédule, il se demanda s'il comprenait encore le grec. À la relecture, aucun doute.

Apparut la Dame Zéké, portant un collier large à huit rangs de cornaline et de faïence, des boucles d'oreilles en forme de fleurs de lotus et une ceinture composée de plaques d'or retenues par cinq rangs de perles de faïence. De tels bijoux valaient une fortune !

Mais le charme n'opérait pas.

Kel brandit le texte.

— Je n'ose le croire !

— Pourquoi tant d'indignation ?

— Vous prévoyez d'acheter... des êtres humains ?

— En Grèce, nous appelons ça des esclaves, et c'est un commerce tout à fait licite.

— En Égypte, la loi de Maât l'interdit formellement !

— L'Égypte devra se moderniser, jeune scribe, et comprendre que l'esclavage fait partie des forces de production indispensables au développement économique.

— À ce prix-là, mieux vaut y renoncer ! Aucun pharaon n'acceptera une telle ignominie.

— Utopie, mon garçon. Plus la population augmentera, plus les lois de l'économie s'imposeront. Et votre antique spiritualité, si belle soit-elle, sera balayée. Dans nos cités démocratiques, il y a davantage d'esclaves que d'hommes libres. Ce modèle s'imposera.

— Veuillez accepter ma démission, Dame Zéké.

— Hors de question ! Où irais-tu ? Ici, tu es en sécurité et tu peux continuer ton enquête.

Le sourire enjôleur de la femme d'affaires ne séduisait pas Kel. Maîtrisant sa colère, il avança une nouvelle pièce sur la table du jeu dangereux qui l'opposait à la Grecque.

— Je refuse de m'occuper des dossiers traitant, de près ou de loin, de l'instauration de l'esclavage à Naukratis.

— Entendu, je respecterai ta morale archaïque, avec l'espoir de te voir évoluer.

— M'aiderez-vous cependant à retrouver Démos ?

— S'il se cache dans cette ville, je le repérerai.

— Je recherche autre chose, révéla le jeune homme. Un trésor d'une valeur inestimable.

La curiosité de Zéké s'éveilla.

— De quoi s'agit-il ?

— Savez-vous comment le roi Amasis a pris le pouvoir ?

— Lors d'un coup d'État militaire, ses hommes l'ont coiffé d'un casque ayant valeur de couronne. Il s'est débarrassé du pharaon régnant, Apriès, au terme d'une guerre civile, puis s'est imposé au peuple comme aux notables.

— Cette précieuse relique a disparu. On a volé ce fameux casque, conservé au palais, et je suis persuadé que ce délit est lié à l'assassinat de mes collègues.

— Autrement dit, conclut Zéké, un nouveau coup d'État en préparation !

— Si je rapporte ce casque au pharaon, affirma Kel, il reconnaîtra mon innocence.

— Sans nul doute, murmura la femme d'affaires, songeant à une autre issue.

Une telle affaire outrepassait le cas d'un jeune scribe, fût-il très séduisant. Il lui servirait à mettre la main sur ce trésor, mais elle ne lui permettrait pas d'en jouir.

Elle seule possédait l'envergure suffisante pour

traiter avec un monarque et lui extorquer titres honorifiques et fortune. Respectée, richissime, Zéké deviendrait l'une des personnalités majeures de la cour et imposerait quantité de réformes qu'approuverait un roi épris de culture grecque.

La véritable carrière de la Dame Zéké débutait.

36

Amasis avait mal dormi. Son épouse le réconforta et le pria d'accueillir des délégués commerciaux venant de diverses cités grecques et désireux de renforcer encore leurs liens avec l'Égypte. Bien qu'il détestât ce genre de corvées, le monarque se rendit aux raisons de la reine. Voir le pharaon était un honneur incommensurable, et cette faveur aurait d'heureuses conséquences économiques.

L'audience terminée, Amasis reçut Menk, l'organisateur des fêtes de Saïs. Le monarque comptait sur ce fidèle serviteur pour surveiller le grand prêtre et s'assurer que le programme des constructions et des rénovations de temples, en Basse comme en Haute-Égypte, était correctement suivi.

— Notre grand projet avance-t-il, Menk ?

— L'île de Philae s'ornera d'un magnifique sanctuaire dédié à la déesse Isis, Majesté ! Elle appréciera ce site isolé et splendide, jusque-là vierge de toute occupation.

— Ne négligeons jamais la grande magicienne, recommanda Amasis. Ne détient-elle pas le véritable nom de Râ, la lumière divine, et le secret de la puissance créatrice ? Philae demeurera l'un des plus hauts faits de mon règne. Assure-toi de la bonne marche des travaux.

— J'y veillerai, Majesté.

— Ma demeure d'éternité, à l'intérieur de l'enceinte sacrée de Neit, est-elle terminée ?

— Les artisans ont œuvré selon vos directives. Précédée d'un portique à colonnes palmiformes et close de deux portes derrière lesquelles se trouve le sarcophage, la grande salle est une merveille.

Les tombes des souverains de la XXVIe dynastie s'ouvraient sur une cour précédant la salle hypostyle de l'antique chapelle de Neit, et celle d'Amasis ne dérogeait pas à la règle. Ainsi se plaçait-il sous la protection de la mystérieuse déesse qui, à chaque instant, recréait le monde grâce à sept paroles.

— Le grand prêtre s'est-il correctement occupé de ma demeure d'éternité ?

— Avec une vigilance quotidienne, Majesté ! Il a renvoyé deux sculpteurs jugés médiocres et choisi lui-même les formules de glorification gravées dans la pierre et chargées d'assurer la survie de votre âme.

— Aucune critique contre mon gouvernement ?

— Pas la moindre. Froid, distant et réservé, le grand prêtre ne se montre guère enclin aux confidences. Néanmoins, je n'ai recueilli nul écho mettant en cause votre autorité. Le temple de Neit fonctionne à merveille, et il ne sera pas facile de trouver un successeur à Wahibrê.

— Continue à observer, ordonna Amasis, et rapporte-moi un éventuel incident.

Le roi regagna ses appartements où il savoura un grand cru classé de Boubastis. Les vignerons de la déesse chatte, Bastet, produisaient un vin exceptionnel, gai et léger. Amasis avait besoin de ce remontant avant de recevoir, en toute discrétion, le chef de ses services secrets.

Prêtre de Thot, Hénat serait chargé d'honorer la mémoire d'Amasis après la mort du roi, mais il ne possédait pas l'envergure d'un pharaon. Sachant se tenir à sa place, il appréciait l'ombre et se satisfaisait de sa position.

Néanmoins, l'ambition ne déferlait-elle pas à la manière d'une vague destructrice, quels que soient l'âge et les titres ?

Impossible de percer à jour ce personnage effacé dont chacun vantait les compétences.

— Le général Phanès d'Halicarnasse travaille à l'organisation d'une grande parade militaire, Majesté. Cette manœuvre de dissuasion produira d'excellents effets.

— As-tu invité notre ami Crésus ?

— Le chef de la diplomatie perse est en voyage. Nos courriers parviendront à l'atteindre, et je suis persuadé qu'il ne manquera pas l'occasion de voir se déployer la puissance militaire égyptienne.

— Mon casque ?

— Aucune piste pour le moment, mais je fais procéder à de nombreux interrogatoires. L'auteur du vol est probablement une femme de chambre, originaire de Lesbos.

— Pourquoi ces soupçons ?

— Parce qu'elle avait accès à l'aile du palais où était conservée la relique et qu'elle a disparu. Si elle a pris un bateau à destination de la Grèce, nous ne la retrouverons pas.

— Elle a forcément bénéficié de complicités !

Hénat était dubitatif.

— Une certitude, Majesté : pas un dignitaire, pas un officier supérieur n'oserait se coiffer de votre casque et se proclamer pharaon. Je m'occupe des civils, et Phanès écraserait les militaires rebelles.

— Pourtant, le vol a bien été commis !

— Soit au bénéfice d'un insensé décidé à vous imiter au péril de sa vie, soit à celui d'un brigand désireux de gagner une fortune en nous vendant le casque.

— Une affaire purement crapuleuse ?

— À ce stade de l'enquête, je n'exclus rien.

— Et l'assassin des interprètes ?

— Malheureusement, il court toujours ! Parfois, je me demande s'il n'a pas été déchiqueté par un crocodile ou étranglé par des bandits de grand chemin. Un homme traqué ne survit pas longtemps.

— Étends le dispositif de recherche à l'ensemble du pays.

— Jusqu'à Éléphantine ?

— Ce Kel a pu s'enfuir vers le sud !

— J'en doute fort, Majesté, mais je prends immédiatement les mesures nécessaires.

— As-tu recruté de nouveaux interprètes ?

— Seuls trois candidats, possédant les compétences indispensables, me paraissent dignes de confiance. Reformer un service performant prendra du temps.

— En attendant, occupe-toi du courrier diplomatique et soumets-moi les textes importants.

Comme d'ordinaire, le chef des conjurés les subjugua.

En dépit des risques encourus, son calme rassurait. Certes, l'anéantissement du service des interprètes ne faisait pas initialement partie de leur plan, et ils auraient pu craindre que ce drame ne les conduisît au désastre.

Or le destin continuait à se montrer favorable.

— Nous sommes encore loin du but, reconnut le chef. Néanmoins, notre travail souterrain porte déjà ses fruits. Et la situation actuelle nous donne raison : il fallait bien se débarrasser des interprètes et faire accuser le scribe Kel.

— Nous espérions qu'il serait arrêté rapidement, déplora un sceptique. Et s'il possède le papyrus codé, il représente un danger majeur !

— Nullement, estima le chef, car il ne pourra jamais le déchiffrer.

— Souhaitons qu'il soit mort et le document détruit !

— Compte tenu de cet incident mineur, l'un de vous songe-t-il à renoncer ?

Nul n'abdiqua.

37

À la lueur de plusieurs lampes à huile, Kel continuait à étudier le papyrus codé en appliquant des grilles de lecture dérivées de dialectes grecs qu'il pratiquait.

Échec total.

Il avait devant lui des signes égyptiens qui refusaient de s'assembler et de former des mots. L'auteur du code était un véritable démon !

— Tu ne dors pas encore ? interrogea la voix sensuelle de la Dame Zéké, dont le parfum envoûtant envahit la chambre du scribe.

— J'aime lire tard. Avez-vous passé une bonne soirée ?

— Assommante, mais utile ! Le directeur du port de Naukratis se vantait partout de sa fidélité à son épouse décrépite, une fille de fermiers ennuyeuse à mourir. Je lui ai prouvé qu'il mentait. Désormais, il rampe à mes pieds.

— Lui avez-vous parlé de Démos ?

— À lui et à d'autres notables, sous prétexte de recruter un jeune scribe interprète.

— Des résultats ?

— Aucun. Ton ami possède l'art de se cacher. Moi, je suis obstinée et je n'échoue jamais. Demain, nous rencontrerons un officier supérieur qui ne saurait me dissimuler la vérité. Lui nous mettra sur la piste du casque, si ce précieux objet est dissimulé à Naukratis. Dis-moi, jeune scribe, es-tu amoureux ?

— Suis-je obligé de vous répondre ?

— C'est fait. Passe une bonne nuit.

Kel se remit au travail.

Zéké rendit visite aux orfèvres travaillant pour elle, et Kel nota le nombre de pièces produites depuis un mois. Patronne exigeante, la Grecque accordait une prime aux plus courageux et chassait les paresseux. Satisfaite de la production, elle délaissa le quartier des forgerons et se dirigea vers une bâtisse à deux étages, mal entretenue.

D'un coup de pied, elle réveilla un infirme dormant sur le seuil. Le malheureux geignit.

— Les dieux vous envoient, ma bonne dame ! Du pain, par pitié !

— Ma boulangerie, dans la ruelle voisine, a besoin d'un apprenti. Travaille, et tu mangeras.

Craignant de recevoir un deuxième coup de pied, l'infirme décampa.

Kel suivit la Dame Zéké qui grimpa un escalier aux marches usées.

À l'étage, des chambres.

— Alors, Aristote, toujours aussi soûl ?

— Toujours, ma chérie ! L'ivresse n'est-elle pas le plaisir des dieux ?

— S'ils te ressemblent, autant ne croire en rien ! Ton capitaine ne t'a pas réengagé ?

— Si, mais il n'a pas apprécié ma dernière colère.

Pourtant, j'avais raison ! On nous servait une bière infecte, et je l'ai jetée au visage du responsable de l'intendance. Renvoyé pour ça, tu te rends compte ! Un mercenaire de ma qualité !

Le barbu se redressa.

Vu sa musculature, il pouvait encore combattre.

— En souvenir de notre vieille amitié, dit-il à Zéké, tu convaincras bien mon imbécile de capitaine de me reprendre ! Sans moi, l'armée grecque s'effondrera.

— Ton cas devient difficile.

— Tu es tellement séduisante, chérie ! Un mot de toi, et l'affaire sera résolue.

— Possible, reconnut Zéké. Que m'offres-tu en échange ?

En dépit de sa migraine, Aristote tenta de réfléchir.

— Un poème à ta gloire suffira-t-il ?

— Cherche mieux.

— Une nuit d'amour...

— Je déteste le réchauffé.

— Toi, tu as une idée !

— Ta perspicacité me surprend, Aristote.

Le mercenaire parut inquiet.

— Tu ne veux pas l'impossible, au moins ?

— Juste un renseignement.

— Le secret militaire...

— Je déteste aussi les mauvaises plaisanteries, précisa Zéké. Ou tu réponds, ou je m'en vais. Et tu t'arrangeras avec ton capitaine.

— Reste, douce amie, reste !

Le mercenaire redressa le buste.

— Aristote est prêt à répondre.

— En raison de ta fréquentation assidue des tavernes de Naukratis, aucun ragot ne t'échappe.

— Affirmatif !

— A-t-on récemment parlé d'un trésor qui serait arrivé en ville et aurait échappé aux autorités ?

Aristote ouvrit des yeux stupéfaits.

— Comment sais-tu ça ?

Zéké eut un sourire carnassier.

— Je t'écoute, mon brave ami.

— À vrai dire, ça reste flou.

— Toi, sois clair !

— D'accord, d'accord ! Une de mes relations, une gentille fille aux tarifs raisonnables, a reçu des confidences d'un client éméché.

— Son nom ?

— Je l'ignore. Mais je sais qu'il s'agit d'un docker. Lui et ses collègues auraient transporté ce fabuleux trésor en catimini, sans prévenir la douane et les autorités portuaires. Je te préviens, ma douce, c'est probablement une fable. Et je ne te conseille pas de t'approcher des dockers. Ces gaillards sont irritables et violents. Ils n'hésiteront pas à te faire subir les derniers outrages.

— Précieux conseils, Aristote. Rien de plus ?

— Oublie cette histoire et ne cours pas de risques inutiles. J'ai trop besoin de toi. Côté capitaine… tu t'en occupes ?

— Présente-toi à la caserne demain matin.

38

— Je dois y aller seul, décida Kel.

— Aristote n'exagère pas, précisa Zéké : même les mercenaires redoutent les dockers. Ils savent se battre et n'hésitent pas à porter des coups bas. C'est une caste très fermée qui déteste les étrangers.

— Je parle grec, ils n'ont aucune raison de se méfier de moi. Surtout si vous me permettez de leur proposer une forte récompense en échange du casque.

— Excellente idée.

— Votre présence troublerait la négociation, ne croyez-vous pas ? Ces hommes-là n'hésiteraient pas à vous violenter.

Kel ne se trompait pas. Aux yeux des dockers grecs, une femme avait moins de valeur qu'un ballot de linge. Et la beauté de Zéké jouerait en sa défaveur.

Une crainte, cependant : en possession du casque, Kel ne quitterait-il pas aussitôt Naukratis ? Zéké devait récupérer ce fabuleux trésor, quitte à se débarrasser, d'une manière ou d'une autre, d'un scribe devenu encombrant.

— Moi seule peux te protéger, affirma-t-elle, attendrie ; tu es un criminel en fuite, ne l'oublie pas ! On t'arrêtera avant que tu ne puisses remettre le casque au pharaon, et ton innocence ne sera jamais prouvée.

— Accepteriez-vous de négocier en mon nom ?
— Je désire te sauver, mon garçon.
— Comment vous remercier ?
— Rapporte le casque, et ne lésine pas sur la contrepartie exigée. Ensuite, nous nous rendrons à Saïs.

La naïveté de Kel était touchante. Croire à la sincérité d'autrui et à la parole donnée abrégerait son existence.

Zéké le guida jusqu'au port et lui montra le bâtiment de la douane. Des dockers déchargeaient des bateaux de commerce en provenance de Grèce.

— Attends le coucher du soleil, recommanda-t-elle, et dirige-toi lentement vers l'extrémité de la jetée. Les dockers s'y réunissent pour dîner. Si un douanier t'interpelle, réponds-lui que tu cherches à te faire engager. Les dieux t'aideront, j'en suis sûre, et tu seras réhabilité.

En foulant le pavement de la jetée, Kel fut en proie à la panique.

Rien ne l'avait préparé à un tel affrontement. Comme il aurait aimé être transporté au Bureau des Interprètes et traduire un texte difficile avant d'aller souper en compagnie de Bébon ! Connaîtrait-il à nouveau ces petits bonheurs, reverrait-il la prêtresse Nitis ?

Leur service terminé, les douaniers jouaient aux dés et ne s'intéressèrent pas au passant.

Au loin, la lueur d'un brasier.

Kel eut envie de prendre ses jambes à son cou. Convaincre les dockers de lui vendre le casque d'Amasis semblait impossible, à moins qu'ils n'ignorent la véritable nature de l'objet et sa valeur inappréciable.

Une vingtaine de costauds faisaient cuire du poisson

qu'ils fourraient avec du sel, des oignons et des raisins secs. La bière coulait à flots.

Kel serra les dents et avança.

— Holà, un visiteur ! s'écria une voix grasse. Tu cherches quelqu'un, mon garçon ?

— Officiellement, je suis venu demander du travail.

— T'as pas la carrure... Et la vérité, c'est quoi ?

— J'ai un marché à proposer à ton chef.

Les dockers s'arrêtèrent de manger et de boire. Seul le crépitement du feu brisa un épais silence.

— Le chef, c'est moi, affirma Voix-Grasse. Et je n'apprécie pas beaucoup qu'un policier vienne troubler mon dîner.

— Je ne suis pas un policier, au contraire.

— Ça veut dire quoi ?

— Que les manieurs de bâton aimeraient bien me mettre la main dessus.

— Toi, un bandit ?

— Ça me regarde. Une petite fortune t'intéresse-t-elle ?

Interloqué, Voix-Grasse regarda attentivement le jeune homme. Il avait l'air sérieux et sûr de lui.

— En échange de quoi ?

— D'un trésor que tu as récupéré et qui m'appartient. Fixe ton prix.

— Un trésor... Tu divagues ?

— Inutile de mentir.

Soudain, Voix-Grasse regretta d'avoir trempé dans une combine douteuse, mais fructueuse. Et puis il n'avait pas le choix. Maintenant, il se trouvait face à un envoyé des autorités dont il devait se débarrasser discrètement.

La solution s'imposait.

— Nous, on n'est que des intermédiaires. Ce sont

nos collègues de Pé-gouti[1] qui détiennent le trésor. Eux seuls décident.

— Je te paierai ce renseignement.

— On verra ça plus tard. Tu vas dormir ici et, demain matin, on t'emmènera à Pé-gouti. Question de sécurité.

Le cercle des dockers se resserra.

Aucune possibilité de fuite.

Sous étroite surveillance, Kel fut contraint de s'allonger sur une natte défraîchie. On ne lui offrit ni à manger ni à boire.

S'il tentait de s'évader, les dockers n'hésiteraient pas à lui fracasser le crâne.

Le scribe ne pouvait prévenir la Dame Zéké, et personne ne lui viendrait en aide. De ce voyage-là, il ne reviendrait pas.

---

1. «La maison des dockers», située à l'embouchure de la branche la plus occidentale du Nil.

39

Le vent soufflait fort, les vagues se montraient agressives. Inhospitalière et dangereuse, la côte marquait la fin d'une zone marécageuse difficile à traverser.

Au large, un bateau.

Comme la plupart des Égyptiens, Kel savait qu'un redoutable démon habitait la mer et provoquait ses colères dévastatrices. Il n'enviait pas les marins, obligés de les affronter.

— C'est ici, Pé-gouti ? s'étonna le scribe.

— J'ai changé d'avis, révéla le chef des dockers. Se débarrasser d'un policier exige de prendre des précautions.

— Je n'appartiens pas à la police, je…

— J'ai l'habitude de juger les gens, mon garçon. Ton patron t'a mis dans de sales draps en te confiant cette mission impossible. Ardys le pirate t'achètera sûrement un bon prix. S'il est de bonne humeur, il te parlera du trésor que tu cherches avant de te réduire en esclavage. Sinon, il s'amusera à te torturer et jettera tes restes aux poissons. Ardys déteste les Égyptiens.

Même en courant à la vitesse du vent, Kel n'échapperait pas aux dockers, armés de bâtons de jet et de poignards fabriqués à Naukratis.

Plusieurs furent secoués d'un gros rire en constatant la détresse de leur otage.

Le bateau mouilla à bonne distance de la côte. Les pirates mirent une barque à la mer et se dirigèrent vers le feu qu'avaient allumé les dockers.

— Ardys détient donc le trésor, murmura Kel.

— Eh oui, mon garçon ! D'une certaine manière, tu touches au but. Mais ce succès sera mortel, et la police n'en saura rien.

Le jeune homme jugea inutile d'implorer la pitié de Voix-Grasse. Pour lui, il n'était qu'une marchandise dont il devait se débarrasser au plus vite et au meilleur prix.

Quand la barque aborda, Kel songea qu'il ne reverrait jamais Nitis.

À cet instant, il comprit qu'il l'aimait passionnément. La mort l'empêcherait de lui dévoiler ses sentiments et le priverait de son regard, de sa beauté et de sa lumière.

Cinq pirates descendirent de la barque.

À leur tête, un colosse barbu vêtu d'une courte tunique. À sa ceinture, deux épées.

— Salut, Ardys ! dit Voix-Grasse, mal à l'aise.

— Tu me proposes quoi, aujourd'hui ?

— Ça, répondit le docker en désignant Kel.

Les deux hommes pratiquaient un dialecte ionien que le scribe interprète connaissait.

— D'où vient ce gamin ?

— C'est un policier chargé de retrouver ton trésor.

Le colosse éclata de rire.

— Tu me mets de bonne humeur, camarade ! Tu en veux combien ?

— Un bon prix.

— Trois jarres de vin vieux ?

— Cinq, et un vase précieux.

— Trop cher !

— Un jeune policier… Sacrée distraction, non ?

Ardys grogna.

— Quatre jarres et un petit vase crétois dont raffolent les bourgeoises de Saïs.

— Affaire conclue.

Les deux hommes topèrent.

— Toi et les dockers, décampez ! ordonna le colosse. Nous allons nous servir de votre feu pour faire griller du poisson. On se revoit à la nouvelle lune. Tâche de m'apporter des vêtements et des armes.

— Entendu.

Deux pirates donnèrent à Voix-Grasse les jarres de vin et le vase crétois, provenant de la mise à sac d'un bateau de commerce. Ardys avait prévu davantage et s'estimait satisfait de la transaction.

Son regard se tourna vers Kel.

— Un policier ne fait pas un bon esclave, et tu manques de muscles. Pas le temps de t'apprendre à ramer des journées durant. Tu ne comprends pas ce que je dis, l'Égyptien, dommage ! Mes hommes et moi, on s'amusera à te rôtir pendant qu'on mange. Les glapissements d'un policier, belle musique de table !

— Vous êtes un véritable étranger, constata Kel, puisque vous ne parlez pas égyptien. Pourquoi tant de haine vis-à-vis de mon pays ?

— Tu… tu t'exprimes dans mon dialecte !

— Je ne suis pas policier, mais scribe interprète, et je travaille à Naukratis, au service de la Dame Zéké.

Stupéfait, Ardys resta longtemps bouche bée.

— La Dame Zéké, répéta-t-il comme s'il parlait d'une déesse redoutable. Que cherches-tu précisément ?

— Un trésor qu'auraient récemment transporté les dockers et qui serait en votre possession.

De son poing fermé, le pirate se frappa le front.

— On nage en pleine folie ! Pourquoi je déteste ton maudit pays ? À cause de ses douaniers, de ses policiers et de ses taxes ! Un honnête commerçant ne parvient plus à gagner correctement sa vie. Pas une cargaison n'échappe aux impôts ! Moi, je me débrouille autrement. Sur les bateaux en provenance d'Asie Mineure, je prélève du vin, de l'huile, de la laine, du bois, des métaux, et les braves dockers les écoulent au nez et à la barbe des autorités. Les acheteurs paient moins cher, et tout le monde est content !

— Le récent trésor n'est pas une marchandise ordinaire.

— Pas besoin de me le rappeler ! tonna Ardys. Se méfierait-on de moi ?

— Certainement pas, affirma Kel, surpris de la tournure de l'entretien.

L'œil du pirate devint soupçonneux.

— Tu procèdes à une ultime vérification, hein ? C'est de bonne guerre, au fond ! Avant de passer à l'offensive, mieux vaut s'assurer de la qualité des troupes.

Ardys entraîna Kel à l'écart.

Avait-il changé d'idée, lui aussi, et comptait-il le poignarder au lieu de le rôtir ?

De la poche de sa tunique, il sortit un petit objet circulaire. Kel n'en avait jamais vu de semblable.

— Superbe, non ? Le coffre caché dans ma cabine contient une centaine de pièces d'argent identiques, frappées en Grèce. Bientôt, notre monnaie circulera en Égypte ! Fini, votre troc et votre économie désuète ! Les lingots de référence des temples que l'État ne met pas en circulation seront oubliés et démodés au profit de ces pièces. Chacun pourra en posséder, elles changeront le monde !

— Pharaon interdira cette pratique, objecta Kel.

— Il s'y pliera, lui, l'amoureux de la Grèce ! Moi, le premier importateur, je deviendrai un homme très riche. Un ex-pirate, tu te rends compte ? D'accord, il faudra se montrer prudent avant l'adoption de ce formidable progrès. Ensuite, nous engrangerons les bénéfices. Tu as choisi le bon chemin, mon garçon. Un Égyptien intelligent, c'est rare. Surtout, dis à notre patronne de ne pas s'inquiéter. Ardys veille sur le trésor, personne ne le lui dérobera. Et, le moment venu, l'argent grec envahira l'Égypte !

— Notre patronne…

Le pirate prit un air égrillard.

— Sacrée futée, celle-là ! Même un gaillard comme moi accepte de lui obéir. Et il paraît qu'au lit… tu en sais peut-être long, là-dessus ?

— Ne possédez-vous pas un casque appartenant au roi Amasis ? demanda Kel.

La surprise d'Ardys n'était pas feinte.

— Je me bats toujours tête nue, et mon épée fend un casque en bronze ! Retourne à Naukratis, le scribe, et rassure la Dame Zéké. Ardys ne la trahira pas.

40

Ainsi, il avait survécu !

Afin d'exploiter ce qu'il venait d'apprendre, Kel devait traverser une vaste zone marécageuse où le guettaient plusieurs formes de mort violente, à commencer par les crocodiles et les reptiles.

Au fond, Ardys le pirate se moquait du sort de l'envoyé de la Dame Zéké, leur toute-puissante patronne. S'il disparaissait, elle trouverait aisément un autre commissionnaire !

La présence de nombreux oiseaux le rassurait. Ibis, bécasses, canards, hérons, grues et autres pélicans jouissaient de ce vaste domaine, pourvu d'une nourriture abondante. Il admira leur vol et leurs jeux, loin des turpitudes humaines. Ici, la vie s'exprimait avec la magnificence du premier matin du monde.

Kel arracha une jeune tige de papyrus, en coupa l'extrémité supérieure et dégusta la partie inférieure sur une longueur d'une coudée. Un aliment simple, qui lui donnerait l'énergie nécessaire pour marcher pendant des heures, à un rythme régulier, en ne relâchant pas sa vigilance.

Avant la tombée de la nuit, il eut la chance de rencontrer des pêcheurs, satisfaits de leur rude journée de travail. Ils l'emmenèrent à leur village, le convièrent à dîner et lui offrirent une natte. Fatigués, ils n'avaient pas envie de bavarder. Le lendemain matin, à l'aube naissante, ils lui indiquèrent le meilleur itinéraire à destination d'un bourg desservi par un chemin menant à Naukratis.

La tête de Kel fourmillait de questions, et la Dame Zéké y répondrait de gré ou de force. L'avait-elle envoyé à une mort certaine, ou bien supposait-elle que les dockers s'étaient emparés du casque d'Amasis ? En supprimant le scribe, ils auraient avoué leur culpabilité ! Il servait donc d'appât, sans la moindre chance de réapparaître.

— Halte et ne bouge plus !

Trois hommes armés de gourdins surgirent d'un fourré de papyrus et entourèrent le jeune homme.

— Douane volante, déclara le gradé, un quadragénaire aux lèvres minces et au front bas. On se promène, mon garçon ?

— Je me rends à Naukratis.

— D'où viens-tu ?

— Du bourg du Héron, à deux heures d'ici.

— Tu y habites ?

— J'ai rendu visite à des amis.

— Je connais l'endroit et je ne t'y ai jamais vu.

— Normal, c'était mon premier séjour.

— Qui sont-ils, ces amis ?

— Les propriétaires du four à pain.

— On vérifiera. Ton nom et ta profession ?

— Je suis domestique à Naukratis.

— Je n'ai pas entendu ton nom.

— Bak.

— Bak, « le serviteur »... Ça tombe bien. Ton patron ?

Parler de la Dame Zéké semblait inopportun.

— Pourquoi ces questions ? s'étonna Kel. Je ne transporte aucune marchandise non déclarée !

— Justement, c'est bizarre, estima le douanier. On attrape souvent des colporteurs plus ou moins en règle, mais pas de promeneurs les mains vides. Alors, cet employeur ?

— Un mercenaire grec.

— On vérifiera ça aussi, en te ramenant à Naukratis.

— Je préfère rentrer seul.

— Tu ne te sens pas en sécurité, avec nous ?

— De quoi m'accusez-vous ?

Un douanier parla à l'oreille de son supérieur.

— En ce moment, on ne recherche pas seulement des voleurs et des fraudeurs, mais aussi un assassin. Un scribe nommé Kel qui va de village en village et se cache peut-être dans les marais en espérant échapper à la police. Mon collègue, excellent physionomiste, croit reconnaître ce dangereux criminel grâce au portrait que nous ont transmis les autorités de Saïs. Alors, tu vas nous suivre sans faire d'histoires, et on vérifiera.

Les douaniers songeaient à la belle prime.

— Vous vous trompez, protesta l'accusé, je ne suis pas un assassin.

— Ainsi, tu es bien le scribe Kel !

— Acceptez-vous de m'écouter ?

— Nous, on se contente de t'interpeller. Tu parleras au juge.

La tête en avant, Kel bondit et percuta l'estomac du douanier.

Surpris, ses collègues tardèrent à réagir. Le scribe s'enfuit à toutes jambes.

— Rattrapons-le !

Rompus à ce genre d'exercice, ils gagnèrent vite du terrain.

Le premier parvint à ceinturer le fugitif et le plaqua face contre terre.

— Maintenant, mon gaillard, tu vas apprendre à obéir et tu te tiendras tranquille !

Le prisonnier se raidit en attendant les coups.

Le douanier poussa un cri de douleur et s'effondra à côté du scribe.

— Relève-toi, Kel, et décampons.

Cette voix... celle de Bébon !

— C'est toi... c'est bien toi ?

— Ai-je tellement changé ?

— Les autres douaniers ?

— J'ai terminé le gradé d'un coup de poing sur la nuque, je me suis emparé de son gourdin, j'ai estourbi ton premier suiveur et viens de te débarrasser du second.

— La police t'a innocenté ?

— Faute de charges, on m'a libéré. La police arrête tant d'innocents qui te ressemblent que le juge Gem ne sait plus où donner de la tête !

— Comment es-tu arrivé jusqu'ici ?

— Ton amie, la prêtresse Nitis, m'a appris que tu t'étais rendu à Naukratis. Dans une taverne proche de la douane, j'ai joué le policier ! Un « collègue » m'a parlé de deux équipes sur le point de partir à la recherche d'un dangereux criminel. Par chance, j'ai suivi la bonne !

— Nitis... elle m'accorde donc sa confiance ?

— Une alliée précieuse ! Et si jolie... À l'écouter, tu ne lui sembles pas indifférent. Note bien, une prêtresse et un assassin en fuite, ça ne s'annonce pas facile !

— Cesse de dire des stupidités !

— Il faut se détendre un peu ! Je n'assomme pas tous les jours trois douaniers. Quand ils se réveilleront, ils risquent d'être de méchante humeur. Moi, ils ne m'ont pas vu, mais toi, ils te savent dans la région.

— Nous devons nous rendre à Naukratis et interroger une personne qui en sait long.

— Pas un mercenaire armé jusqu'aux dents, j'espère ?

— Une très belle femme d'affaires grecque.

« La jolie prêtresse est déjà oubliée », pensa Bébon.

— Ne te laisse pas séduire, poursuivit Kel. La Dame Zéké est plus redoutable qu'une vipère à cornes. Viens, je t'expliquerai en chemin.

41

En sortant du château des tissus de lin où les prêtresses travaillaient avec ardeur, Nitis songeait à Kel. Reviendrait-il vivant de Naukratis en compagnie de son ami Bébon, rapporterait-il des preuves de son innocence ?

Son absence était une profonde souffrance. Kel offrait un horizon nouveau, un idéal que lui seul incarnait. La magie de la déesse Neit détournerait-elle les attaques du destin et recréerait-elle un chemin de lumière qu'exploreraient ensemble la prêtresse et le scribe ?

— Mauvaise nouvelle, annonça le grand prêtre.

Le cœur de Nitis se serra.

— Kel...

— Non, rassure-toi, l'enquête du juge Gem piétine. Aucune trace de l'assassin en fuite.

— Kel n'a tué personne !

— Je le sais, mais nous devons adopter la terminologie officielle. Le juge se plaint de l'inefficacité de la police et du silence du chef des services secrets. D'après Gem, Hénat ne joue pas franc jeu et ne lui communique pas les informations dont il dispose.

— Est-ce votre avis ?

— Mieux vaudrait que le juge retrouve Kel le premier. Hénat, lui, ne s'embarrassera pas de procédure et fera exécuter le soi-disant criminel. Les rapports de ses hommes établiront leur légitime défense, et l'affaire sera enterrée.

— Gem n'acceptera pas cette mascarade !

— À moins qu'il ne soit complice des assassins.

— En ce cas, notre pays serait en grand péril !

— La mauvaise nouvelle le confirme, Nitis : le roi ordonne de mettre une partie de nos ateliers au service du monde extérieur.

La prêtresse fut pétrifiée.

— Le roi chercherait-il à détruire les temples ?

— Une nouvelle économie est en train de naître, et nous devons nous y adapter.

— Depuis l'âge des pyramides, c'est le temple qui dictait l'économie ! Aux hommes de respecter la loi de Maât, et non à Maât de se plier aux turpitudes de l'humanité !

— Amasis a décidé de supprimer les privilèges des temples, jugés excessifs. Désormais, ils seront soumis à son administration et, à l'exception du très ancien sanctuaire d'Héliopolis et de celui de Memphis, ne toucheront plus de redevances provenant de leurs domaines. L'État seul percevra des taxes, engagera les prêtres comme les paysans et les artisans, leur versera un salaire et entretiendra les locaux. Nos ateliers fabriqueront des tissus pour les profanes et contribueront ainsi à la prospérité du pays.

— La Divine Adoratrice n'acceptera jamais cette folie !

— Thèbes est loin, rappela le grand prêtre, et elle ne règne que sur un petit territoire. Ici, dans le Delta, naît le monde futur.

— Ne prôniez-vous pas le retour aux valeurs de l'Ancien Empire, ne m'avez-vous pas confié la tâche de ressusciter les rituels des premiers âges, nos sculpteurs ne s'inspirent-ils pas de la statuaire des bâtisseurs de pyramides ?

— Telle demeure ma ligne de conduite. Le regard d'Amasis se tourne vers les Grecs et sa caste de hauts fonctionnaires auxquels il attribuera les terres des temples.

— Tenterez-vous de convaincre le roi qu'il fait fausse route ?

— Ses décisions sont prises, Nitis, et mes paroles l'indiffèrent. Pythagore remplit-il correctement les tâches rituelles qui lui ont été confiées ?

— Il se comporte en parfait prêtre pur.

— Lui, un Grec, exercera peut-être une influence sur le roi. Continuons à l'éprouver et, surtout, préparons la prochaine fête de la déesse. Elle seule nous protégera du pire, et son service ne doit souffrir ni retard ni inexactitude.

— Menk et moi collaborons de manière efficace, assura Nitis. Tenant à sa réputation d'excellent organisateur, il se dépense sans compter et ne tolère pas de défaillance.

— Reste méfiante, recommanda Wahibrê. Nous ignorons le rôle réel de ce courtisan-né.

— Ne parvenant pas à déchiffrer un seul mot du code, avoua Nitis, je vous demande l'autorisation d'écrire au défunt chef du service des interprètes et de solliciter son aide.

— Une lettre au mort ?

— J'espère qu'il acceptera de nous répondre.

— Choisis les termes, Nitis. Et souhaitons que ta magie soit convaincante.

Nitis pénétra dans la petite chapelle du tombeau du chef des interprètes. Sur la table d'offrandes, elle déposa un pain en pierre et versa de l'eau fraîche.

La douce lumière du couchant éclairait la partie accessible à la demeure d'éternité. Les vivants pouvaient y communier avec les morts.

La prêtresse éleva les mains pour vénérer la statuette du *Ka*, la puissance vitale qui échappait au trépas après avoir animé un être, minéral, végétal, animal ou humain, le temps de son existence.

« Sois en paix, lui souhaita-t-elle, et rejoins la lumière de l'origine. »

Puis Nitis accrocha au cou de la statuette un petit papyrus. Le texte de sa lettre au mort le priait de l'aider à démasquer les vrais coupables afin de sauver la vie d'un innocent, le scribe Kel. Lorsque l'âme, nourrie de soleil, viendrait vivifier la statuette du *Ka*, serait-elle porteuse d'une réponse de l'au-delà ?

À l'aube, Nitis se présenta devant la porte de la chapelle.

Elle lut un long hymne à la gloire de la clarté renaissante au terme d'un violent combat contre les ténèbres, franchit le seuil et s'immobilisa au milieu du modeste sanctuaire.

La prêtresse eut le sentiment d'une présence.

Démon dangereux ou esprit amical ?

Déroulé, le papyrus gisait au pied de la statuette. D'une main hésitante, Nitis s'en saisit.

À l'encre rouge, la main du défunt avait écrit une réponse :

Les Ancêtres détiennent le code.

42

— Enfin de retour ! s'exclama la Dame Zéké. Que s'est-il passé ?

— Vous vous êtes bien moquée de moi, déclara Kel, et je me suis montré d'une stupidité affligeante. Mais le destin a déjoué vos projets.

La Grecque feignit l'étonnement.

— Je ne comprends rien à ton discours !

— Inutile de jouer la comédie, Dame Zéké. À présent, je connais votre rôle.

— Explique-toi !

— J'ai cru à votre sincérité, et vous m'avez envoyé à la mort.

— Les dockers sont des individus violents et dangereux, tu le savais !

— Le pirate Ardys n'est-il pas votre employé ?

Zéké eut un étrange sourire.

— L'aurais-tu rencontré ?

— Ne lui aviez-vous pas ordonné de me supprimer ?

— Tu devais retrouver le trésor !

— Je l'ai retrouvé.

— Ainsi, nous possédons le casque du pharaon Amasis ! Ardys est vraiment le meilleur des voleurs. Il mérite une bonne récompense.

— Je n'en suis pas si sûr.
— Refuserait-il de nous vendre le casque ?
— C'est un autre trésor que vous lui avez confié.
Le regard de la Dame Zéké devint féroce.
— Ce médiocre aurait-il bavardé ?
— En introduisant la monnaie grecque en Égypte, affirma Kel, vous voulez détruire notre économie et notre société. En vous emparant du casque d'Amasis, vous disposeriez d'une arme décisive pour conquérir le pouvoir. Sans doute avez-vous déjà choisi le mercenaire qui s'en coiffera et se proclamera Pharaon. Et dans ce jeu dangereux, je n'étais qu'un pion destiné à disparaître.
— Grâce à ton intelligence aiguë, dit Zéké d'une voix douce, comprends que l'ancien monde ne tardera pas à s'éteindre. Les Égyptiens ont le regard tourné vers le passé et les valeurs ancestrales. Certains songent même à ressusciter le temps des pyramides dont s'inspirent vos sculpteurs ! Nous, les Grecs, représentons l'avenir.
— Cet avenir-là, je le refuse !
— Un jeune scribe passéiste et réactionnaire, bien représentatif d'une élite décadente ! Regarde Naukratis, Kel : voilà le monde nouveau ! Qui défend ta vieille Égypte, sinon des mercenaires grecs ? En échange de leurs efforts, ils exigent d'être mieux payés. Deux sacs d'orge et cinq de blé par mois, insuffisant ! Ils veulent de belles et bonnes pièces, et j'en mettrai bientôt des milliers en circulation.
— La monnaie et l'esclavage... C'est cela, votre progrès ?
— Évolution inéluctable !
— Vous avez forcément des complices au gouvernement. Sinon, vous douteriez de votre succès.

— Ne deviens pas trop curieux, Kel. Seul mon mari partagera mes secrets. Ou bien tu m'épouses, ou bien tu t'enfuis. Et si tu choisis la mauvaise solution, ne compte plus sur moi pour te protéger.

Kel blêmit.

— Je ne céderai pas à cet odieux chantage !

— Ne sois pas ridicule. Tu me désires, je te désire. À nous deux, nous ferons de l'excellent travail. Sans mon aide, tu es condamné à mort.

— La mort n'est-elle pas le meilleur des refuges ?

— À ton âge, un horrible châtiment ! Sois raisonnable, Kel. Moi seule te permettrai d'échapper à la police. Et, d'abord, révèle-moi l'emplacement du casque d'Amasis.

— Je l'ignore.

— Le pirate m'a trahi, et tu es son complice !

— Non, Dame Zéké.

Leurs regards se défièrent.

— J'espérais davantage, avoua-t-elle. Ainsi, Ardys m'est fidèle et ne détient pas d'autre trésor qu'un stock de pièces grecques.

— Exact.

— Ta décision, Kel ?

— Je quitte Naukratis.

Zéké tourna le dos au jeune homme.

— À ta guise ! Je te rendrai pourtant un dernier service. Patiente ici deux ou trois heures, je vais m'informer du dispositif mis en place par la police et te préciserai le moyen de sortir de la ville.

— Je vous en remercie.

— Tu cours au désastre !

— Je prouverai mon innocence.

— Dommage, Kel ! Ensemble, nous aurions rénové ton monde périmé.

Laissant derrière elle le sillage d'un parfum oppressant, Zéké sortit de la vaste salle de réception.

Inquiet, le scribe fit les cent pas. La femme d'affaires ne le livrerait-elle pas à une cohorte de mercenaires qui vendraient sa dépouille aux autorités ?

Avide de puissance, la Grecque comptait s'emparer du pays. Folie des grandeurs ou projet réaliste ? Rien ne prouvait son implication dans le crime des interprètes. Cependant, elle ne niait pas d'éventuelles accointances avec de hauts personnages de l'État.

Incapable de démêler le vrai du faux, Kel fut soulagé de la voir revenir.

— La porte des artisans n'est pas encore surveillée, indiqua-t-elle. Prends le nécessaire et décampe.

— Merci de votre aide.

— En me perdant, tu perds tout.

Kel regagna son logement. Il y récupérerait sa palette de scribe et s'équiperait d'une natte, d'une gourde et d'un sac de victuailles.

Il poussa la porte et se heurta à un obstacle.

Au prix d'un effort intense, il déplaça quelque chose de lourd et réussit à pénétrer dans la pièce.

Sur le sol, un cadavre.

Celui de son collègue interprète, le Grec Démos.

On lui avait tranché la gorge. Près de sa tête, l'arme du crime : l'un de ces couteaux que les Égyptiens refusaient d'utiliser, parce qu'ils les jugeaient impurs. Les Grecs ne les réemployaient-ils pas après avoir tué des bêtes ? Contaminés, de tels objets souillaient la nourriture des humains.

Démos… Innocent ou coupable, il ne parlerait plus jamais.

Tétanisé, Kel fixait ce corps martyrisé en le suppliant

de révéler la vérité. Mais Démos restait muet, désormais indifférent au sort des mortels.

— À l'assassin ! cria une voix rugueuse. Venez, attrapons-le !

Une poigne très ferme agrippa l'épaule de Kel.

— Sortons d'ici ! ordonna Bébon.

— Regarde, ce cadavre...

— Il ne se réveillera pas. Nous, on doit échapper à ce piège !

Kel se laissa tirer par le bras et se mit à courir.

Bébon évita le vestibule où les attendaient les domestiques de Zéké, armés de bâtons.

Les deux fugitifs traversèrent la grande cuisine, sous le regard affolé des marmitons.

— On grimpe ! décida le comédien.

Un scribe âgé tenta de leur barrer le chemin de la terrasse. Bébon l'écarta d'un coup de coude.

Les deux hommes sautèrent sur le toit en contrebas, atteignirent un grenier, puis empruntèrent une grande échelle qui leur permit de rejoindre une ruelle.

— On les a semés, jugea Bébon.

43

Délégué par l'administration centrale, le scribe comptable rencontra Nitis au milieu de la matinée, après que la Supérieure des chanteuses et des tisserandes eut donné ses directives aux prêtresses.

Le haut fonctionnaire semblait plutôt sympathique.

— Ce temple est splendide, reconnut-il, impressionné. Désolé de vous importuner, mais les ordres sont les ordres. Je vais vérifier vos livres de comptes, réduire certaines dépenses et favoriser certains investissements. Le roi tient beaucoup au développement de vos ateliers et à la vente de vos produits à l'extérieur.

— Ce n'est pas notre vocation, objecta Nitis.

— Je sais, je sais ! Néanmoins, nous n'avons pas le choix, ni vous ni moi. Tâchons de nous entendre.

Dépourvu d'agressivité, peu satisfait de sa mission, le comptable se montra conciliant et réduisit au minimum les obligations du temple de Neit.

— On devrait appliquer la même loi à tous, maugréa-t-il. Quand je pense au sort réservé à mon malheureux collègue du Bureau des Interprètes ! Si la justice disparaît, l'Égypte sera détruite.

— Que lui est-il arrivé ?

— Les scribes interprètes ont été assassinés, et lui

avec ! murmura le haut fonctionnaire. Pas question de parler de cette horreur. La police arrêtera l'assassin, et l'on oubliera cette tragédie. Tout de même, on aurait dû écouter mon collègue !

— Avait-il constaté des irrégularités dans la gestion du service ?

— Certes non, car le patron était le plus rigoureux des hommes ! Inutile de solliciter un passe-droit ou des avantages immérités. Mais mon collègue lui avait remis un document concernant d'éventuelles malversations financières à Naukratis, la ville grecque. Là-bas, on a tendance à faire sa propre loi !

— Qu'est devenu ce document ? demanda Nitis, intriguée.

— Après l'avoir étudié, le patron l'a remis aux autorités supérieures.

— À qui, précisément ?

— Mon collègue l'ignorait.

— Des réactions se sont-elles produites ?

— À ma connaissance, aucune ! Voilà pourquoi nous courons à la catastrophe. Enfin, silence et bouche cousue. Ce genre d'affaire nous dépasse. S'en occuper ne ferait qu'attirer de graves ennuis aux imprudents. À bientôt, Supérieure.

Nitis se rendit aussitôt chez le grand prêtre, qui établissait le tableau détaillé des tâches à accomplir avant la prochaine fête de la déesse.

— Notre ami Pythagore se montre-t-il efficace ? demanda-t-il à la jeune femme.

— Impeccable et discret : nul reproche à lui adresser.

— Continue à le surveiller.

— Je viens de recueillir d'étonnantes confidences, révéla Nitis.

Wahibrê écouta attentivement la prêtresse.

Surchargé de travail, le ministre des Finances, Péfy, goûtait une petite heure de repos à l'ombre d'un palmier centenaire, au bord d'un plan d'eau de sa vaste villa de Saïs. En raison des restrictions budgétaires au profit de l'armée, il devait réorganiser les services de la Double Maison de l'Or et de l'Argent dont les fonctionnaires appréciaient peu les mutations.

« Supérieur des rives inondables », il se souciait aussi de la bonne exploitation des cultures et recevait en personne les responsables des principales zones agricoles. Par bonheur, rien d'inquiétant. Néanmoins, il ne fallait autoriser aucun laxisme, sous peine d'aboutir à un désastre. Et Péfy songeait souvent à la cité sainte d'Osiris, Abydos, où il aurait aimé se retirer en vénérant le dieu des ressuscités.

Le ministre ferma les yeux et sommeilla, en rêvant d'un monde paisible, sans fraudeurs ni paresseux.

Son intendant osa le réveiller.

— Le grand prêtre Wahibrê souhaite vous voir.

Cette sieste avait été de courte durée.

Péfy reçut son ami dans une pièce bien aérée de la villa, à l'abri des oreilles indiscrètes. On leur servit de la bière légère et des pâtisseries au miel.

— En ces temps difficiles, mon ami, dit le ministre, sachons apprécier ces petits plaisirs. Demain, le pourrons-nous encore ?

— Deviendrais-tu pessimiste, Péfy ?

— L'âge et la fatigue n'incitent pas à la joie de vivre. Et ce n'est probablement pas ta visite qui me redonnera le sourire.

— Peu probable, confirma Wahibrê.

— J'espère que tu ne vas pas me parler de l'assassinat des interprètes ?

— Je dispose d'un élément nouveau et troublant.

— Mon ami, mon très cher ami ! Ne t'occupe plus de cette affaire. Hénat, le chef des services secrets, réorganise notre diplomatie avec l'accord du roi. Et la police ne tardera pas à mettre la main sur l'assassin. Oublie cette tragédie.

— Refuses-tu de m'écouter ?

Péfy poussa un soupir d'exaspération.

— Connaissant ton obstination, je rends les armes !

— Parmi les nombreux dossiers sensibles qu'avait à traiter le patron du service des interprètes se trouvait un document comptable concernant les Grecs de Naukratis. Prouvant de graves malversations, il aurait été transmis aux autorités.

Un silence pesant succéda à cette déclaration.

— Exact, admit le ministre.

— En as-tu pris connaissance ?

— C'est à moi que le patron du service des interprètes l'a adressé.

— Tes conclusions ? demanda le grand prêtre.

— Magouilles financières évidentes ! Naukratis observe ses propres règles, très différentes de celles de l'État pharaonique.

— Les sanctions ?

— Aucune.

— Comment, aucune ?

— Naukratis est un territoire protégé, dépendant directement du roi.

— Connaît-il les agissements des Grecs ?

— Je lui remets régulièrement des rapports détaillés. Celui-là faisait partie d'une longue liste.

— Et Amasis ne réagit pas !

— Si, en m'interdisant d'intervenir. Lui seul s'occupe de la ville grecque.

— Un État dans l'État !

— Ou bien j'obéis, ou bien je démissionne. Or je tiens à garantir la pérennité d'Abydos. Mon successeur, lui, négligerait la cité d'Osiris.

— Ce document est peut-être l'une des causes de l'assassinat des interprètes, avança le grand prêtre.

— Sûrement pas ! Je te le répète, il existe beaucoup d'autres rapports du même genre, et les faits sont établis. Au fond, les Grecs s'arrangent entre eux et ne débordent pas sur l'extérieur. La sagesse ne consiste-t-elle pas à les laisser continuer ?

44

Le juge Gem venait de mettre un terme à une ténébreuse affaire de copropriété en procès depuis trente ans. Faute de preuves, les opposants avaient enfin accepté un compromis. Déjà excellente, la réputation du haut magistrat s'en trouvait confortée. Grâce à lui, la justice résolvait les cas complexes.

Une exception, cependant : le scribe Kel, un assassin toujours en fuite !

Irrité, Gem força la porte du bureau d'Hénat.

Le chef des services secrets classait des petits papyrus comportant des noms, des dates et des faits. Il ne laissait à personne le soin d'effectuer ce travail d'archivage, car sa prodigieuse mémoire enregistrait chaque détail.

— Cette situation ne peut plus durer, estima le juge.
— Des ennuis ?
— Malgré l'ordre du roi, vous ne coopérez pas et gardez par-devers vous des informations qui me seraient utiles.
— Vous vous méprenez.
— Prouvez-le-moi !
— À l'instant, juge Gem ! Je viens précisément de recevoir un rapport en provenance de Naukratis ct,

après vérification, je comptais vous le remettre en main propre.

Le magistrat se rengorgea.

— Qu'avez-vous appris, Hénat ?

— Nous avons retrouvé la trace de l'assassin. Kel se cachait dans les marais du Delta, à proximité de Naukratis. Des douaniers l'ont repéré et intercepté, mais il a réussi à s'enfuir, avec l'aide d'un complice.

— A-t-il été identifié ?

— Malheureusement non. Nous ignorons s'il s'agit d'un membre de son réseau ou d'un appui occasionnel. Simple détail, au regard des faits nouveaux !

— Lesquels ?

— Kel s'est rendu à Naukratis avec des intentions précises : supprimer le laitier, Le Buté, et son collègue grec, Démos.

— Vous moquez-vous de moi ?

— Les deux cadavres ont été identifiés, précisa Hénat. En ce qui concerne le laitier, engagé chez les mercenaires, il s'agirait d'un accident.

— Et vous n'y croyez pas ?

— Pas un instant.

— Et Démos ?

— Selon plusieurs témoignages, dont celui de la Dame Zéké, une importante personnalité de Naukratis, Kel l'a égorgé. Ignorant sa véritable identité et ses méfaits, cette femme d'affaires avait engagé l'assassin comme scribe, sans se douter qu'il la manipulait. Grâce à ses relations, il a retrouvé Démos et s'en est débarrassé.

— Les dépositions ont-elles été recueillies ? s'inquiéta le juge.

— Les voici.

Dubitatif, Gem lut des textes clairs et concordants.

Les serviteurs de la Dame Zéké avaient vu entrer Démos dans la chambre de Kel, puis entendu les échos d'une violente dispute. Un couteau ensanglanté à la main, le scribe était sorti de la pièce. Les yeux fous, il avait lâché son arme et, une fois encore, s'était enfui.

— Ce Kel est une véritable bête féroce ! s'exclama le juge.

— Il vient de supprimer ses deux complices, de peur qu'ils ne parlent, et s'affirme comme le chef du réseau de criminels, conclut Hénat.

— Un réseau au service de qui ?

— À l'enquête de l'établir. Peut-être ne s'agit-il que d'une sordide affaire de meurtres.

Le juge se prit la tête entre les mains.

— Cette tragédie prend d'effroyables proportions ! Et nous ignorons les mobiles de l'assassin.

— Il vous les révélera lors de son interrogatoire, prédit Hénat.

— À condition qu'il ait lieu ! Ce monstre paraît insaisissable.

— Une bête traquée finit fatalement par tomber dans un piège, et ce Kel n'échappera pas à la règle.

— Étant donné sa folie meurtrière, je suis obligé d'adopter des mesures rigoureuses. Se sentant perdu, le fugitif réagira de plus en plus violemment. Aussi aucun policier ne doit-il risquer sa vie.

— Je vous comprends mal, s'inquiéta Hénat.

— Je vais donner l'ordre de l'abattre à vue, précisa le juge. Les forces de l'ordre agiront en légitime défense et ne subiront pas de sanctions.

Le chef des services secrets s'empourpra.

— Nous devons appréhender Kel vivant et lui faire avouer les motifs de ses crimes !

— À l'impossible, nul n'est tenu. Et je pense davantage à la vie de nos policiers qu'à celle de ce dément.
— Évitez cet impair, recommanda Hénat. Sinon, le roi vous en rendra personnellement responsable.
— Seriez-vous son porte-parole ?
— En effet, juge Gem.
— Si d'autres drames se produisent, vous engagez-vous à me couvrir ?
— Mes fonctions officielles ne me le permettent pas.
— Je mènerai donc cette enquête comme je l'entends.
— Oseriez-vous défier Sa Majesté ?
— Qu'Elle me donne un ordre officiel, et je le respecterai. Votre voix ne me suffit pas, Hénat.
— Me défier ne vous mènera à rien, juge Gem. Votre rôle consiste à arrêter un redoutable assassin, et à l'arrêter vivant pour qu'il puisse parler. Ensuite, et ensuite seulement, il sera jugé et condamné.
— Inutile de me rappeler les devoirs de ma charge, je les remplis sans trahir depuis de nombreuses années.
— Alors, ne commencez pas à les piétiner.
— Je n'apprécie pas votre ton, Hénat, et je ferai passer la vie des policiers avant celle d'un fou criminel. À moins que des informations provenant des services secrets ne permettent de l'arrêter en toute sécurité…
— Sa Majesté m'a demandé de coopérer.
— Alors, obéissez.

45

Dissimulés au cœur d'une palmeraie, Kel et Bébon reprenaient leur souffle.

Pressentant un mauvais coup, le comédien avait étudié un parcours de fuite afin d'échapper à d'éventuels agresseurs. Et cette précaution s'était révélée décisive.

— Tu dois changer d'apparence, dit Bébon au scribe. En modifiant ta coupe de cheveux et en te laissant pousser une petite moustache bien taillée, comme certains scribes de l'Ancien Empire, tu seras méconnaissable.

— Il nous faudrait un couteau.

— J'en ai un.

Kel n'en crut pas ses yeux.

— Tu n'as pas…

— J'ai ramassé l'arme du crime, ce superbe couteau grec ! Regarde les lettres gravées sur le manche.

— Zéké ! déchiffra le scribe.

— Ta protectrice a probablement égorgé elle-même ton collègue qu'elle cachait chez elle ou qu'elle gardait prisonnier. Mais nous ne pourrons rien prouver.

— La Dame Zéké mêlée au complot… Ainsi, pas le moindre hasard !

— En doutais-tu encore ? Assieds-toi, le buste bien droit. Je nettoie le couteau et je joue au coiffeur. Rassure-toi, j'ai acquis un bon tour de main lors de mes voyages.

— Zéké est à la tête d'un réseau d'assassins et de trafiquants qui veut bouleverser l'économie du pays et s'emparer du pouvoir, déclara Kel, réfléchissant à haute voix. Je dois rédiger un rapport et l'envoyer au palais. Le roi Amasis est en danger.

— Tu n'as plus ta tête, estima le comédien.

— Nierais-tu l'évidence ?

— La Grecque a forcément un ou plusieurs complices au palais, et nous ignorons leur identité. Si tu t'adresses à l'un des comploteurs, ton magnifique rapport sera inutile.

L'argument de Bébon ne manquait pas de poids.

— Rentrons à Saïs, exigea Kel. Je parlerai au grand prêtre de Neit, et il avertira le pharaon.

— Et tu reverras la belle prêtresse, murmura le comédien.

— Nous sommes au cœur d'une affaire d'État, rappela le scribe.

— Ça n'empêche pas les sentiments. Bon, tu as changé de tête ! Et je te trouve presque mieux. Maintenant, il faut nous déplacer sans risques. Une seule solution : passer pour des colporteurs.

— Nous n'avons rien à vendre !

— Je vais résoudre ce petit problème.

— Comment t'y prendras-tu ?

— Non loin d'ici, il y a une auberge où s'arrêtent volontiers les marchands ambulants. Ce sont des Grecs qui aiment jouer gros aux dés. Et moi, je me débrouille. Je mettrai sur la table la totalité de notre fortune.

— Notre fortune… Elle se réduit à un couteau !

— Justement, nous n'avons rien à perdre. Ça nous rend invulnérables.

Incrédule et inquiet, Kel suivit Bébon jusqu'au point de rassemblement des colporteurs, situé à bonne distance de Naukratis. On y buvait de la bière et du vin, on y mangeait du poisson et du ragoût, on y dormait, on y échangeait des marchandises et l'on y traitait des affaires plus ou moins licites. Surtout, l'on y disputait des parties acharnées.

Au centre de la taverne, quatre joueurs qu'observaient des spectateurs passionnés. Kel et Bébon se mêlèrent à l'assistance.

Fou de rage, un déçu se leva en apostrophant le vainqueur.

Le comédien prit aussitôt sa place.

— Je possède un stock d'ivoire, de poteries et de jarres de vin, affirma-t-il. Et je n'aime affronter que des gens sérieux, capables de me payer. On est bien d'accord ?

Ses trois adversaires opinèrent du chef.

— Premier enjeu, annonça Bébon : un âne jeune et en bonne santé. Trois tours gagnants pour l'obtenir. Moi, j'en ai un. Et vous ?

— Un beau grison inépuisable, dit un barbu, originaire de Samos.

Bébon perdit les deux premiers tours, des sourires narquois commentèrent sa défaite annoncée.

Et la chance tourna.

Le comédien gagna le tour suivant, perdit de nouveau, et fut victorieux à trois reprises.

— L'âne m'appartient. On continue ?

— Je veux, grogna l'un des perdants. Ton ivoire contre mes jarres d'huile. Un seul tour.

Les dés roulèrent.

— Je l'emporte, constata Bébon, et tu ferais mieux d'abandonner.

Le barbu fulminait.

— Je n'ai pas l'habitude de perdre, surtout face à un amateur chanceux. Toi, tu désires te retirer, j'en suis sûr ! Tu n'as pas la tête à tenir une vraie partie.

— On remet tout en jeu, plus cinq jarres de vin. Deux tours gagnants.

— Tope là !

Le premier jet de dés fut défavorable à Bébon.

Kel ferma les yeux. Si son ami perdait, comment paierait-il ses dettes ?

Le deuxième tour à l'avantage du comédien !

Le troisième désignerait le gagnant. Aussi la tension monta-t-elle à son maximum. C'était au barbu de lancer.

Et le sort lui fut contraire.

Il se leva, très raide, et dévisagea le vainqueur. Kel craignit un déchaînement de violence, mais le battu se contenta d'emmener Bébon à l'extérieur et de lui remettre ses gains.

— L'âne s'appelle Vent du Nord, précisa-t-il, et mes produits sont excellents. Si tu avais triché, je t'aurais fracassé le crâne. Puisque les dieux t'ont accordé la chance, tu mérites cette petite fortune. Évite quand même de recroiser mon chemin.

— Tu gagneras la prochaine fois, prédit Bébon.

L'âne se dirigea vers Kel et lui accorda un regard confiant. Le comédien remplit deux paniers de jarres d'huile et de vin que le grison accepta de porter.

Sous un soleil caressant et à un rythme tranquille, le trio prit la direction de Saïs.

— Nous sommes de parfaits colporteurs, estima Bébon, et possédons des marchandises faciles à négocier. Notre subsistance est assurée pour un bon moment. Si la police nous contrôle, elle ne trouvera rien à redire.

— Tu as pris de gros risques !
— Oui et non.
— Aurais-tu… triché ?
— Oui et non. J'ai échangé les dés, car ceux de mes adversaires étaient truqués.
— Et les tiens ?
— Très peu. Pas assez pour qu'ils s'en aperçoivent. Et puis, à certains moments, j'ai perdu.
— À l'instant décisif, c'est le barbu qui a jeté les dés. Comment pouvais-tu être sûr de gagner ?

Bébon sourit.

— Je m'en suis remis à la chance. En jouant moi-même le dernier coup, j'aurais attiré ses soupçons.
— Une vraie folie !
— Nous avons remporté la partie, n'est-ce pas l'essentiel ?

46

L'ex-roi de Lydie, le riche Crésus, désormais chef de la diplomatie perse, s'inclina respectueusement devant le pharaon Amasis, vêtu d'une sorte de cotte de mailles et coiffé d'un casque ressemblant à celui qui l'avait fait roi.

— Relève-toi, mon ami, mon cher grand ami ! Quel grand bonheur de t'accueillir !

— Ton invitation m'honore, pharaon. Et mon épouse Mitétis est heureuse de revoir son pays.

— La reine et moi-même sommes ravis de sa présence. De belles réceptions nous attendent, mais nous devons auparavant assister à la parade militaire qu'a préparée Phanès d'Halicarnasse, le général en chef de mes corps d'armées.

— Sa réputation dépasse les frontières de l'Égypte.

— Il la mérite, tu verras.

Amasis et Crésus s'installèrent dans un kiosque en bois léger, à l'abri du soleil.

Sur une vaste plaine, au nord de Saïs, se déployèrent les fantassins casqués, équipés de boucliers, de lances et d'épées. Disciplinés, les mercenaires grecs défilèrent de manière impeccable, au son d'une musique entêtante, capable d'enfiévrer les plus hésitants.

Leur succédèrent les cavaliers, corps d'élite imbu de sa supériorité et disposant de magnifiques chevaux, rapides et nerveux.

Pourtant habitué aux exploits de la cavalerie perse, Crésus ne put dissimuler son admiration.

— L'énergie de ces bêtes me stupéfie, et la maîtrise de tes soldats n'a pas d'égale !

— Phanès est un chef exigeant, précisa Amasis. Il recherche sans cesse l'excellence et ne tolère aucune désobéissance. À son signal, l'armée entière doit se mettre en mouvement. Et tu n'as pas vu l'essentiel !

Un char tiré par deux chevaux blancs vint chercher le roi et son hôte et les emmena jusqu'au canal militaire où Crésus découvrit une impressionnante flottille de bateaux de guerre.

Leur nombre, leur taille, leur armement et le nombre d'hommes d'équipage stupéfièrent l'ambassadeur de Perse.

— Je ne supposais pas une telle puissance, avoua-t-il.

— La maîtrise de la mer garantit la sécurité de l'Égypte, affirma Amasis. Grâce aux efforts constants d'Oudja, responsable du développement de ma marine, nos chantiers navals ne cessent de produire des bâtiments à la fois solides et rapides.

— Puis-je monter à bord du vaisseau amiral ? demanda Crésus.

— Bien entendu !

Côte à côte, le général Phanès d'Halicarnasse et le chef de la marine de guerre, Oudja, accueillirent l'illustre visiteur et ne lui cachèrent rien de l'équipement remarquable dont bénéficiait la flotte du pharaon.

Crésus tâta les cordages et les voiles, nota la qualité des mâts et constata l'importance des dispositifs de combat.

— Impressionnant, reconnut-il. Toutes les unités sont-elles semblables ?

— Nous en sommes fiers, déclara Oudja. Aimeriez-vous participer à une manœuvre ?

Crésus acquiesça.

À la proue du vaisseau amiral, l'envoyé de l'empereur de Perse admira la technique des marins d'Amasis.

— La Méditerranée t'appartient, dit-il au pharaon.

— Telle n'est pas mon intention ! Ces forces n'ont qu'un rôle défensif. L'Égypte n'agressera personne, mais saura se défendre contre n'importe quel prédateur.

— Connaissant sa puissance de dissuasion, qui oserait attaquer la terre des pharaons ?

Pensif, Crésus goûta le doux vent du nord et la paix du couchant. La tendresse des palmeraies, les reflets argentés du canal, la lueur orangée du ciel le charmèrent au point de lui faire oublier le caractère guerrier de cette parade.

Le banquet offert par le roi et la reine d'Égypte marquerait les mémoires. Le millier d'invités apprécia la variété des mets, l'excellence des vins et l'empressement des serveurs, attentifs au moindre désir des convives.

À la gauche du couple royal, Crésus ; à sa droite, Mitétis, la fille du prédécesseur d'Amasis.

Froide et crispée, elle mangeait du bout des lèvres.

— Le passé est le passé, lui dit Amasis. J'admirais votre père et n'avais nullement l'intention de le renverser. Seul un concours de circonstances m'a porté au pouvoir. Aujourd'hui, acceptez-vous d'oublier ce douloureux passé ?

L'épouse de Crésus regarda le pharaon.

— Vous me demandez beaucoup.

— J'en ai conscience, Mitétis, mais votre présence me met du baume au cœur. Tant d'années se sont écoulées ! Revoir l'Égypte n'apaise-t-il pas votre chagrin ?

— Mon deuil s'achève, Majesté.

— Merci de m'accorder ce bonheur-là.

Au terme du banquet, la reine d'Égypte invita Mitétis à bénéficier des soins de sa masseuse, spécialiste des huiles essentielles.

Amasis et Crésus s'isolèrent sur une terrasse d'où l'on contemplait un jardin peuplé de sycomores, de jujubiers, de lauriers roses et de tamaris.

— Quel merveilleux pays, dit Crésus. Il règne ici un parfum d'éternité.

— Une éternité bien fragile...

— Pourquoi cette angoisse ?

— Le nouvel empereur de Perse, Cambyse, ne rêve-t-il pas de conquêtes ?

Crésus huma l'air tiède de la nuit.

— Oublions la diplomatie et soyons sincères, Majesté. Oui, Cambyse rêvait d'envahir cette terre aux richesses inépuisables. En souverain avisé, tu as perçu ses intentions et construit une machine de guerre destinée à lui résister. Et ton invitation était destinée à m'informer, de sorte que je le dissuade d'entreprendre une aventure vouée à l'échec.

— Ai-je réussi, Crésus ?

— Au-delà de tes espérances ! J'ai déjà tenté d'orienter Cambyse vers une paix durable, et il accepte de m'écouter. À mon retour, je lui rapporterai des faits précis qui achèveront de le convaincre. Si puissante soit-elle, l'armée perse n'a aucune chance de te vaincre. Avant mon voyage, je le supposais ; maintenant, j'en suis sûr. Pharaon ne s'est pas endormi dans une fausse quiétude, et je lui en sais gré. Grâce à l'augmentation de ses forces armées, notamment de sa marine, un sanglant désastre sera évité.

— Cambyse envisagera-t-il d'autres conquêtes ?

— La gestion de l'empire saura l'accaparer, et il s'inspirera de l'exemple de son père, Cyrus. Le temps des combats s'achève, Majesté, tandis que s'ouvre celui d'une diplomatie tranquille.

— Tes paroles me dilatent le cœur, Crésus.

— L'urgence consiste à développer nos relations commerciales, afin d'enrichir nos deux pays. Aussi aimerais-je rencontrer ton fameux chef du service des interprètes et lui fournir les noms et les titres de ses futurs correspondants.

— Il est malheureusement décédé, avoua Amasis.

— Était-il souffrant ?

— Non, un malheureux accident. Le directeur du palais, Hénat, le remplace. C'est un homme d'expérience et de confiance qui se mettra à ton service et te donnera toute satisfaction.

— Parfait, Majesté. Ce voyage restera sans doute le plus important de ma carrière.

47

La veille au soir, le pharaon Amasis avait purifié, fardé et couronné la vache au pelage noir en laquelle s'incarnait la déesse Neit. Puis, au centre de la grande cour, il avait tiré des flèches aux quatre points cardinaux afin d'empêcher les forces du chaos d'envahir les Deux Terres.

La première procession de la fête de Neit s'organisa. Un ritualiste précéda le roi, un autre récita les textes rituels célébrant le rayonnement de la Mère des mères. Prêtres et prêtresses se disposèrent autour du lac sacré et assistèrent à la navigation de la barque divine, symbole de la communauté des puissances créatrices donnant naissance aux multiples formes de vie.

À l'extérieur de l'enceinte sacrée, les réjouissances débutaient. Venant en barque des villages et des bourgs proches de Saïs, des dizaines de familles voulaient célébrer la divinité et attirer sa protection. On jouait de la flûte et on entrechoquait des castagnettes de manière à éloigner les démons. Offerts par le roi, vin et bière coulaient à flots. Partout à Saïs, l'on dansait et, à la faveur de la nuit, des couples se formaient.

Bébon aurait volontiers imité les galants, mais il devait remplir une mission délicate. Aussi se faufila-t-il à travers la foule en direction du grand temple. Il parcourut l'allée des sphinx et contempla les deux obélisques d'Amasis.

À titre exceptionnel, un certain nombre d'invités étaient autorisés à pénétrer dans la cour précédant le pylône du temple majeur. Bébon se mêla à un groupe d'administrateurs des greniers et s'en détacha pour s'approcher d'un prêtre au crâne rasé et vêtu d'une robe blanche.

— Je suis porteur d'un message destiné à la Supérieure des chanteuses et des tisserandes de Neit. Urgent et personnel.

— Attends ici.

Les minutes s'écoulèrent, interminables.

En ce soir de fête, Nitis prendrait-elle le temps de se déplacer en personne ? Elle dirigeait des rituels et ne pouvait sortir du sanctuaire. Sans doute lui enverrait-elle une prêtresse à laquelle le comédien refuserait de parler.

À l'extérieur de l'enceinte, les réjouissances battaient leur plein. Sur chaque terrasse et devant chaque porte, à Saïs comme dans toutes les agglomérations égyptiennes, on avait allumé des lampes. Leur lumière permettrait à Isis de retrouver les parties dispersées du corps d'Osiris, assassiné par son frère Seth. Au terme de la quête, la barque sacrée transporterait le corps de résurrection jusqu'au sanctuaire de Neit, où les ultimes formules de transmutation provoqueraient le réveil du dieu reconstitué, vainqueur de la mort.

Nitis apparut.

Comment ne pas tomber amoureux d'une femme aussi sublime ?

— Bébon ! Kel est-il vivant ?

— Rassurez-vous.

— Ne restons pas ici.

Elle l'emmena jusqu'à une petite chapelle, dédiée à la lionne Sekhmet.

— Kel est indemne et se trouve à Saïs, confirma Bébon. Il désire vous parler.

— Pendant la période des fêtes, impossible de m'absenter. Êtes-vous en sécurité ?

— Nous jouons les colporteurs et avons passé sans difficulté les contrôles de police.

— Ne risquez-vous pas d'être repérés ?

— J'ai modifié l'apparence de Kel et nous nous comportons en parfaits commerçants.

— Avez-vous du vin à vendre ?

— De l'excellent !

— Présentez-vous demain, à la première heure du jour, à la porte des fournisseurs. Je réceptionnerai moi-même les marchandises.

Étonné, Menk s'approcha de la file des marchands qui se pressaient en direction de la porte du temple où se tenaient des contrôleurs et des scribes. Ils examinaient les denrées, refusaient celles de mauvaise qualité et notaient la rémunération accordée.

Pourquoi Nitis se préoccupait-elle de ces formalités ?

— Des soucis ? lui demanda-t-il.

— Non, non, tout va bien !

— Vos assistantes n'auraient-elles pu vous décharger de cette corvée ?

— En cette période de fête, je ne me fie qu'à mon propre jugement.

Menk hocha la tête.

— Je ne procède pas autrement ! Déléguer davantage me soulagerait, mais réparer les erreurs commises me prendrait un temps fou ! Êtes-vous satisfaite du déroulement des rituels ?

— Remarquable travail, comme d'habitude. Vous vous montrez à la hauteur de votre réputation, Menk.

Le dignitaire en frémit d'aise.

— Si je peux vous aider…

— J'aurai bientôt terminé. Accepteriez-vous de vérifier le nombre de jarres destinées aux purifications ?

— Je m'en occupe immédiatement.

Enfin, Menk s'éloigna.

Nitis s'occupa d'un marchand de fruits, ravi de fournir sa production au temple. Après lui ne restaient que deux colporteurs et leur âne, un superbe grison d'un calme exemplaire.

La jeune femme reconnut Kel, et son cœur battit plus vite. Elle aurait aimé lui parler de sa crainte de ne jamais le revoir et de la joie profonde qu'elle éprouvait à cet instant.

— Nous vous proposons un vin de première qualité, déclara Bébon. Voulez-vous le humer et le goûter ?

Nitis acquiesça.

— J'ai d'importantes révélations à faire, murmura Kel.

— Vous devez parler au grand prêtre.

— Comment y parvenir sans danger ?

— Le contrôleur va enregistrer votre livraison de vin et vous suivrez les autres fournisseurs jusqu'à l'entrepôt principal. Bébon y patientera en compagnie de l'âne, et je vous remettrai une tunique blanche de prêtre pur. Ensuite, vous vous rendrez à la salle des archives de Wahibrê.

Les deux amis observèrent les consignes.

Inquiet, Bébon resta sur ses gardes. Ne doutant pas

de la sincérité de Nitis, il craignait qu'elle ne fût l'objet d'une surveillance et, malgré elle, les entraînât dans un piège.

À l'entrepôt, on servit une collation aux fournisseurs agréés par le temple. Bébon discuta avec un marchand de légumes, tandis que Kel s'éclipsait.

Et si le grand prêtre était vendu à l'ennemi, s'il obéissait au roi et à sa police, s'il privilégiait sa carrière en livrant au pouvoir un criminel en fuite ?

48

Nitis vérifia que personne ne les observait et poussa la porte, ordinairement fermée, donnant accès à la réserve de papyrus de la salle des archives du grand prêtre Wahibrê.

Le local était sombre et silencieux.

Kel entra et se figea.

S'il s'agissait d'un guet-apens, impossible de s'enfuir. Mais Nitis ne pouvait pas le trahir !

— Qu'as-tu à m'apprendre ? interrogea la voix sévère du grand prêtre.

— Les deux hommes capables de m'innocenter sont morts. Le Buté a été victime d'un accident, chez les mercenaires de Naukratis, et l'on a tranché la gorge de mon collègue Démos, dont j'ai retrouvé le cadavre dans ma chambre. Bien entendu, on m'accusera de ce meurtre. Grâce à mon ami Bébon, j'ai réussi à m'enfuir.

— De fort mauvaises nouvelles, estima le grand prêtre.

— À présent, j'y vois plus clair. Certes, je n'ai pas retrouvé le casque du roi Amasis ; néanmoins, je dispose d'éléments sûrs. Une femme d'affaires grecque, nommée Zéké, veut bouleverser l'économie égyptienne en introduisant l'esclavage et la circulation de pièces de monnaie.

— Ces folies sont contraires à la loi de Maât. Le pharaon s'opposera à de telles mesures.

— Ne les encourage-t-il pas de manière occulte ? interrogea Kel. Grand admirateur de la culture grecque, ne la considère-t-il pas comme un progrès qu'il faut imposer aux Deux Terres ?

La question troubla le grand prêtre.

— En ce cas, la vengeance des dieux serait terrifiante !

— Le service des interprètes a sans doute intercepté des documents relatifs à ce complot, avança Kel. C'est pourquoi il devait être éliminé. Et le papyrus crypté contient des informations brûlantes à destination des conjurés.

— Des hypothèses, Kel, seulement des hypothèses !

— Ces nouveaux assassinats sont des faits ! Et la Dame Zéké ne cache pas ses intentions. Autrement dit, elle a des complices au gouvernement.

— Je n'ai pas réussi à déchiffrer le code, déplora Nitis. Seul un scribe de haut rang a pu mettre au point un système aussi complexe.

— Il faut interroger le médecin-chef Horkheb, proposa Kel.

— Il est décédé, révéla le grand prêtre.

— Une mort... naturelle ?

— Nous l'ignorons.

— Merveilleux hasard ! Plus que jamais, je suis le coupable idéal. Personne ne m'innocentera, toutes les pistes sont coupées.

— J'ai écrit au patron du service des interprètes, déclara la jeune femme, et son âme m'a répondu : *Les Ancêtres détiennent le code.*

— Maigre secours, estima le grand prêtre. En l'absence de précisions, impossible d'utiliser cette indication.

— Peut-être les obtiendrons-nous !

— Seront-elles suffisantes ? s'inquiéta Kel.

— Rendons-nous à l'évidence, dit Wahibrê. Seul le juge Gem peut sauver Kel. Tu dois te livrer et révéler ce que tu as découvert. Gem est un homme intègre et même le pharaon ne se situe pas au-dessus des lois. Une enquête approfondie sera menée et ton innocence éclatera.

— Je n'éprouve aucune confiance en ce magistrat, protesta le jeune scribe.

— Gem est le patron de la justice égyptienne, rappela le grand prêtre. S'il trahissait la loi de Maât, notre civilisation ne tarderait pas à s'effondrer. De son point de vue, en fonction de ton dossier catastrophique, tu apparais comme le pire des criminels. Quand il te verra et t'entendra, il changera d'avis.

— Ne m'envoyez-vous pas à la mort ?

— J'annoncerai moi-même ta démarche au juge et lui demanderai une garantie majeure : pas d'arrestation avant tes explications. S'il ne me l'accorde pas, cette entrevue n'aura pas lieu. Tu sauras le convaincre, j'en suis sûr.

Enfermé dans la salle des archives du grand prêtre, Kel tentait, une fois encore, de briser le code du papyrus à l'origine de son malheur. Ces hiéroglyphes étaient-ils inversés, les mots mélangés, le sens de lecture variait-il en fonction d'une idée ou d'un groupement de signes ?

Toutes ses tentatives échouèrent.

Le texte le narguait, indéchiffrable.

Fatigué, au bord du désespoir, le jeune homme songea à Nitis. La revoir lui avait procuré un moment de bonheur indescriptible. Et il se sentait stupide, incapable de lui avouer l'ardeur de ses sentiments. C'était donc cela l'amour, la certitude qu'un être si différent de vous-même, si lointain, si inaccessible, devenait votre principale raison de vivre !

La porte s'ouvrit.

Nitis avança lentement.

— Voici de l'eau et une galette remplie de fèves et de fromage.

Kel se leva.

— Le grand prêtre réussira-t-il à négocier ?

— Le juge l'écoutera. Et vous pourrez enfin vous défendre. Votre ami Bébon est sorti du temple et séjourne avec son âne dans une étable proche de l'entrée des fournisseurs.

— Nitis...

— Je dois me rendre immédiatement à l'atelier de tissage.

Insaisissable, elle s'échappa.

Il n'avait aucun moyen de la retenir. Elle, une prêtresse de Neit promise à une carrière exceptionnelle ; lui, un assassin en fuite ! Leurs destins ne pouvaient que se croiser brièvement.

Kel dégusta son repas sommaire et tenta de s'attaquer à nouveau au papyrus, mais le visage de Nitis l'empêcha de se concentrer.

Renoncer à elle provoquait une douleur insupportable. Voir le bonheur et le nier aussitôt le mettait à la torture. Or, lui demander davantage qu'une aide ponctuelle apparaissait impossible. Déjà, elle prenait d'énormes risques !

À la nuit tombée, elle réapparut.

— Pourquoi le grand prêtre ne revient-il pas ? s'inquiéta-t-il.

— La négociation doit être ardue.

— Et si le juge l'arrêtait ?

— Gem n'agira pas ainsi. Il veut la vérité, et vous seul pouvez la lui procurer.

— Pardonnez-moi, Nitis, de troubler la paix de votre existence. Je me sens en faute et...

— Seule compte la loi de Maât, l'interrompit-elle. Vous sachant injustement accusé, je ne saurais rester inactive.

— Votre confiance me touche profondément, et j'aimerais tant vous dire...

La pénombre dissimulait les traits de la jeune femme.

— Je vous écoute, murmura-t-elle.

Les pas de Wahibrê résonnèrent sur le dallage.

— Le juge Gem accepte de te rencontrer, annonça-t-il. Il m'accorde une faveur exceptionnelle qui ne se renouvellera pas. Il faudra te montrer très convaincant, Kel.

49

Mal rasé, vêtu d'une tunique usée de colporteur, chaussé de sandales bon marché, Kel ne ressemblait pas à un scribe distingué du Bureau des Interprètes.

Vent du Nord fut ravi de le revoir et le gratifia d'un braiment de satisfaction. Le jeune homme caressa longuement le grison, tout en expliquant à Bébon qu'il s'apprêtait à rencontrer le juge Gem.

— Démarche insensée ! protesta le comédien. À l'évidence, un guet-apens ! Comment peux-tu croire une seule seconde qu'il viendra seul ? À peine l'entretien commencé, une nuée de policiers s'abattra sur toi.

— C'est l'unique occasion de le convaincre de mon innocence.

— Il ne t'écoutera même pas !

— Le grand prêtre m'a promis le contraire.

— Et s'il participait au complot, celui-là ?

— Impossible !

— Toi, accusé de meurtres, n'était-ce pas impossible ? Wahibrê veut se débarrasser de toi et garder intacte sa réputation. Aussi te vend-il à la justice. Une justice qui t'a déjà condamné !

— Je retournerai la situation.

— Pure folie !

— N'as-tu pas gagné aux dés en sollicitant le destin ?
— Moi, au moins, j'avais une chance de l'emporter ! Ne rêve pas, Kel. Si tu acceptes cet entretien, tu te jettes dans la gueule du chacal.
— Il n'existe plus d'autre solution. Le juge Gem a promis qu'il me rencontrerait en privé, à l'endroit choisi par le grand prêtre, hors de toute présence policière, et qu'il ne procéderait pas à mon arrestation avant d'avoir écouté mes arguments et mes révélations. Ils le frapperont au point de le faire changer d'avis. Et il sera contraint d'ouvrir une enquête. Une fois établie, la vérité me sauvera.

Bébon était atterré.

— Ta naïveté me consterne !
— Quand le soleil atteindra le sommet du ciel, le juge Gem m'attendra à l'intérieur d'un atelier de potiers dépendant du temple de Neit. À cette heure-là, les artisans seront partis déjeuner.
— Renonce, mon ami.
— Hors de question.

Bébon soupira.

— Je vais inspecter les lieux. Si je repère des policiers, j'entonnerai une chanson gaillarde, puis appellerai de supposés collègues, en espérant que Vent du Nord m'accompagnera de ses braiments. Alors, prends tes jambes à ton cou. Nous nous retrouverons à la sortie nord de la ville.
— Si tu ne déclenches pas ce tintamarre, je verrai le juge Gem.

Les artisans déjeunaient ensemble à l'ombre d'un sycomore. Ils parlaient de la dernière commande du temple, de leurs affaires de famille, de la politique du roi, toujours plus favorable aux Grecs. Au moins, l'Égypte était bien défendue et l'on y vivait en sécurité, à l'abri d'une invasion.

Bébon et Vent du Nord rôdèrent longuement dans le quartier. Le comédien parcourut chaque ruelle, sans oublier de lever la tête pour scruter les toits et les terrasses. Habitué à flairer l'éventuelle présence des forces de l'ordre, il ne remarqua rien d'anormal.

Étonné, il vit apparaître un homme d'un âge respectable, au visage grave et à la démarche autoritaire.

Le juge Gem franchit le seuil de l'atelier des potiers. Bébon redoubla d'attention. Les policiers ne devaient pas être très loin.

Plusieurs minutes s'écoulèrent, l'endroit demeura tranquille.

Kel s'avança. Puisque Bébon n'avait pas donné l'alarme, rien à craindre.

Et le jeune scribe se retrouva face au juge Gem.

Ils se dévisagèrent longuement.

— Sans l'insistance du grand prêtre Wahibrê, à la probité connue de tous, j'aurais refusé cette entrevue extravagante, déclara le magistrat, d'une voix courroucée.

— Je ne suis pas un assassin, affirma Kel, mais la victime d'une machination.

— J'ai souvent entendu ce discours-là. Vous avez berné le grand prêtre, mais les belles déclarations ne m'impressionnent pas.

— Il s'agit de la vérité !

— Je la connais déjà.

— On tente de vous abuser !

— Qui est ce « on » ? demanda le juge.

— Je ne connais pas le nom du chef des comploteurs, mais je sais qu'ils veulent détrôner Amasis et s'emparer du pouvoir.

— Votre délire ne m'intéresse pas, mon garçon. Vous avez tué vos collègues interprètes et pris la fuite. Un innocent se serait rendu à la police.

— Les circonstances m'en ont empêché et...

— Votre parcours meurtrier ne s'est pas arrêté à Saïs, le coupa Gem. Vous vous êtes rendu à Naukratis pour y supprimer deux complices qui auraient pu vous dénoncer.

— Je suis innocent ! protesta Kel. Ces assassinats font partie de la machination !

— Un juge reste insensible aux dénégations des coupables et se prononce à partir de preuves irréfutables. Or je dispose de témoignages dûment enregistrés et versés à votre dossier. Des domestiques vous ont vu égorger votre collègue Démos.

— Ils ont menti !

— À la réalité implacable des faits, vous ne m'opposez qu'une histoire de complot sans me fournir la moindre preuve et me citer le nom d'un éventuel coupable ! Cessez de vous comporter comme un enfant.

— Je vous jure...

— Ne commettez pas une faute supplémentaire ! Inventer n'importe quoi afin de minimiser votre responsabilité aggrave votre cas. Avouez vos crimes et donnez-m'en la cause.

— Je n'ai tué personne, et vous devez rechercher les véritables assassins ! Les Grecs...

— Abandonnez ce système de défense, ridicule et inutile, et suivez-moi jusqu'à la prison. Vous aurez droit à un jugement en bonne et due forme.

— Juge Gem, vous aviez promis de m'écouter !

— Les preuves sont accablantes, mon garçon. Je n'ai

accepté cette entrevue que pour vous convaincre de vous montrer raisonnable. Il y a déjà eu trop de victimes, et je ne veux pas risquer la vie des policiers. En vous rendant, vous bénéficierez peut-être d'une relative indulgence. Et vous vous expliquerez à votre guise.

— Vous vous trompez, vous...

— Cessons ce petit jeu et sortons d'ici.

Le visage masqué par une écharpe de lin, Bébon fit irruption dans l'atelier.

— Les policiers arrivent en masse !

Kel regarda le juge avec dégoût.

— Vous avez trahi votre parole !

— Le temps des palabres est terminé. Je t'arrête, toi et ton complice !

De l'avant-bras droit, Bébon prit le magistrat à la gorge.

— Prends la première ruelle à droite et cours à perdre haleine, ordonna le comédien à Kel.

— Et toi ?

— Je te rejoins.

Le scribe s'exécuta, Bébon fit face aux premiers policiers.

— Reculez ou bien je brise la nuque du juge !

Au ton de sa voix, ils comprirent que le preneur d'otage ne plaisantait pas.

— Disparaissez ! hurla le comédien en resserrant sa prise.

Un gradé acquiesça. Ses hommes se dispersèrent.

Dès qu'ils furent à bonne distance, Bébon lâcha le juge et s'enfuit.

Maintenant, Gem n'en doutait plus : ce Kel était un assassin de la pire espèce.

50

— Je suis désolé, dit Pythagore à Nitis, mais le roi m'ordonne de me rendre à Naukratis, et de m'entretenir avec les prêtres d'Apollon et d'Aphrodite afin de les faire bénéficier de l'enseignement que j'ai reçu dans les temples égyptiens. Amasis souhaite des contacts approfondis entre les formes de pensée et me charge de cette délicate mission avant mon retour en Grèce. J'aurais préféré écouter longuement la voix de la déesse Neit dont les paroles m'ont ébloui. Elle, Père des pères et Mère des mères, Mâle qui fit la femme, Femme qui fit le mâle, la mystérieuse créatrice des êtres, la souveraine des étoiles divines, demeure éternellement cachée aux profanes, et nul mortel ne soulèvera son voile.

Nitis aurait volontiers accordé sa confiance à Pythagore en lui demandant s'il pouvait l'aider à déchiffrer le papyrus codé. Lui, un Grec, n'adopterait-il pas un raisonnement spécifique ?

Néanmoins, la prêtresse garda le silence.

Ami et protégé du roi Amasis, Pythagore n'était-il pas davantage un adversaire qu'un allié ?

— J'espère que nous nous reverrons, Nitis. Le séjour à Saïs fut l'une des étapes marquantes de mon voyage.

— Ce temple vous reste ouvert.

— Soyez-en remerciée. À bientôt, si la grande déesse le veut.

La Supérieure des chanteuses et des tisserandes retrouva le grand prêtre à l'orée du sanctuaire. L'air abattu, Wahibrê avait subitement vieilli.

— L'entrevue a tourné au désastre, révéla-t-il. Des policiers accompagnaient le juge Gem et ont tenté d'arrêter Kel.

Le cœur de Nitis se serra.

— A-t-il été blessé ?

— Non, il leur a échappé grâce à l'intervention de son ami Bébon, qui a pris le juge en otage avant de s'enfuir à son tour. Il est facile d'imaginer la fureur de Gem ! Désormais, les archers auront ordre de tirer à vue.

— Le juge vous a trahi !

— Pas de son point de vue. Ne croyant qu'aux dossiers, il m'a accordé une faveur en tentant d'appréhender Kel vivant. Remplissons nos obligations rituelles, Nitis. À présent, nous sommes impuissants.

La jeune femme se rendit à la chapelle abritant une vache en bois, grandeur nature, incarnation de la déesse Neit, « la grande nageuse ». Sous cette forme, elle avait parcouru l'océan primordial, à l'aube des temps, et formé l'univers où naissaient et se régénéraient les âmes-étoiles.

De part et d'autre, des lampes allumées et des brûle-parfums. À l'exception du cou et de la tête, dorés, un voile pourpre recouvrait la vache qui portait le disque solaire entre ses cornes.

Nitis lui présenta les sept huiles saintes, puis versa de l'eau sur la table d'offrandes, garnie de pain frais, d'oignons et de figues. Chaque jour étaient renouvelées les nourritures dont la déesse absorbait le *Ka*, la puissance vitale.

— Nitis... je suis ici !

La voix de Kel !

Se redressant, il sortit de la pénombre.

— Je n'ai pas trouvé de meilleure cachette.

— Venez, rendons-nous chez le grand prêtre !

— Ne vais-je pas le mettre en danger ?

— À lui de décider. Et Bébon ?

— Il loge près du marché, avec des colporteurs. Le juge Gem n'a pu l'identifier. Avant de le rejoindre et de disparaître, je voulais vous revoir.

— Puisque vous êtes libre et indemne, ne rendons pas encore les armes !

— Si vous saviez...

— Dépêchons-nous, les ritualistes vont apporter les offrandes.

Le grand prêtre réserva un excellent accueil au jeune homme et l'étreignit comme s'il s'agissait de son fils.

— Pardonne-moi de t'avoir entraîné dans ce traquenard ! En agissant ainsi, le juge s'est discrédité. Mais il reste l'enquêteur principal et ne songe plus qu'à t'abattre.

— Je n'ai pas eu le temps de lui parler, déplora Kel.

— Il nous faudrait des preuves tellement éclatantes que même ce magistrat buté serait obligé de se rendre à l'évidence !

— Buté ou manipulé, avança Nitis. Si le juge sert les comploteurs, son attitude s'explique.

— Qui contacter à la cour ? interrogea Kel. Je dois parler à une personne digne de confiance et suffisamment influente pour alerter le roi à coup sûr.

— La reine, déclara le grand prêtre. Elle t'écoutera.

Sobrement vêtus, coiffés d'une perruque digne de l'Ancien Empire, Wahibrê et son assistant se présentèrent à l'accès du palais réservé aux dignitaires. Un mercenaire grec constata qu'ils ne portaient pas d'armes et prévint un majordome.

— Le grand prêtre de Neit souhaite voir Sa Majesté la reine de toute urgence, déclara Wahibrê. Je patienterai le temps nécessaire.

Wahibrê craignait de voir apparaître le chef des services secrets, Hénat, ou bien le chancelier Oudja, probablement avertis des derniers rebondissements de l'affaire Kel.

Par bonheur, l'attente fut brève.

En dépit des atteintes de la maturité, la reine Tanit demeurait une femme séduisante, maquillée à la perfection. Parée d'un collier d'or, de boucles d'oreilles en cornaline et de bracelets d'argent, elle était assise sur un trône d'ébène.

— Qu'y a-t-il de si urgent? demanda-t-elle d'une voix posée.

— Majesté, avez-vous entendu parler de l'assassinat des interprètes?

— Le meurtrier a été identifié, mais reste introuvable.

— Le voici.

Kel s'inclina.

Tanit sursauta.

— Vous plaisantez?

— Le scribe Kel est innocent, poursuivit le grand prêtre, et personne ne veut l'entendre. Le juge Gem, chargé de l'enquête, l'a déjà condamné. Afin d'éviter une grave erreur judiciaire et de rechercher enfin la vérité, acceptez-vous d'écouter ce jeune homme?

La reine se leva et se tint à bonne distance de ses visiteurs.

— Je devrais appeler la garde et faire arrêter ce criminel !

— Je ne suis pas coupable, Majesté, affirma Kel.

— Des preuves vous accablent, paraît-il.

— Un complot se trame contre le pharaon, le chef du service des interprètes l'avait découvert. On a supprimé mes collègues pour obtenir un silence total et l'on me désigne comme l'auteur des crimes afin d'égarer la justice.

La reine fixa Kel.

— Vous paraissez sincère. L'identité des comploteurs ?

— La Dame Zéké, une femme d'affaires de Naukratis, tente d'introduire des pièces de monnaie et de modifier en profondeur les circuits économiques. Elle obéit forcément à un haut dignitaire qui a dérobé le casque légendaire du roi et s'en coiffera, le moment venu, en se proclamant Pharaon.

Tanit sembla impressionnée.

— Le vol du casque… Ainsi, vous êtes informé !

— Un document en ma possession contient probablement des précisions essentielles, mais je ne suis pas parvenu à le décrypter. Sur le nom du roi, Majesté, je vous jure que je n'ai commis aucun crime !

Pensive, la reine se rassit.

— Consentez-vous à mettre en garde le pharaon, demanda le grand prêtre, et à lui soumettre le cas de ce jeune scribe ?

Tanit réfléchit longuement.

— J'y consens.

— Me permettez-vous de le garder sous ma protec-

tion et de ne pas l'envoyer en prison, de crainte d'un sort fatal ?
— Je vous l'accorde.
Wahibrê et Kel s'inclinèrent.
L'espoir renaissait.

51

Amasis vida une coupe de vin nouveau, un peu acide, puis éclata de rire en songeant à la manière dont il avait traité les prêtres crédules ou hypocrites qui accordaient toute confiance aux oracles.

Avant d'être roi, le général Amasis goûtait sans retenue aux plaisirs de l'existence et attirait les foudres des moralistes. Désireux de ruiner sa réputation et de le démettre de sa fonction, ils l'avaient accusé de vol.

Face à ses virulentes dénégations et à l'absence de preuves, une seule solution : consulter l'oracle.

Amasis s'était donc présenté face à plusieurs statues divines, dans différents sanctuaires.

Leur tête s'inclinait tantôt pour le condamner, tantôt pour l'innocenter !

Le doute bénéficiant à l'accusé, Amasis avait été acquitté. Devenu roi, il s'était amusé à convoquer les prêtres et à leur annoncer sa décision : il enrichirait les sanctuaires abritant les oracles décidés à le condamner et appauvrirait ceux résolus à l'absoudre, puisque les premiers disaient la vérité et les seconds mentaient ! Les vrais dieux connaissaient son larcin et méritaient d'être honorés, les faux subiraient son mépris.

Amasis savourait encore ce coup d'éclat. Nul oracle

ne l'importunait plus, et il dirigeait d'une poigne de fer en écartant les dévots. L'avenir, c'était un penseur comme Pythagore, capable de recueillir l'essentiel de la vieille sagesse égyptienne et de la nourrir de philosophie grecque. D'autres philosophes viendraient à Saïs et façonneraient le monde futur.

Loin du Delta, la Divine Adoratrice continuait à préserver les traditions antiques. Son domaine, Thèbes, la cité sacrée du dieu Amon, ne jouait qu'un rôle secondaire, dépourvu d'importance économique. La vieille dame célébrait des rites qui l'assimilaient à un pharaon, heureusement privé d'un pouvoir réel. Se consacrant au service des divinités, refusant le mariage et les plaisirs, elle n'avait pas d'ambition politique. Aussi Amasis laissait-il subsister cette institution désuète, tellement éloignée des réalités !

Grand réformateur des systèmes juridique et fiscal, chantre d'une économie performante, créateur d'une puissance militaire dissuasive, allié de la plupart des royaumes grecs, Amasis ouvrait à l'Égypte le chemin d'une société nouvelle. Les progrès s'accomplissaient ici, dans le Nord, à proximité de la Méditerranée. Tôt ou tard, ils secoueraient la léthargie du Sud.

— Le Conseil des ministres s'est-il bien déroulé ? demanda la reine.

— Tanit ! Quelle robe superbe... Les tisserandes de Saïs se sont surpassées.

— Conformément à vos instructions, voici le premier vêtement profane sorti des ateliers du temple.

— J'avais donc pleinement raison ! Pourquoi limiter leur talent aux seuls rituels ?

— Selon la rumeur, révéla la souveraine, les dieux seraient irrités.

Amasis s'esclaffa.

— Les prêtres les font volontiers parler pour défendre leurs intérêts ! Croyez-moi, je n'ai pas fini de m'attaquer à leurs privilèges.

— Je viens de m'entretenir avec le grand prêtre de la déesse Neit.

— Wahibrê ?

— En personne, accompagné d'un étrange visiteur, le scribe Kel.

Le monarque sursauta.

— Kel… celui du service des interprètes, l'assassin en fuite ?

— Exactement.

Amasis s'effondra sur des coussins.

— La tête me tourne… Vous moquez-vous de moi ?

— Ce scribe clame son innocence. D'après lui, les comploteurs cherchent à s'emparer de votre trône. Un usurpateur, aidé d'une Dame Zéké, femme d'affaires à Naukratis désireuse d'introduire la monnaie en Égypte, se coiffera bientôt de votre casque. Les interprètes, ayant remarqué des documents compromettants, ont été supprimés. Et ce Kel sert de coupable idéal.

— Ses preuves ?

— Sa bonne foi et un papyrus codé qu'il estime déterminant.

— Son contenu ?

— Il n'a pas réussi à le déchiffrer.

Amasis explosa de fureur.

— Et vous n'avez pas appelé la garde !

— Ce jeune homme m'a paru sincère. Et la caution du grand prêtre…

— Wahibrê a perdu l'esprit ! Vous ignorez le dernier exploit de votre « innocent » : après avoir commis deux nouveaux meurtres à Naukratis, dont l'un en présence de témoins, il a pris en otage le juge Gem !

La reine blêmit.

— Est-il indemne ?

— Heureusement, Kel et son complice l'ont relâché !

— Cette Dame Zéké...

— L'assassin l'a abusée. Et ce sont précisément des domestiques de cette Grecque, honorablement connue à Naukratis, qui ont vu Kel trancher la gorge de son collègue Démos, lui aussi en fuite. Nous sommes en présence d'un monstre de la pire espèce, et j'ai donné l'autorisation au juge de l'abattre si, lors de son arrestation, il menace des vies.

— Je... je ne comprends pas ! Il ne m'a paru ni criminel ni inhumain et...

— Votre âme est trop tendre, ma chère épouse. Et ce Kel semble posséder une grande capacité de séduction.

— Il connaissait le vol du casque, et ce complot...

— Ce criminel y est forcément mêlé ! En obtenant votre appui, il espérait une entrevue au cours de laquelle il m'aurait égorgé.

Tremblante, Tanit étreignit son époux.

— Ainsi, j'aurais été la cause de votre malheur !

— Apaisez-vous, le danger est écarté. Savez-vous où se cache Kel ?

— Je l'ignore. Le grand prêtre m'a demandé l'autorisation de le garder sous sa protection.

— Wahibrê... Naïf ou complice ?

— Il vous a toujours été fidèle !

— Aujourd'hui, il vous amène un assassin qui cherche à vous manipuler. Surprenante manière de servir son roi !

— Le grand prêtre mêlé à un complot contre vous... je ne peux y croire.

— Votre âme est trop tendre, je vous le répète.

Quand il s'agit du pouvoir, les hommes deviennent capables du pire.

— Il faut retrouver le casque, exigea Tanit, et châtier les coupables.

— Ils ont eu tort de s'attaquer à moi et à l'un des services de l'État, jugea Amasis, et ils paieront le prix fort.

52

— La reine Tanit nous a écoutés avec attention, dit Kel à Nitis. La caution morale du grand prêtre fut déterminante, et j'espère l'avoir convaincue de mon innocence. Elle s'est engagée à parler au roi.

— Donc, l'enquête recommencera sur de nouvelles bases ! Demain, vous serez innocenté et libre.

La joie de la jeune femme bouleversa le scribe.

— Je n'ose y croire, Nitis.

— La force de la vérité finira par triompher, et votre avenir s'ouvrira. Aimeriez-vous... travailler au temple ?

— Il me reste tant à apprendre !

— Un jour, peut-être aurez-vous accès aux archives de la Maison de Vie. Elles contiennent tellement de richesses qu'une existence entière ne suffit pas à les découvrir.

— M'aiderez-vous à progresser ?

L'irruption du grand prêtre interrompit les jeunes gens.

— On m'annonce la venue d'Hénat qui désire me voir immédiatement.

— Le roi réagit très vite ! constata Kel.

— Pas de la manière espérée. Il aurait dû me convoquer et non m'envoyer le chef des services secrets.

Cette démarche me paraît inquiétante, mieux vaut prendre nos précautions. Nitis, cache Kel dans la troisième crypte.

La Supérieure des tisserandes emmena le scribe jusqu'au sanctuaire majeur où régnait la pénombre. De rares lampes éclairaient la salle à colonnes, celle de la barque sacrée et le couloir mystérieux desservant les chapelles disposées autour du naos aux portes closes.

Plusieurs cryptes étaient dissimulées à l'intérieur des énormes murs et du dallage. Seuls le grand prêtre et ses assistants connaissaient leur emplacement et le moyen d'y accéder. Il n'avait dévoilé le secret de la troisième qu'à Nitis, au moment de son initiation aux mystères de la Maison de Vie.

La jeune femme s'assura qu'aucun ritualiste ne déposait d'offrandes. Posant les mains à deux endroits précis du dallage, elle fit pivoter une lourde pierre et dévoila une étroite ouverture.

— Prenez une lampe et descendez, conseilla-t-elle au scribe. Rassurez-vous, vous ne manquerez pas d'air. Dès que possible, je viendrai vous chercher.

Kel découvrit une pièce étroite, tout en longueur. Elle contenait des vases en or, utilisés lors des rituels en l'honneur de Neit. Ses parois étaient couvertes de hiéroglyphes et de scènes étranges évoquant la création du monde à partir des eaux primordiales que la déesse animait grâce à l'énergie lumineuse du Verbe. Passionné, le jeune homme oublia ses angoisses et tenta de comprendre ces textes extraordinaires, capables de vivre par eux-mêmes et de transmettre leur puissance au cœur du silence et du secret, loin des regards humains.

Le grand prêtre lui accordait une incroyable faveur dont il devait se montrer digne en ouvrant son cœur aux paroles des dieux.

Comparé aux vastes appartements des hauts dignitaires du palais royal, le logement de fonction de Wahibrê paraissait modeste et fort austère. Le mobilier imitait celui de l'Ancien Empire, aux formes sobres et dépouillées.

Hénat se contenta d'un siège droit, dépourvu de coussins.

— Étant donné votre fonction et votre réputation, déclara le chef des services secrets d'une voix posée, le roi veut éviter le scandale, en dépit de la faute très grave que vous venez de commettre.

— De quoi m'accuse-t-on ? demanda le grand prêtre.

— De soutenir les divagations d'un criminel, de le protéger et d'entraver le cours de la justice. Seule l'indulgence de Sa Majesté vous permet d'échapper à un châtiment sévère.

— Vous le regrettez, semble-t-il ?

— J'exécute les ordres.

— Vous vous trompez, Hénat. Le scribe Kel n'a commis aucun crime, et il existe bel et bien un complot destiné à renverser Amasis. En choisissant Kel comme coupable, les séditieux détournent votre attention et celle du juge Gem.

— Les preuves accumulées contre Kel sont accablantes et son comportement les confirme, si besoin était. Vous, vous ne disposez que d'impressions et de sentiments. Je connais mon métier, le juge Gem le sien. Des complots, nous en avons déjoué plus d'un, et celui-là échouera, comme les autres. Ce scribe assassin et rebelle sera arrêté, condamné et exécuté.

— Les archers ne l'abattront-ils pas avant qu'il ne puisse se défendre ?

— Tout dépendra de son attitude. Il y a déjà eu trop de morts, et Sa Majesté ne veut pas risquer la vie de nos policiers.

— Autrement dit, étouffons l'affaire !

— Vous devriez changer de ton et d'attitude, recommanda Hénat.

Wahibrê se leva.

— Sortez d'ici, exigea-t-il, glacial.

— Le complice d'un assassin n'est pas en capacité de donner des ordres. Dorénavant, vous êtes assigné à résidence et vous ne quitterez plus ce temple.

— Je me rends immédiatement au palais.

— Vous évaluez mal votre situation, grand prêtre. Je parle au nom du roi.

— Quand il me recevra…

— Il ne vous recevra pas. Si vous franchissez l'enceinte du temple de Neit, vous serez arrêté. Sa Majesté vous ordonne de vous consacrer à vos activités rituelles, et uniquement à celles-là. Faveur insigne, je le répète. Que la célébration du culte de la déesse Neit soit votre seule préoccupation. En cas d'insubordination, n'espérez pas la moindre clémence.

Wahibrê devenait prisonnier du temple.

— Où cachez-vous l'assassin ? questionna Hénat dont le regard se fit perçant.

— Kel a refusé de se dissimuler à l'intérieur de ce domaine sacré.

— Une nouvelle fouille approfondie sera conduite dès demain.

— À votre guise.

— Puisque vous le protégez, vous savez où le trouver !

— Kel ne m'a pas indiqué l'emplacement de son refuge. C'est lui qui me contactera, demain à midi, à la petite porte du nord.

Hénat eut un léger sourire.

— Vous commencez à coopérer... Tant mieux ! Nous savons que l'assassin bénéficie de l'aide d'un complice. Connaissez-vous son identité ?

— Je ne l'ai jamais rencontré.

— Ne commettez plus d'imprudence, recommanda le chef des services secrets, et contentez-vous de vos fonctions religieuses.

Les deux hommes ne se saluèrent pas.

Face à un ennemi aussi puissant et privé de l'appui du roi, Wahibrê était pieds et poings liés.

Pourquoi continuait-il à soutenir un condamné à mort ?

Parce qu'il croyait à l'innocence de Kel et ne supportait pas l'injustice. La tolérer menait au chaos et à la destruction d'une civilisation millénaire.

Même muselé, le grand prêtre n'abdiquerait pas. Mais comment Kel éviterait-il le pire ?

53

Bébon jouait le parfait colporteur, et nul ne l'inquiétait. Apprécié de ses nouveaux collègues, le comédien ne pouvait rester inactif. Aussi, au terme d'une journée de troc largement bénéficiaire, se rendit-il aux abords de la caserne où travaillait son ami Nédi, le seul policier honnête de Saïs.

Au coucher du soleil, Nédi sortit de son bureau et marcha d'un pas tranquille en direction de son domicile.

Bébon et Vent du Nord se portèrent à sa hauteur.

— Laisse-moi tranquille, dit sèchement le policier. Je ne veux rien acheter.

— Ne me reconnais-tu pas ?

Nédi dévisagea le marchand.

— Pas possible... Bébon ! As-tu changé de métier ?

— Plus ou moins. L'affaire Kel ne cesse de prendre de l'ampleur, et j'ai besoin de ton aide.

— Ne touche pas à ça ! Domaine réservé du juge Gem. Ordre a été donné d'abattre l'assassin à vue.

— Curieuse justice, non ?

— Je préfère ne pas y penser.

— Ne deviens pas comme les autres, Nédi ! Cette affaire est pourrie. Et moi, je sais que Kel n'a tué personne.

— Peux-tu produire des preuves ?
— Pas encore.
— Alors, oublie et pars en tournée !
— Abandonner un ami injustement accusé, pas question !
— Ne te berces-tu pas d'illusions ?
— À la cour, on complote contre le roi. Et Kel sert de trompe-l'œil.
— Si tu as raison, le scribe n'a aucune chance de s'en sortir. Qu'il se rende à la justice et présente ses arguments.
— Le juge Gem a refusé de l'écouter. Il ne songe qu'à le faire abattre par ses archers. Va voir tes chefs, Nédi, et préviens-les que le pouvoir s'apprête à exécuter un innocent.
— Ils ne m'écouteront pas davantage, et ma carrière sera brisée. On me reproche déjà de trop défendre certains suspects, alors celui-là...

Bébon n'insista pas.

— Au moins, procure-moi des informations. Je souhaite connaître le dispositif policier et le plan mis en œuvre pour arrêter Kel.
— Possible...
— Tâche d'avoir accès au dossier. Peut-être contient-il d'autres pistes, jusqu'à présent inexploitées.
— Difficile, très difficile...
— On bafoue la justice et la vérité, Nédi. Aide-moi à les défendre.

À midi, un jeune homme se présenta à la porte nord du temple de Neit.

Aussitôt, une dizaine de policiers se ruèrent sur lui et

le plaquèrent au sol. Comme il se débattait, l'un d'eux l'assomma d'un coup de bâton.

Hénat ordonna aux archers de baisser les armes.

Grâce à la collaboration du grand prêtre, l'interception s'était déroulée au mieux. Après un interrogatoire musclé, le chef des services secrets remettrait l'assassin au juge Gem, qui lui lirait l'acte d'accusation avant de l'incarcérer.

— Beau travail, dit Hénat à ses hommes. Une prime vous sera versée.

Les policiers s'écartèrent.

Le visage de l'assommé ne ressemblait nullement à celui du portrait distribué aux forces de l'ordre.

— Réveillez-le, ordonna Hénat, nerveux.

Une jarre d'eau fraîche ranima le jeune homme.

— Ma tête... gémit-il.

— Qui es-tu ?

— L'un des scribes attachés au service de Menk, l'organisateur des fêtes de Saïs.

— Pourquoi te trouvais-tu ici ?

— Je viens vérifier une liste d'objets rituels... Que signifie cette agression ?

— Une regrettable erreur.

Le scribe se frotta l'occiput, orné d'une belle bosse.

— Une erreur... Vous plaisantez ! Moi, je porte plainte.

— Je dispose des pleins pouvoirs dans le cadre d'une affaire criminelle, précisa Hénat. Contente-toi de mes excuses et décampe !

Redoutant une nouvelle bastonnade, le jeune homme préféra obéir.

Hénat, lui, franchit le seuil de la petite porte du nord.

À l'orée d'une colonnade, le grand prêtre Wahibrê.

— Arrestation réussie ? demanda-t-il.

Le chef des services secrets serra les poings.
— Vous avez tort d'ironiser.
— Je ne comprends pas.
— Vous comprenez très bien, au contraire ! Ce n'est pas Kel qui s'est présenté, mais un assistant de Menk !
— Vos hommes ne furent pas assez discrets, estima le grand prêtre. Un assassin en fuite ne demeure-t-il pas en permanence sur ses gardes ? Il aura repéré les policiers et pris la fuite.
— Vous aimeriez me faire croire à cette fable ! En réalité, Kel se cache à l'intérieur de l'enceinte du temple. Cette fois, j'exige une fouille totale, y compris celle de la Maison de Vie !
— Impossible, objecta Wahibrê.
— Je dispose d'un mandat royal. En vous y opposant, vous risquez la prison.
— En ce cas, vous seul pénétrerez en ma compagnie dans les endroits secrets du temple.
— J'accepte.
— Ne craignez-vous pas la brutalité de cet assassin ?
— Ainsi, vous avouez !
— Nullement, Hénat. Peut-être a-t-il réussi à se dissimuler à mon insu.
— Je suis armé, et mes hommes feront le guet à l'entrée de chaque bâtiment. Au premier appel, ils me viendront en aide. Et puis nous serons deux... car vous m'assisterez, je suppose ?
— Lutter contre un criminel ne m'effraie pas, en dépit de mon âge.

La fouille méthodique du domaine de Neit débuta. Une centaine de policiers en explora les moindres recoins.

Hénat découvrit le sanctuaire secret de la Maison de

Vie où se préparait la résurrection d'Osiris et la vaste bibliothèque où travaillaient les initiés aux mystères.

Il eut un mouvement de recul en abordant le sanctuaire, seulement accessible au pharaon et à son représentant, le grand prêtre.

— Wahibrê, me jurez-vous que Kel ne se cache pas ici ?

— Je vous le jure. Néanmoins, parcourez le couloir mystérieux et regardez à l'intérieur de chacune des chapelles.

Mal à l'aise, redoutant la colère des dieux, Hénat releva le défi.

Nulle trace de Kel.

54

Accompagné d'une dizaine d'amiraux, le chancelier Oudja rencontra le général en chef des armées égyptiennes, Phanès d'Halicarnasse, au nord de Saïs. Le Grec procédait à de grandes manœuvres de la cavalerie et de l'infanterie.

Cette réunion de l'état-major était destinée à mettre au point une stratégie efficace en cas d'invasion.

Un gradé s'en étonna.

— Général, pourquoi ce déploiement de forces ? L'ambassadeur Crésus n'a-t-il pas officiellement promis la paix avec les Perses ?

— Les ambassadeurs ne m'inspirent pas confiance. Et moi, je suis payé pour défendre l'Égypte. Alors, on s'entraînera jusqu'à ce que chaque mercenaire soit capable d'exécuter les ordres à la perfection. Je veux des hommes rapides, puissants et efficaces.

— Deux nouveaux navires de guerre viennent de sortir de notre chantier naval, révéla Oudja, et trois autres seront bientôt terminés.

— Excellent, jugea Phanès d'Halicarnasse. J'ai bien observé Crésus pendant sa visite : il était stupéfait et impressionné. Sans doute croyait-il que notre système de défense présentait encore des points faibles. À présent, le voilà persuadé du contraire ! Néanmoins, je préconise de ne pas relâcher notre effort.

— Telle n'est pas l'intention de Sa Majesté, déclara Oudja. Il exige l'augmentation des effectifs et l'amélioration de l'armement.

— De nouvelles recrues seront les bienvenues ! Et croyez-moi, chancelier, leur formation sera correctement assurée. Chez les mercenaires grecs, ni mollasson ni tire-au-flanc. Reste un problème délicat…

— Lequel ?

— La stagnation des salaires. Un petit geste me paraît nécessaire.

Le chancelier se détendit.

— Le roi m'a autorisé à augmenter les impôts des civils, désormais tous fichés et sévèrement contrôlés. Les mercenaires seront donc beaucoup mieux traités, et les officiers recevront des terrains libres de taxes.

— Le moral de l'armée se maintiendra au beau fixe ! promit Phanès d'Halicarnasse. À présent, examinons notre dispositif de défense.

Deux scribes déployèrent sur le sol une grande carte du Delta et du couloir syro-palestinien.

— Deux voies d'attaque possibles : la mer et la terre. La côte méditerranéenne est dangereuse et présente de nombreux pièges pour une flotte qui ne la connaît pas. Si certains bateaux perses parviennent à les déjouer, la supériorité de vos bâtiments ne leur laissera pas la moindre chance d'accoster. Et si, par extraordinaire, quelques-uns atteignaient l'un de nos ports, ils seraient enfermés dans une nasse et rapidement détruits.

Oudja et les amiraux acquiescèrent.

— Vu son expérience, avança l'un d'eux, Crésus n'a pas manqué de s'en apercevoir. Toute tentative d'invasion maritime serait suicidaire.

— Ne baissons surtout pas la garde, exigea le chancelier, et confortons nos positions.

— La voie terrestre m'inquiète davantage, révéla Phanès d'Halicarnasse, et je travaille chaque jour à colmater les brèches restantes. Nos fantassins et nos lignes de fortification seront disposés de telle manière qu'un seul couloir restera ouvert à l'ennemi. À sa sortie, notre cavalerie l'attendra et lui portera des coups sévères tandis que nous lui couperons les possibilités de retraite.

Plusieurs officiers insistèrent sur tel ou tel détail afin d'améliorer encore ce plan qui garantissait la sauvegarde de l'Égypte. Le général en chef écouta attentivement les suggestions et se promit d'en vérifier le bien-fondé.

À l'évidence, même une armée deux fois supérieure en nombre ne parviendrait pas à envahir le Delta.

Après s'être purifiée dans le lac sacré, Nitis se rendit au temple couvert où elle présenta des offrandes de lait, de vin et d'eau aux statues de la déesse Neit, coiffée de la couronne rouge et tenant les sceptres Vie et Puissance. Puis elle vénéra l'ensemble des divinités présentes au cœur des chapelles et franchit la porte du ciel donnant accès à la partie la plus secrète du temple.

Initiée aux mystères d'Isis et d'Osiris par les ritualistes de la Maison de Vie, la jeune Supérieure des chanteuses et des tisserandes pouvait représenter le grand prêtre en animant les textes rituels, à jamais vivants au-delà du temps.

Elle ouvrit la porte cachée de la troisième crypte.

— C'est moi, Kel. Vous pouvez sortir.

Très lentement, le scribe quitta l'univers où il venait

de vivre une profonde mutation. Nourri de chaque hiéroglyphe, le cœur empli des paroles de création de la déesse Neit, l'esprit ouvert à l'univers des énergies en perpétuelle recréation, il avait traversé en quelques heures des territoires de l'âme accessibles à bien peu d'êtres.

— Nitis... suis-je encore vivant ?
— Davantage qu'auparavant.
— Ce n'était pas une cachette, mais une épreuve ! À présent, avez-vous confiance en moi ?
— Je n'ai jamais douté de votre innocence.
— Un scribe interprète, si bon technicien soit-il, serait-il capable de ressentir la puissance des paroles divines et de ressortir indemne de la caverne des métamorphoses ? Voici la question que vous vous êtes posée, vous et le grand prêtre !

Nitis sourit.

— C'était aussi une cachette, Kel. Les policiers d'Hénat ont fouillé le domaine de Neit sans vous trouver. En revanche, vous vous êtes découvert.

Leurs regards se croisèrent avec une nouvelle intensité.

— Je me sais condamné, Nitis. Néanmoins, je lutterai jusqu'au bout. Et vous m'avez ouvert les yeux en brisant le carcan d'ignorance qui m'aveuglait. Tout en demeurant indigne de vous, je perçois mieux l'importance de votre fonction.

Elle lui tendit les mains, il osa la toucher.

— Votre ami Bébon désire vous parler.

55

Kel sortit du temple en compagnie des jardiniers chargés d'entretenir les arbres de Neit. Se détachant du groupe, il se mêla aux badauds en attendant un signe de Bébon.

Le museau d'un grison souleva sa main.

— Vent du Nord !

Les oreilles dressées, l'âne se dirigea vers une placette d'où partaient plusieurs ruelles.

Kel le suivit jusqu'à une étable. Vent du Nord y but de l'eau fraîche et dégusta un savoureux mélange de foin, de légumes et de luzerne.

— Tu m'as l'air indemne, observa Bébon. Neit te protège, dirait-on !

— Le grand prêtre est assigné à résidence, le roi refuse de le recevoir. Hénat a fait fouiller le domaine de la déesse, et seule l'aide de Nitis m'a permis de lui échapper.

— J'ai noté la présence d'un bon nombre de guetteurs aux abords du temple. Par bonheur, ils se fient à ton portrait ! Et j'ai trouvé un allié précieux, mon vieux camarade Nédi, auquel j'ai rendu naguère beaucoup de services.

— Comment pourrait-il nous aider ?

— En nous informant sur le réel contenu de ton dossier. Il est forcément rempli de pièces truquées, de fausses dépositions et de témoignages arrangés. J'aimerais en connaître les signataires. Et puis ce brave Nédi nous décrira en détail le dispositif policier destiné à nous intercepter. Enfin, nous aurons un coup d'avance !

— Quand le rencontrerons-nous ?

— Cette nuit, devant l'atelier du principal marchand de jarres de Saïs.

La lumière argentée de la pleine lune baignait la cité en perpétuelle expansion. Des chats en maraude recherchaient des proies, de jeunes couples se parlaient d'amour, des artisans et des scribes travaillaient à la lueur des lampes.

Vent du Nord marchait en tête, d'un bon pas.

— Sais-tu qu'il m'a repéré et conduit jusqu'à toi ? rappela Kel.

— L'intelligence de cet âne dépasse l'entendement ! Nous ne sommes plus deux mais trois. Et nous aurons intérêt à l'écouter.

L'endroit paraissait tranquille.

Deux énormes jarres encadraient l'entrée de l'atelier, au cœur du quartier des potiers.

Vent du Nord s'immobilisa.

— Attention, recommanda Bébon, soudain en alerte.

Le comédien se retourna.

Pas de suiveur.

L'âne s'élança vers l'une des jarres et, d'une puissante ruade, la renversa. Poussant un cri de douleur, blessé par des éclats, un policier tenta de s'en extirper.

La deuxième jarre subit le même sort, et un deuxième cerbère fut assommé.

— Suis Vent du Nord ! ordonna Bébon au moment où trois hommes armés de gourdins jaillissaient de l'atelier.

D'un coup de pied au visage, le comédien estourbit un agresseur. Sa vivacité lui permit d'éviter l'arme qui s'abattait sur lui et de frapper violemment à la nuque son adversaire.

Alors qu'il se retournait, Bébon vit trop tard le gourdin.

Le sang jaillit de son nez.

Fou de rage, il se déchaîna et, d'une manchette à la gorge, coupa le souffle du policier.

Plus personne ne lui barrant la route, le comédien s'enfuit.

Nitis examina la blessure de Bébon.

— Fracture de la colonne du nez, diagnostiqua-t-elle. Un mal que je peux guérir.

Après avoir nettoyé la plaie avec deux tampons de lin, elle en plaça deux autres, enduits de graisse, de miel et de substances végétales.

— Lorsque le gonflement des chairs sera résorbé, indiqua-t-elle, je placerai deux attelles recouvertes de lin pour resserrer le nez. Tous les jours, jusqu'à complète guérison, je changerai le pansement. Il ne subsistera aucune séquelle et, grâce aux vertus anesthésiques des plantes utilisées, tu ne souffriras pas. Régime alimentaire normal et repos obligatoire.

— Ne prenez-vous pas trop de risques en nous cachant dans votre demeure de fonction ? s'inquiéta Kel.

— Le domaine de Neit a été complètement fouillé, rappela la prêtresse, et les guetteurs d'Hénat surveillent surtout le grand prêtre. S'il tentait de franchir l'enceinte, il serait arrêté.

— Soyez très prudente, recommanda le jeune scribe.

— Rassurez-vous, ma vigilance ne se relâchera pas.

— Ton soi-disant ami nous a vendus à la police, dit Kel à Bébon.

— Je suis persuadé du contraire.

— Comment expliques-tu ce guet-apens ?

— Je connais bien Nédi, il ne nous a pas trahis. En recherchant les renseignements qu'il devait nous transmettre, il s'est fait repérer. Si besoin était, ça prouve la gravité de la situation ! La hiérarchie arrête l'un de ses propres policiers et le réduit au silence.

— Hénat n'oserait pas…

— Nous ne reverrons jamais Nédi, affirma le comédien d'une voix sombre. Peut-être a-t-il eu le temps de nous laisser un message.

— De quelle manière ?

— En dissimulant un document chez lui. Je m'y rendrai dès que possible.

— Ne quittez pas cette maison sans mon accord, exigea Nitis.

Bébon s'allongea sur une natte. Comme ses amis, il prenait conscience de l'étendue du complot. Optimiste invétéré, il se demandait si Kel et lui parviendraient à sortir de ce guêpier.

— J'ai envoyé Nédi au massacre, déplora-t-il.

— Il a accepté de t'aider, précisa Kel.
— Il n'imaginait pas l'ampleur du danger. Et je m'estime responsable de sa mort.
— Ne noircis-tu pas la situation ?
— Puisqu'on nous a tendu un piège, Nédi a révélé le lieu du rendez-vous. Et il n'aura parlé que sous la torture.

56

Affronter la colère froide du chef des services secrets n'était pas une partie de plaisir. Le responsable de l'opération manquée avait une mine piteuse.

— Mes hommes ont été sévèrement rudoyés, avoua-t-il.

— Cinq policiers expérimentés contre un homme seul ! s'exclama Hénat. De qui te moques-tu ?

— Kel n'était pas seul. D'après les rapports, plutôt confus, plusieurs complices le protégeaient.

— Combien ?

— Deux, trois ou quatre. Des gaillards particulièrement vindicatifs et rompus à l'art de la lutte.

— Et chez eux, pas une égratignure ?

— Peut-être un blessé léger.

— Et tout ce beau monde a réussi à prendre la fuite, alors que notre embuscade avait été soigneusement préparée !

— Nous ne nous attendions pas à une telle résistance. Et puis, selon vos directives, nous devions laisser l'assassin pénétrer à l'intérieur de l'atelier et l'appréhender sans difficultés majeures. Lui et sa bande nous ont attaqués avec une violence inouïe, comme s'ils connaissaient notre présence !

Hénat grimaça.

Comment le policier Nédi aurait-il pu prévenir Kel ? Arrêté en raison de ses investigations anormales, il avait subi un interrogatoire approfondi. Redoutant la souffrance, il s'était résolu à dévoiler le lieu d'un mystérieux rendez-vous concernant l'affaire Kel, avant de succomber à une crise cardiaque.

Ce petit scribe se révélait coriace.

Il disposait d'un véritable réseau qui lui permettait de se cacher et d'échapper aux forces de l'ordre. Patient et méthodique, le chef des services secrets tolérait mal sa défaite momentanée. À lui de tirer la leçon de ses échecs et de laisser croire au fugitif qu'il pouvait lui échapper. Mis en confiance, Kel commettrait l'erreur fatale.

— Tu n'aurais pas dû venir, dit le grand prêtre Wahibrê à Péfy, le ministre des Finances.

— Je voulais entendre la vérité de ta bouche ! Es-tu réellement assigné à résidence ?

— Le roi m'interdit de sortir de l'enceinte du temple, sous peine d'être jeté en prison.

— Quelle faute as-tu commise ?

— J'ai présenté le scribe Kel à la reine afin qu'elle plaide sa cause auprès d'Amasis.

— Serais-tu devenu fou, toi, le grand prêtre de la déesse Neit ?

— Ce jeune homme est innocent.

— Possèdes-tu des preuves irréfutables ?

— Sa sincérité me convainc.

— C'est un cauchemar ! Un dignitaire de ton âge et de ton expérience, se montrer aussi crédule !

— Et si mon âge et mon expérience m'aidaient à percevoir la vérité ?

L'argument troubla un instant le ministre.

— Gem est un juge pondéré et scrupuleux. Or il affirme détenir un dossier accablant.

— La première démarche du véritable assassin ne consistait-elle pas à abuser le magistrat instructeur ?

Péfy grommela.

— À part ton intuition, quoi de tangible ?

— À Naukratis, Kel a fait de troublantes découvertes dont personne ne veut tenir compte. Contrairement à tes certitudes rassurantes, les commerçants et financiers grecs n'ont pas l'intention de limiter leurs activités à cette seule ville.

Le ministre fronça les sourcils.

— Sois plus précis.

— Ils veulent implanter l'esclavage en Égypte et lui imposer leur système monétaire, assorti de la circulation de pièces de métal à l'échelle du pays entier.

— Tout à fait exclu !

— Le trafic de pièces a déjà débuté, le palais royal ne semble pas s'en inquiéter. S'inclinerait-on devant une évolution jugée inéluctable ? Et toi, le principal responsable des finances publiques, ne parais pas informé.

Péfy garda un long silence.

— Je ne vois guère de rapport avec l'assassinat des interprètes.

— Quelqu'un ne serait-il pas en train de vendre notre pays ?

— Tu perds l'esprit, Wahibrê ! Ne commets pas la moindre imprudence et tiens-toi définitivement à l'écart de cette affaire. Moi, je pars pour Abydos, afin de vérifier si les travaux d'entretien du temple sont correctement effectués.

— Autrement dit, tu n'interviendras pas auprès du roi.

— Ce serait inutile. Il n'écoute que lui-même et Pythagore, un philosophe grec qui le fascine. Je t'en prie, mon ami : oublie ces horribles meurtres, laisse passer l'orage et le pouvoir te pardonnera ton faux pas.

Malgré de nouvelles tentatives, ni Kel ni Nitis ne parvenaient à décrypter le papyrus codé. Et ils ne savaient où trouver les ancêtres capables de leur procurer une aide décisive.

Satisfait de la qualité du vin et d'une nourriture pourtant frugale, Bébon répétait le texte des mystères d'Horus au cours duquel le dieu à tête de faucon, inspiré par sa mère Isis, harponnait l'hippopotame de Seth et réduisait le mal à l'impuissance.

— Puisse cette magie divine nous protéger ! implora le comédien.

L'arrivée de Nitis lui donna de l'espoir. La seule présence de la prêtresse dissipait l'angoisse.

— D'après le grand prêtre, affirma-t-elle, un seul homme pourrait parler longuement au roi et plaider en faveur de Kel.

— Comment se nomme ce sauveur ? demanda Bébon.

— Pythagore, un penseur grec venu chercher la sagesse en Égypte. Il a fréquenté de nombreux temples, et nous l'avons accueilli ici même en lui confiant des tâches rituelles dont il s'est acquitté avec rigueur. Il se trouve actuellement à Naukratis, chez la Dame Zéké.

— Les serviteurs de Zéké ont fourni au juge Gem des faux témoignages m'accusant d'avoir égorgé Démos ! rappela Kel. Néanmoins, je dois voir Pythagore et le convaincre de mon innocence. Je pars immédiatement pour Naukratis.

— Je t'accompagne, décida Bébon.

— Hors de question, décréta Nitis. Tu n'es pas encore rétabli, et la police recherche forcément un homme au nez cassé.

— La Supérieure a raison, trancha Kel. Rassure-toi, je connais bien Naukratis et saurai passer entre les mailles du filet.

— Voici un document qui vous mandate pour consulter Pythagore de la part du grand prêtre de Neit et le prier de lui répondre quant à sa vision des planètes. Ainsi, vous vous présenterez comme un Grec de Samos.

— Pythagore, Zéké, marmonna Bébon, inquiet : et s'ils étaient de mèche, et s'il s'agissait d'un nouveau traquenard ! Kel sort de son refuge et tombe dans la gueule grande ouverte du crocodile ! Pourquoi le grand prêtre propose-t-il cette stratégie ?

— Parce qu'il a reçu une confidence de son ami Péfy, le ministre des Finances.

— Un dignitaire de premier plan, peut-être mêlé au complot !

— Risque à courir, jugea Kel. Je ne resterai pas inactif.

« Et moi, pas davantage », pensa Bébon.

57

Le court voyage s'était effectué sans encombre. Les policiers présents à l'embarcadère de Saïs avaient interpellé un jeune homme ressemblant à Kel et, pendant son interrogatoire, le scribe était monté à bord du bateau partant pour Naukratis.

À l'arrivée, nouveau contrôle.

Un soldat consultait le portrait de Kel, qui conversait en grec avec un vendeur de tuniques colorées, fort prisées par les mercenaires, auquel il acheta un vêtement ample.

Les forces de l'ordre ne les importunèrent pas, et les deux hommes déjeunèrent dans une auberge bruyante où l'on faisait des affaires en marchandant ferme.

Puis Kel se rendit au temple d'Apollon, situé entre celui des Dioscures[1] et celui d'Héra, au nord de la ville.

Sous l'esplanade précédant l'édifice, des prêtres discutaient.

— Pardonnez-moi de vous interrompre, s'excusa Kel. Je recherche un philosophe nommé Pythagore afin de lui remettre une lettre.

---

1. Castor et Pollux.

— Nous l'avons vu hier, indiqua un ritualiste. Il ne compte pas revenir ici.

— Où pourrais-je le trouver ?

— Il habite chez la Dame Zéké, la femme la plus riche de Naukratis et notre principale bienfaitrice.

Le ritualiste fournit à Kel les renseignements nécessaires pour atteindre la demeure de Zéké. Le scribe avait espéré contacter Pythagore loin de cette demeure, mais il lui fallait se rendre à l'évidence : il devrait franchir la porte de la somptueuse résidence, au risque d'être reconnu et arrêté.

Quantité de mercenaires parcouraient les rues et se retournaient au passage des femmes libres, les cheveux découverts. Ceux qui étaient arrivés de Grèce depuis peu s'étonnaient de tant d'impudeur et d'indépendance. Choqués, ils auraient préféré voir ces femelles cloîtrées et toujours prêtes à satisfaire leurs désirs. Grâce à une présence grecque accrue, à Naukratis et dans les autres cités du Delta, ils espéraient ramener les mœurs à la normale.

Kel se présenta au portier de la Dame Zéké, un homme râblé au front bas et au regard dur.

S'il le reconnaissait, le scribe s'enfuirait à toutes jambes.

— Je viens de Saïs, déclara-t-il. Le grand prêtre du temple de Neit m'a ordonné de remettre en main propre une lettre à Pythagore.

— Attends ici.

Première étape franchie.

La seconde serait peut-être facile : Kel demanderait à Pythagore de faire quelques pas afin de lui parler de manière confidentielle.

La troisième, en revanche, s'annonçait ardue :

convaincre le philosophe de son innocence et le prier d'intervenir auprès du pharaon Amasis.

Le portier revint.

— Entre. Un majordome va te conduire à la salle de réception. Pythagore t'y rejoindra.

Impossible de reculer.

— Suis-moi, ordonna le majordome, aussi désagréable que le portier.

Lui non plus ne reconnut pas Kel.

— Assieds-toi et patiente.

Mal à l'aise, Kel fit les cent pas.

La luxuriance du décor peint, évoquant les paysages de la Grèce, ne le distrayait pas. D'interminables minutes s'écoulèrent.

Enfin, la porte de la salle de réception s'ouvrit.

Et la Dame Zéké apparut.

Jamais elle n'avait été aussi belle. Diadème d'or ornant ses cheveux noirs et brillants, collier de perles à trois rangs, bracelets d'argent, robe rouge décolletée. Et un parfum envoûtant, à base de jasmin.

— Je savais que tu reviendrais, murmura-t-elle.

— J'apporte un message destiné à Pythagore et...

— Il a quitté Naukratis ce matin.

— Où est-il allé ?

— Au temple de Ptah, à Memphis. Ordre du roi.

— Laissez-moi partir. Je dois lui parler.

— Oublie-le, Kel. À présent, tu m'appartiens.

— Vous avez assassiné Démos et tenté de me faire disparaître !

— Puisque le destin t'a épargné et ramené chez moi, tu vas m'épouser.

— Jamais !

— Alors, tu préfères mourir ?

— Je ne vous aime pas, Zéké, et je suis incapable de jouer les hypocrites.

La tristesse emplit le regard de la femme d'affaires.

— La beauté et le charme de ma rivale dépassent l'entendement, n'est-ce pas ? Et les pires menaces ne briseraient pas ta fidélité.

— En effet.

— Pour la première fois de mon existence, Kel, tu m'obliges à renoncer à mon désir. En m'humiliant, tu aurais dû provoquer ma fureur. Pourtant, je ressens de l'admiration. Tu possèdes une pureté et une droiture que je croyais illusoires. J'accepte de t'épargner et de te rendre ta liberté, mais écoute-moi bien, car nous ne nous reverrons plus. Je ne suis mêlée en aucune façon à l'affaire d'État dont tu parais être le centre. Si j'espère modifier l'économie de ce pays en y introduisant l'esclavage et la circulation de la monnaie, c'est uniquement à mon propre profit ! La richesse me fascine et, jusqu'à mon dernier souffle, je ne cesserai d'accroître ma fortune.

— N'avez-vous pas un ou plusieurs complices au palais ?

— Je n'en ai nul besoin. Mon royaume se situe ici, à Naukratis. J'ai acheté les hauts fonctionnaires, les militaires et même les prêtres. Chacun mange dans ma main afin de goûter une part du gâteau qui ne cesse de grandir. Et mes innovations gagneront naturellement les mentalités, au-delà des frontières de cette cité. Nous, les Grecs, appelons cela le progrès. Vous, les Égyptiens, tournés vers les dieux et le passé, en êtes incapables.

— Et le casque d'Amasis ?

— Tu m'as donné une bonne leçon. À cause de cette histoire, j'ai rêvé du pouvoir politique. Quelle erreur ! Seule compte la puissance de l'économie. Elle balaiera tous les régimes et fera plier la nuque des empereurs, des rois et des princes. Je les abandonne à leurs jeux dérisoires et je m'occupe de commerce et d'affaires.

— Vous ignorez donc le nom du voleur de casque, le futur usurpateur ?

— J'ignore tout de ce complot et des crimes dont on t'accuse, et je ne veux rien savoir. Quitte Naukratis, Kel, et ne tente plus d'empiéter sur mon existence. Sinon, je me sentirais agressée et je ne t'épargnerais pas.

58

Grâce à un bateau rapide, Kel parcourut en moins de quatre jours la distance séparant Naukratis de la plus grande ville d'Égypte, l'antique Memphis. Bien qu'elle ne fût pas officiellement capitale, elle demeurait le centre économique du pays, à la jonction du Delta et de la vallée du Nil.

Le scribe paya le prix du voyage en rédigeant pour le capitaine et son second des lettres destinées à l'administration. Afin d'obtenir satisfaction, il fallait utiliser les bonnes formules et prouver aux fonctionnaires que l'on n'ignorait pas les lois. Frileux, ils ne prenaient pas le risque d'être sanctionnés et donnaient satisfaction aux plaignants en se réfugiant derrière les textes en vigueur.

Le bateau accosta le port de Bon-Voyage, jouxtant les docks d'une longueur impressionnante. Memphis la cosmopolite recevait quotidiennement un grand nombre de marchandises, en provenance du Sud comme du Nord.

Anonyme au sein d'une foule bigarrée, Kel demanda son chemin à un vieillard, amusé du spectacle constamment renouvelé. Aussi trouva-t-il aisément le grandiose temple de Ptah, le dieu du Verbe et de la Création artisanale, proche de la citadelle aux murs blancs bâtie par Djéser dont le génial architecte, Imhotep, avait érigé la pyramide à degrés à Saqqara.

Une allée de sphinx menait au colossal pylône d'entrée, orné de mâts à oriflammes proclamant la présence divine.

Kel suivit un prêtre pur qui se présenta à une porte latérale où des surveillants notèrent son nom sur le registre de présence.

— Voici mon accréditation, dit le scribe en présentant la missive signée du grand prêtre de Saïs. Je désire voir un philosophe grec, Pythagore, récemment arrivé.

Un préposé à la sécurité examina le document.

— Tu peux entrer. Je vais me renseigner.

La vaste cour accueillait des processions et des notables, lors des fêtes. En compagnie d'autres visiteurs, il patienta à l'abri d'une colonnade.

Les bruits du monde extérieur ne franchissaient pas l'épais mur d'enceinte. Portant un plateau chargé de fruits frais, un ritualiste traversa la cour en direction du temple couvert.

Le surveillant revint, en compagnie d'un homme de taille moyenne, au visage altier.

— Je suis Pythagore. Qui me demande ?

— Wahibrê m'a chargé d'un document confidentiel à votre intention. Je dois également vous le commenter, à l'abri des oreilles indiscrètes.

Pythagore contint son étonnement.

— Rendons-nous au logement que m'a attribué le clergé de Ptah. Nous y parlerons en toute tranquillité.

Pythagore disposait d'une chambre austère, d'un petit cabinet de travail et d'une salle d'eau.

— Ici, révéla-t-il à son hôte, j'ai appris à vénérer les ancêtres et à respecter Maât. La tradition initiatique n'appartient pas au passé. Au contraire, elle seule est porteuse d'un avenir harmonieux. À Saïs, j'ai beaucoup apprécié l'enseignement du grand prêtre Wahibrê et la pratique des rites auxquels m'a donné accès Nitis, la Supérieure des tisserandes.

— Neit tissa le Verbe, rappela Kel, et ses sept paroles créèrent le monde.

Pythagore considéra le messager d'un autre œil.

— Vous êtes donc initié à ses mystères !

— Nitis et le grand prêtre m'accordent leur confiance. Voici le document qu'ils m'ont chargé de vous montrer.

Kel déroula le papyrus codé.

L'examinant avec attention, Pythagore sembla consterné.

— Ma pratique des hiéroglyphes ne me permet pas de lire ce texte, déplora-t-il. Je reconnais les signes, mais on jurerait qu'ils ne forment pas des mots !

— Exact, et nous ne parvenons pas à briser le code. J'espérais profiter de vos lueurs. La clé ne serait-elle pas un dialecte grec ?

— Essayons…

— Ce papyrus provient du Bureau des Interprètes dont j'étais l'un des scribes, révéla Kel. On m'accuse à tort de les avoir assassinés, alors qu'il s'agit d'un complot contre Amasis. J'ignore le nom du coupable, probablement l'un des principaux personnages de l'État qui, après avoir volé le casque du pharaon, s'en coiffera afin de se proclamer roi d'Égypte. Malheureusement, le monarque refuse de m'écouter parce que le juge chargé de l'enquête possède un dossier rempli de preuves accablantes, toutes fabriquées.

Pythagore parut sceptique.

— Pourquoi devrais-je vous croire ?

— Je vous ai dit la vérité et j'ajoute avoir découvert

que les Grecs de Naukratis veulent bouleverser l'économie du pays en y introduisant l'esclavage et la monnaie. J'ignore si ces faits sont liés à l'assassinat de mes collègues, mais je redoute un désastre. Pour m'avoir aidé en me présentant à la reine, le grand prêtre Wahibrê se trouve aujourd'hui assigné à résidence. Et ce document indéchiffrable est la seule preuve de mon innocence, car il contient certainement le plan des conjurés.

— Ainsi, l'Égypte serait en péril, murmura Pythagore en fixant son interlocuteur.

— Quelqu'un n'hésite pas à supprimer les gêneurs, rappela Kel. Tant de violence implique une volonté farouche et une cruauté sans faille.

— Qu'attendez-vous de moi ?

— Le pharaon vous apprécie et vous écoute. Vous seul êtes en mesure de lui faire prendre conscience du danger. Peu importe ma propre destinée. Il faut recommencer l'enquête sur de nouvelles bases et identifier le monstre tapi dans les ténèbres.

— Nous avons longuement conversé, admit Pythagore. Amasis souhaite préserver une paix durable et prend les dispositions nécessaires afin d'éviter tout conflit. De mon côté, j'ai décidé d'adapter l'enseignement égyptien à la mentalité grecque et de fonder une école de pensée qui nous éloignera d'un rationalisme destructeur et nous rapprochera du mystère de la vie. Au terme de ce bref séjour à Memphis, je saluerai le pharaon à Saïs, puis je regagnerai la Grèce.

— Acceptez-vous de lui rapporter mes propos et de tenter de le convaincre qu'il manque de lucidité ?

— Je ne vous promets pas de réussir.

— Soyez assuré de ma profonde gratitude. Votre intervention sauvera peut-être l'Égypte d'un sort funeste.

— En attendant le résultat de ma démarche, préservez-vous. Il n'est pire crime que l'assassinat d'un innocent. Et si nous passions cette soirée à décrypter le papyrus ?

Les deux hommes rivalisèrent de virtuosité en appliquant de multiples grilles de lecture à partir des dialectes grecs.

Malgré l'échec, Kel garda espoir. Amasis serait sensible à la parole de Pythagore.

59

S'estimant guéri, Bébon retira ses derniers pansements et supplia Nitis de le laisser sortir. Ne tenant plus en place, il voulait s'assurer que son ami, le policier Nédi, n'était pas mort en vain.

Réticente, la prêtresse lui fit promettre qu'il ne prendrait aucun risque. Honnête, à son propre étonnement, le comédien promit qu'il se montrerait prudent.

La nuit tombée, Nitis guida Bébon jusqu'à la petite porte du nord, close depuis le coucher du soleil. Elle possédait la clé et la lui confia. Au retour, il emprunterait le même chemin, en veillant à ne pas attirer l'attention d'un garde.

Comme l'air de la nuit lui parut délicieux! Décidément, vivre dans une cage dorée ne lui convenait pas. Précarité et danger : excitants et formateurs ! Il laissait aux petits-bourgeois leur confort douillet et l'ennui de leur existence uniforme.

Lui, mêlé à une affaire d'État ? Tant mieux ! Les comploteurs n'avaient qu'à bien se tenir. En s'attaquant à Kel, incapable de commettre un acte vil, ils piétinaient des valeurs vitales. Et Bébon, pourtant peu porté sur la morale, ne le supportait pas. La justice n'était-elle pas la base de toute civilisation digne de ce nom ?

Il gagna la banlieue sud de Saïs, proche d'une campagne verdoyante qu'irriguaient d'innombrables canaux. Le quartier comptait quelques belles villas et des demeures modestes, mêlées à des échoppes et à des ateliers.

Nédi était voisin d'un riche agriculteur, fier de sa propriété, entourée d'un jardin planté de palmiers et de jujubiers.

L'endroit paraissait tranquille.

Redoutant un nouveau piège, le comédien surveilla les environs.

Nul guetteur en faction.

À plusieurs reprises, Bébon passa devant la maison du policier.

Calme plat.

Il contourna le bâtiment, força le volet de la fenêtre donnant sur un potager et se glissa à l'intérieur.

Un grand salon, une chambre à coucher, un débarras et une salle d'eau. Veuf, Nédi vivait à l'aise. Grand amateur de bons crus, il soignait sa cave.

Bébon y descendit.

Filtrée par une lucarne grillagée, la lumière lunaire lui permit d'examiner les jarres, portant l'indication de la provenance et de l'année.

Il ne tarda pas à repérer l'anomalie : l'une d'elles avait été débouchée et rebouchée. Bébon ôta le tampon de lin et de paille.

À l'intérieur, pas de vin mais un papyrus roulé et scellé.

Écriture fine, message surprenant :

Cher vieux gredin, une première découverte : la police vient d'arrêter un trafiquant d'armes de fer entreposées à Naukratis. Jouissant d'appuis importants, le bon-

homme n'a écopé que d'une amende. Je poursuis mon enquête. S'il m'arrivait malheur, tu trouverais à coup sûr ce document. Et n'oublie pas de boire à mon éternelle santé. La jarre d'Imaou, datée de l'an trois d'Amasis, contient un véritable nectar.

Bébon ne manqua pas de rendre hommage au policier. Corsé, le vin rouge le fit glisser dans un lourd sommeil d'où il n'émergea qu'au milieu de la matinée.

Se satisfaisant d'un morceau de poisson séché, le comédien attendit la pénombre pour sortir de la maison.

Toujours le calme plat.

Apercevant le gardien de la villa de l'agriculteur, Bébon se dirigea vers lui.

— Mon cousin Nédi est absent, déclara-t-il. Quand dois-je revenir ?

— Tu… tu n'es pas au courant ?

— Que lui est-il arrivé ?

— Une crise cardiaque l'a terrassé.

— Ici même ?

— Non, au poste de police. Il a déjà été inhumé et sa maison sera bientôt occupée par un collègue.

— Mon pauvre cousin ! Il me paraissait pourtant en excellente santé.

— Nul ne connaît le jour et l'heure. C'était un brave homme !

— La situation me paraît claire, dit Bébon à Nitis et au grand prêtre Wahibrê : une faction grecque de Naukratis tente de s'armer pour s'attaquer au roi ! Il faut l'avertir au plus vite.

— Je suis assigné à résidence, rappela le grand

prêtre. Et si je parvenais à voir Amasis, il ne me croirait pas.

— Peut-être existe-t-il une solution, avança Nitis.

— J'ai besoin de votre aide, dit la prêtresse à Menk.

L'organisateur des fêtes de Saïs en frétilla d'aise. Enfin, elle faisait un pas vers lui !

— Vous savez que le roi refuse de voir le grand prêtre.

— Je le déplore, chère Nitis, et espère une amélioration rapide de cette regrettable situation.

— Wahibrê détient une information capitale pour la sécurité du royaume. Ne pouvant sortir du temple, il cherche un messager digne de confiance.

La joie de Menk fut brusquement ternie.

— Les affaires d'État ne sont pas mon fort, et...

— Le roi vous écoute, car il connaît votre probité et votre rigueur. Nous sommes tous concernés, puisqu'il en va de l'avenir de l'Égypte. Ne pas transmettre cette information serait une faute grave.

— Il s'agit d'une démarche extrêmement délicate ! Je ne sais pas si...

— Le grand prêtre vous accorde sa confiance. Et moi aussi. Nous, nous sommes impuissants. Vous, vous pouvez sauver les Deux Terres.

D'un côté, prendre une telle initiative et mécontenter le roi briserait net sa carrière ; de l'autre, opposer un refus à Nitis mettrait un terme à leurs relations.

— Cette information... comment l'ai-je obtenue ?

— Resté anonyme, un mercenaire s'est confié à vous. Même incrédule, vous avez jugé indispensable d'alerter Sa Majesté.

— Vous me demandez beaucoup !

La jeune femme sourit.

— Je ne doutais pas de votre courage, Menk. Cette intervention prouvera au roi votre absolue loyauté, et il ne se montrera pas ingrat.

Cette perspective rassura l'organisateur des fêtes.

— Je dois voir Sa Majesté en audience privée dans quatre jours. Cela vous convient-il ?

— À merveille. Ainsi, vous n'attirerez pas l'attention.

— Ne me dites pas que des dignitaires du palais seraient compromis !

— L'information concerne un trafic d'armes.

Inquiet, Menk écouta attentivement Nitis.

60

Désormais considéré comme un personnage officiel, Pythagore bénéficiait des largesses royales. Ainsi jouissait-il d'un bateau privé à bord duquel monta son secrétaire, engagé à Memphis. Évitant tout contrôle militaire ou policier, Kel apprécia un agréable voyage en direction de Saïs.

Bientôt, il reverrait Nitis.

Et si Pythagore réussissait à convaincre le roi, le jeune scribe serait de nouveau un homme libre, disposant d'un avenir.

Assis à la poupe, abrités du soleil par une toile blanche tendue entre quatre piquets, les deux hommes goûtaient le calme d'un paysage composé de palmeraies et de champs bien irrigués. Un ibis noir les survola.

— L'oiseau de Thot, le dépositaire des sciences sacrées et le patron des scribes, rappela Pythagore. En Grèce, nous l'appelons Hermès. Grâce à son enseignement, j'ai compris que notre monde n'était qu'un îlot émergé au cœur de l'océan d'énergie primordiale. Lorsque le Créateur contempla sa propre lumière, il donna naissance à la vie issue de la Vie. Et l'initiation aux mystères d'Isis et d'Osiris rend la Vie consciente.

Car la véritable naissance n'est pas notre médiocre existence profane, mais l'accès à la lumière.

— Le chef du service des interprètes m'a parlé du *Ka* de l'univers que symbolise précisément cette lumière si généreuse ! Chaque matin, je vénère le soleil levant, porteur de résurrection.

— Fie-toi à la déesse Neit, jeune scribe. Masculin qui fit le féminin, Féminin qui fit le masculin, étendue d'eau créatrice d'éternité, ancêtre vivante, étoile flamboyante, père et mère, elle t'ouvrira les portes du ciel.

Le bateau accosta le quai principal de Saïs. Pythagore se rendit au palais, Kel demeura à bord.

La journée s'écoula, interminable.

Peu avant le coucher du soleil, le penseur grec grimpa lentement la passerelle.

— Échec total, déclara-t-il. Amasis m'estime victime d'une rumeur infondée.

— Avez-vous insisté ?

— Au point de provoquer la colère du roi !

— Il ne veut donc rien entendre !

— Lui seul gouverne. Et il m'a ordonné de rentrer en Grèce.

— Désolé de vous avoir mis en porte à faux !

— La date de mon départ était déjà arrêtée. Ne devrais-tu pas m'accompagner, Kel ? Ici, ta situation paraît fort compromise. Ensemble, nous fonderons une confrérie et tenterons de rendre les Grecs moins matérialistes.

— Quitter l'Égypte m'anéantirait. Et je veux prouver mon innocence.

— Puissent les dieux te protéger.

Hénat, le chef des services secrets, s'inclina devant le roi, visiblement furieux.

— J'exige des explications.
— À quel propos, Majesté ?
— Tu ne t'en doutes pas ?
— Nous n'avons pas encore arrêté ce maudit scribe, et je suis le premier à le déplorer. Mais le juge Gem et moi-même ne relâchons pas nos efforts. L'assassin se révèle plus coriace que prévu.

Amasis eut un geste de dédain.

— Je pensais à un autre scandale tout aussi grave !

Hénat sembla surpris.

— Éclairez-moi, Majesté !
— Pythagore a eu vent d'un complot fomenté par des Grecs de Naukratis, et Menk me fournit une précision supplémentaire : des négociants de Naukratis auraient importé, en fraude, des armes en fer ! Si toi, le chef de mes services secrets, n'es pas informé, où va ce pays ? Demain, un usurpateur se coiffera de mon casque, et les Deux Terres seront livrées au chaos !
— Je suis informé.

Le roi fixa Hénat.

— Qu'as-tu dit ?
— C'est moi qui ai organisé cette importation.

Stupéfait, Amasis vida une coupe de vin blanc au bouquet délicat.

— Ainsi, tu me mens et tu me trahis !
— En aucune façon, Majesté.
— Explique-toi !
— Depuis plusieurs mois, le général en chef, Phanès d'Halicarnasse, réclame l'amélioration du matériel militaire, et notamment de l'armement des troupes d'élite. Lors de l'arrivée de Cambyse au pouvoir, il a souligné la menace d'une invasion perse. C'est pour-

quoi j'ai organisé un nouveau circuit commercial entre la Grèce et l'Égypte, réservé à la livraison d'armes de fer de grande qualité. Notre équipement sera bientôt largement supérieur à celui des Perses. Puisqu'elle concerne notre défense, cette opération reste confidentielle.

— Moi, le pharaon, devais être tenu au courant !

Hénat parut étonné.

— Vous l'avez été, Majesté.

— De quelle manière ?

— J'ai précisé les modalités de la transaction et son caractère secret dans deux rapports.

— Des rapports, encore des rapports ! Je n'ai pas le temps de tout lire, cette paperasserie m'exaspère. À mon âge, l'excès de travail est interdit. Et si je ne prends pas de bon temps, je pense de travers.

Amasis but une nouvelle coupe de vin blanc.

— J'aime mieux ça, Hénat. Un instant, j'ai craint qu'une faction de Grecs de Naukratis ne complotât contre moi. Eux, à qui j'accorde tant de privilèges parce qu'ils incarnent l'avenir !

— Les livraisons d'armes sont sous haute surveillance, Majesté, insista Hénat. Pas une seule épée ne sera détournée de sa destination.

— Cette rumeur, j'en connais l'auteur ! Le grand prêtre de Neit, bien sûr ! Le puissant Wahibrê ne supporte pas l'humiliation et veut continuer à jouer un rôle politique en semant le trouble. Il ne perd rien pour attendre, celui-là !

— Sa stature morale, Majesté…

— Je sais ce qu'il me reste à faire, Hénat. Continue à rédiger des rapports précis et détaillés.

61

— Vous semblez contrarié, observa la reine Tanit. Ce bœuf en sauce et ce vin des oasis vous déplaisent-ils ?
— Non, je manque d'appétit, répondit Amasis.
— De graves ennuis ?
— Un seul, ce maudit grand prêtre Wahibrê ! Cette fois, il dépasse les bornes. J'ai décidé de m'en débarrasser. Il sera arrêté et déporté pour haute trahison.

La reine s'essuya délicatement les lèvres avec une serviette de lin.

— Procès retentissant en perspective ! Possédez-vous les preuves nécessaires ?
— Il n'y aura pas de procès.
— Wahibrê est une autorité spirituelle et morale fort respectée, rappela Tanit. Si sa condamnation n'est pas pleinement justifiée, elle vous sera reprochée. Vous mettre à dos tous les temples d'Égypte risque de vous affaiblir.
— Ils ne représentent pas l'avenir !
— Sans doute, mais les Égyptiens y sont très attachés, et les temples relient les hommes aux dieux. Les Grecs eux-mêmes ne reconnaissent-ils pas que les Deux Terres sont la patrie des divinités et le centre spirituel du monde ?

— Wahibrê me déteste !
— Quelle importance ?
— Il complote contre moi.
— En êtes-vous certain et pouvez-vous étayer cette accusation devant un tribunal ?

Amasis hésita.

— Faire disparaître le grand prêtre de Neit provoquera des troubles graves, avança la reine. Les rites et les fêtes ne seront plus célébrés à Saïs, et le mouvement s'étendra à l'Égypte entière.

Le roi posa la main sur celle de son épouse.

— Je ne veux pas en arriver là. Ma chère, vous m'évitez une erreur fatale.

— J'ai appris à aimer et à comprendre ce pays. Puisque ce haut dignitaire vous combat, ligotez-le et empêchez-le de nuire sans toucher à ses fonctions religieuses. Son âge devrait l'inciter à la prudence. Et s'il sort de son territoire, la loi vous permettra d'intervenir.

Le chambellan se permit d'interrompre le déjeuner.

— Majesté, le chancelier Hénat souhaite vous voir d'urgence.

— Du travail, encore du travail !

Tanit sourit.

— Allez, mon ami. Le devoir vous appelle.

Bougon, le monarque reçut le chef des services secrets.

— D'excellentes nouvelles, Majesté ! Nous venons de recevoir une longue lettre signée de l'empereur des Perses, Cambyse. J'ai utilisé les services de trois traducteurs afin de ne manquer aucune nuance. Notre stratégie est une réussite totale ! Se déclarant impressionné par notre puissance militaire, l'empereur se présente comme un homme de paix, désireux de développer les relations diplomatiques et commerciales entre nos deux pays.

— En clair, il renonce à nous attaquer.

— Exactement ! Néanmoins, je recommande de ne pas baisser la garde et de poursuivre nos efforts militaires. Un Perse reste un Perse et rêve toujours de conquête. Au premier signe de faiblesse, Cambyse pourrait changer d'attitude.

— Rassure-toi, je n'ai pas l'intention de baisser le budget militaire. Une augmentation des impôts garantira le développement de notre armée.

Le roi avait écouté attentivement Menk avant de le remercier pour son intervention. En fidèle serviteur de l'État, il procurait au monarque une information importante. Excellent organisateur des nombreuses fêtes de Saïs, il mériterait bientôt d'autres responsabilités.

Aussi se rendit-il, allègre, à la convocation du directeur du palais. Hénat allait lui attribuer de nouvelles fonctions encore plus prestigieuses.

L'attitude et le regard du puissant personnage le mirent mal à l'aise. À chacun de ses interlocuteurs, il donnait l'impression d'être un délinquant !

— Sa Majesté m'a rapporté la teneur de vos déclarations, déclara le chef des services secrets d'une voix feutrée.

— Je n'ai fait que mon devoir.

— Ébruiter des rumeurs et des fausses nouvelles m'apparaît comme un délit.

Le sang de Menk se glaça.

— Je… je ne comprends pas !

— Vous avez été manipulé. Et je veux connaître le nom du manipulateur.

— Une simple rumeur anonyme ! Je croyais...

— Ne me prenez pas pour un imbécile, Menk. Sans doute pensiez-vous servir le roi, mais vous trempez dans une machination qui risque de vous coûter fort cher. Le nom de votre informateur ?

Menk perdait pied.

Comment résister à ce prédateur impitoyable ?

À l'évidence, Nitis, elle aussi, avait été manipulée ! Accuser le grand prêtre aggraverait le cas de cet homme intègre. Restait une seule solution.

— Le scribe Kel.

Hénat se figea.

— Où l'avez-vous rencontré ?

— Il m'attendait à proximité de ma villa. Brandissant un couteau, il m'a menacé. Obligé de l'écouter, je l'ai trouvé convaincant. Il s'affirme innocent et serait le jouet de trafiquants d'armes. Kel m'a supplié d'alerter Sa Majesté.

Pendant le long silence du chef des services secrets, le dos de Menk se trempa de sueur.

— Il n'existe aucun trafic d'armes, révéla Hénat. Les livraisons confidentielles qui parviennent à Naukratis sont destinées à nos mercenaires dont l'équipement dissuadera tout agresseur. Ce scribe assassin vous a menti. Il dirige une bande de comploteurs et de criminels, décidés à briser le trône de Pharaon. À présent, Menk, vous en savez beaucoup. Saurez-vous tenir votre langue ?

— Je vous le jure !

— Savez-vous où se cache Kel ?

— Je l'ignore !

— Vous avez commis une grave erreur en lui accordant votre confiance, et il faut la réparer.

Menk se sentit au bord du malaise.

— Le grand prêtre Wahibrê a commis la même faute, précisa le chef des services secrets, et il a perdu l'estime de Sa Majesté. Je n'ose imaginer qu'il continue à aider, d'une manière ou d'une autre, un assassin en fuite. Néanmoins, mieux vaut s'en assurer. N'est-ce pas votre avis ?

— Oui, oui, bien sûr !

— En ce cas, puisque vous vous rendez fréquemment au temple, vous y deviendrez mes yeux et mes oreilles. Signalez-moi immédiatement le moindre incident ou le moindre propos relatif à Kel, et dénoncez-moi ses éventuels complices.

— La tâche s'annonce délicate et…

— Vous la remplirez à la perfection. Ainsi, j'oublierai votre faux pas.

62

L'humeur du juge Gem s'assombrissait.

Malgré le déploiement des forces de police et le travail considérable mené sur le terrain, l'enquête piétinait, et le scribe assassin continuait à le narguer !

Au moins, le juge avait obtenu des certitudes.

La culpabilité de Kel ne faisait aucun doute. Et pas davantage sa participation à un complot destiné à renverser le roi. Peut-être même le scribe dirigeait-il une cohorte de séditieux dont les plus acharnés lui fournissaient l'aide nécessaire pour échapper aux autorités.

La dignité et la crédibilité du juge étaient en jeu. Cet échec ne tarderait pas à provoquer la fureur d'Amasis qui reprochait au chef de la magistrature son inefficacité. Et l'accusation serait méritée.

Pourquoi tant de difficultés, sinon à cause de la gravité de cette affaire ? Kel n'était pas un assassin ordinaire, mais un redoutable meneur d'hommes, prêt à tuer quiconque se dressait en travers de sa route. Une telle férocité surprenait le vieux magistrat, pourtant habitué aux turpitudes humaines.

Parfois, Gem songeait aux derniers mots du défunt chef du service des interprètes : *Déchiffre le document codé et...*

Un document introuvable.

Le scribe Kel possédait-il ce texte et s'en servirait-il contre le pouvoir en place ?

Alors que le juge, pensif, sortait de son bureau, Hénat l'aborda.

— Vous semblez soucieux !

— Aurais-je des raisons de me réjouir ?

— La confiance de Sa Majesté devrait vous rassurer.

— Ne me sera-t-elle pas bientôt retirée ?

— Certainement pas ! Le roi apprécie vos efforts et n'a nullement l'intention de vous remplacer.

— Vous m'étonnez, Hénat !

— L'ordre règne, la justice est respectée : voilà l'essentiel. Et vous jouez un rôle majeur en appliquant la loi.

Le juge Gem ne cacha pas son dépit.

— Je piétine de manière lamentable ! Ce Kel n'est pas un adversaire ordinaire.

— Ne nous décourageons pas. Vous savez bien que le pire des criminels finit toujours par commettre une erreur. Et puis nous disposons d'un nouvel allié : Menk, l'organisateur des fêtes de Saïs.

— Détiendrait-il des informations importantes ?

— Je l'ai chargé de m'informer de tout incident pouvant survenir dans le domaine de Neit.

— Un espion au cœur du temple !

— Menk rend service à la justice.

— Supposez-vous que le grand prêtre oserait cacher un criminel en fuite ?

— Une fouille approfondie des lieux n'a rien donné. Vu sa situation, Wahibrê ne courrait pas un tel risque, mais il pourrait utiliser des fidèles afin d'aider le scribe à nous échapper.

— Autrement dit, le grand prêtre fait partie des comploteurs !

— Pas obligatoirement. Peut-être croit-il à l'innocence de Kel. Quoi qu'il en soit, Menk se tiendra à l'affût et recueillera des informations utiles. Bien entendu, je vous tiendrai au courant.

Le chef des conjurés dressa le bilan.

— La situation évolue de façon satisfaisante. Certes, nous n'avions pas prévu une telle résistance de la part de ce petit scribe. Au fond, il sert notre cause en attirant l'attention sur lui. Continuez cependant à vous montrer d'une extrême prudence et ne commettez pas le moindre bavardage, car la victoire est encore lointaine.

— Le roi ne découvrira-t-il pas la vérité ?

— Ce désastre ne saurait être exclu. C'est pourquoi il convient d'affaiblir son *Ka*, son dynamisme créateur, et d'en faire le jouet des événements.

— Tâche difficile ! Malgré sa paresse et son penchant pour la boisson, Amasis tient les rênes du pouvoir. Il possède l'instinct du fauve, capable de sentir le danger.

— Nous ne nous attaquerons pas directement à sa personne, décida le chef des conjurés, mais à son incarnation vénérée de tous.

L'un des séditieux protesta.

— Dans la population, le choc sera énorme !

— C'est le but recherché.

La beauté de la Supérieure des chanteuses et des tisserandes de la déesse Neit éblouit Menk. À chaque nouvelle rencontre, son attirance augmentait. Un jour, elle lui appartiendrait. Aussi devait-il la protéger.

— Le roi vous a-t-il écouté ? demanda Nitis.

— Avec attention ! Vous avez été abusée par une fausse rumeur. En réalité, il n'existe pas de trafic d'armes.

— En êtes-vous… certain ?

— Sa Majesté en personne m'en a apporté la preuve, affirma Menk, déguisant un peu la vérité.

Impossible d'évoquer la délicate mission que lui avait confiée le chef des services secrets.

— Soyez prudente, Nitis, je vous en supplie ! La fuite du scribe assassin et les problèmes militaires relèvent d'une affaire d'État qui nous dépasse, vous et moi. Y toucher de près ou de loin nous condamnerait à être broyés.

— Merci de vos conseils, Menk.

— Me promettez-vous de les observer ?

— Je vous le promets.

— Vous me réconfortez, Nitis ! Pourtant, une angoisse m'étreint : la bonté naturelle du grand prêtre ne l'aurait-elle pas conduit à aider Kel, par exemple en le recommandant à un ami ?

— Qu'allez-vous imaginer ? Pour le grand prêtre, seule compte la loi de Maât. Jamais il ne soutiendra un assassin.

L'ouverture d'un nouvel atelier, doté de superbes métiers à tisser, entraînait la fermeture d'un ancien bâtiment qui resterait désaffecté un certain temps. Une cachette idéale pour Kel.

Jouant à la perfection son rôle de fournisseur de denrées alimentaires que transportait, à son rythme, le robuste Vent du Nord, Bébon circulait à sa guise.

D'un signe, Nitis lui ordonna de la suivre.

La prêtresse, le scribe et le comédien se retrouvèrent à l'intérieur de l'atelier désaffecté.

En cas de danger, l'âne donnerait l'alerte.

Dans la pénombre du local silencieux, Kel contempla Nitis. Semblable à la première lueur de l'aube, elle incarnait l'espérance.

Si proche, et inaccessible !

— Où en sommes-nous ? demanda Bébon, brisant ce moment à la fois délicieux et douloureux.

— Pythagore n'a pas réussi à convaincre le monarque, déplora Kel. Il s'est vu contraint de repartir pour la Grèce.

— Même échec du côté de Menk, révéla Nitis. D'après le monarque en personne, pas trace de trafic d'armes.

— Autrement dit, estima Bébon, Amasis est le grand ordonnateur des crimes commis.

— Je refuse d'y croire ! protesta Kel. Jamais un pharaon n'a trahi son pays et son peuple.

— Les temps changent.

63

Comme chaque semaine, Nitis rendit visite à la vache sacrée, incarnation terrestre de la déesse Neit et mère du taureau Apis, symbole vivant du *Ka* royal, la puissance créatrice du pharaon. D'ordinaire, la bête paisible aux yeux si doux venait lécher la main de la prêtresse, et elles passaient ensemble un long moment de bonheur.

Cette fois, la mère d'Apis demeura prostrée.

Inquiète, Nitis appela le vétérinaire. Son diagnostic fut pessimiste.

— La mère d'Apis vit ses dernières heures.

La jeune femme se rendit aussitôt chez le grand prêtre.

L'angoisse de Nitis le bouleversa.

— Kel serait-il en danger ?
— Non, je lui ai trouvé un abri sûr.
— Alors, pourquoi sembles-tu tourmentée ?
— La vache de la grande déesse agonise.

La nouvelle consterna Wahibrê.

— Je devrais me rendre immédiatement à Memphis pour vérifier l'état de santé du taureau Apis, son fils, le garant de la vitalité d'Amasis !
— Vous êtes assigné à résidence, rappela Nitis. M'autorisez-vous à vous remplacer ?

— Pars immédiatement. Dans les circonstances actuelles, la mort d'Apis serait une catastrophe.

À bord du bateau officiel de la Supérieure des chanteuses et des tisserandes de Neit, nul ne prêta attention à la présence d'un scribe, d'un échanson et d'un âne. Kel, Bébon et Vent du Nord voyagèrent en toute sécurité.

Kel tenait le journal de bord, Bébon remplissait les coupes de bière fraîche et Vent du Nord, nourri de chardons, de luzerne et de dattes, goûtait ce délicieux périple sur le Nil au cours duquel il n'avait aucun effort à fournir.

Lors de l'arrivée à Memphis, la prêtresse annonça au capitaine qu'elle se contenterait d'une escorte réduite, formée de deux domestiques et d'un âne, chargé de porter les vêtements.

Au nord du quartier fortifié de la plus grande ville d'Égypte, le sanctuaire de « Neit qui ouvre les chemins » occupait une belle superficie.

L'homologue de Nitis, une quadragénaire au visage sévère, l'accueillit avec chaleur.

— Cette visite nous honore.

— Vous rencontrer est une joie. Hélas ! l'inquiétude guide mes pas, car la mère d'Apis vient de s'éteindre, et le grand prêtre redoute l'affaiblissement de son fils.

La prêtresse memphite se figea.

— Le vénérable Wahibrê n'aurait-il pas dû se déplacer ?

— De graves difficultés l'en empêchent. Il m'a donné pouvoir de le représenter.

— Rendons-nous à l'enclos du taureau.

Le culte du taureau Apis datait de la première dynastie, qui avait vu l'unification de la Haute et de la Basse-Égypte sous le règne de Ménès. Héraut et interprète de la puissance royale [1], le taureau pourvoyait d'innombrables richesses la table des dieux et des déesses. Incarnation de la création, de la lumière et de la résurrection [2], le colosse était né d'une vache illuminée par un éclair jaillissant des nuées. Symbole de la déesse-Ciel unie au premier rayonnement de l'aube des temps, elle ne donnait plus naissance. Son fils unique, Apis, garantissait la vitalité du pharaon.

Le taureau sacré ne ressemblait à aucun autre. Noir, un triangle blanc sur le front, le scarabée des métamorphoses gravé sur sa langue, il occupait un enclos au sud du temple de Ptah, à proximité du palais royal. Bénéficiant de soins attentifs, il coulait de longues et heureuses années au service de la prospérité du royaume.

Lors de son décès, il appartenait au temple de Saïs de fournir un linceul osirien, indispensable pour l'inhumation. Mais les autorités religieuses de Memphis n'avaient envoyé aucun message alarmant à celles de Saïs.

Le vaste et confortable domaine d'Apis témoignait de l'importance attribuée au taureau sacré.

L'enclos était vide.

— Où se trouve-t-il ? demanda Nitis.

Étonnée, la prêtresse memphite alerta le gardien-chef.

— Ce matin, il n'est pas sorti de son étable.
— Serait-il souffrant ?

---

1. *Ka*, « puissance créatrice », est synonyme de *ka*, « taureau ».
2. Apis renouvelait (*ouhem*) l'acte créateur de Ptah, la lumière fécondante de Râ et la capacité de résurrection d'Osiris.

— Moi, je me contente de le nourrir.
— Ouvrez la barrière, ordonna Nitis.

Avec ces femmes-là, mieux valait ne pas discuter. Courroucées, elles vous jetaient vite un mauvais sort.

La prêtresse traversa l'enclos et pénétra dans la résidence d'Apis. Le puissant animal était couché sur le flanc, ses yeux coulaient.

Nitis s'approcha.

Entre elle et le taureau, une confiance immédiate. Elle lui toucha le front : brûlant.

— Nous allons te soigner, lui promit-elle.

La jeune femme sortit en courant.

— Apis est gravement malade, dit-elle à sa collègue. Prévenons immédiatement le vétérinaire.

Le titulaire du poste alité, son assistant le remplaçait. Après un bref examen, il posa son diagnostic.

— Rien d'alarmant. Une simple fièvre passagère.
— Permettez-moi d'en douter, avança Nitis.

Le technicien se rengorgea.

— Personne n'a jamais mis en doute mes compétences !
— Ne faudrait-il pas frotter le taureau avec des plantes et le faire transpirer afin de chasser les toxines ?
— Tout à fait inutile. Un peu de repos suffira. Bientôt, il aura repris sa superbe.
— Cependant…
— C'est moi le spécialiste, pas vous.

Accablant Nitis d'un regard dédaigneux, le vétérinaire s'éloigna.

64

Dès le lendemain, Nitis retourna à l'enclos. Un garde lui en interdit l'entrée.

— Personne ne passe. Ordre du vétérinaire.

— Même pas la déléguée du grand prêtre de Neit ?

Le titre de la visiteuse impressionna le policier. Elle pouvait le faire muter dans un coin perdu de la province.

— Bon... mais ne restez pas trop longtemps.

Apis allait de plus en plus mal. Souffle court, tempes brûlantes, racines des dents enflammées. Il n'avait pas touché à sa pitance, dont l'odeur intrigua la prêtresse. Elle en préleva une partie et la porta au laboratoire du temple de Ptah où elle chargea un technicien de l'analyser.

Son examen fut formel : nourriture empoisonnée.

La jeune femme demanda aussitôt audience au grand prêtre, qui la reçut à la fin de la matinée.

— On tente d'assassiner Apis, révéla-t-elle en précisant les faits.

— Impossible ! Notre vétérinaire est un praticien remarquable. Jamais il n'aurait laissé commettre un tel forfait.

— En raison d'un incident de santé, son assistant le remplace. Et il refuse de soigner le taureau.

— Je le convoque immédiatement.

Au terme d'une longue attente, on apprit au grand prêtre que l'assistant avait disparu. Très malade, le titulaire était incapable d'intervenir. On fit donc appel à un autre praticien dont le diagnostic fut pessimiste.

D'après lui, le taureau vivait ses dernières heures.

Logés chez les domestiques, Kel et Bébon se comportaient de manière fort différente. Le scribe sortait peu et, malgré ses échecs répétés, tentait de percer le code du papyrus. Le comédien, lui, se promenait en compagnie de Vent du Nord et discutait volontiers avec les badauds.

Enfin, Nitis réapparut.

— Apis se meurt, leur apprit-elle.

— Ça ne me surprend pas, dit Bébon.

— Comment l'as-tu appris ? Il s'agit encore d'un secret d'État !

— Ça dépend pour qui ! D'après un ritualiste, voilà plus d'une semaine qu'on prépare sa sépulture au Serapeum.

— La mort d'Apis était donc programmée, conclut Kel.

— En termes clairs, il s'agit d'un assassinat.

— La disparition du taureau sacré affaiblit la puissance du roi, rappela Nitis. Pendant la période des funérailles et jusqu'à la consécration d'un nouvel Apis, Amasis sera en danger.

— Cela ne prouve-t-il pas son innocence ? s'interrogea le scribe.

— Je reste sceptique, déclara Bébon. Pas de déductions hâtives.

— Et si la clé de l'énigme se trouvait au Serapeum, la nécropole des taureaux Apis ? Ce sont peut-être eux, les ancêtres qui détiennent le code !

— D'ordinaire, précisa Nitis, l'accès en est interdit.

— Les ritualistes doivent préparer les funérailles ! Et Bébon trouvera le moyen de déjouer la surveillance des gardes.

— Ben voyons ! Deviendrais-je le sauveur de l'humanité ?

— Commence par nous deux. Ensuite, nous aviserons.

Le taureau Apis décéda à l'aube. Le grand prêtre de Ptah se recueillit devant le cadavre et le confia aux embaumeurs, chargés de le transformer en corps osirien. Puis il convoqua les ritualistes qui participaient à la cérémonie. Eux seuls seraient autorisés à pénétrer dans le Serapeum.

— Nitis, la Supérieure des chanteuses et des tisserandes de Neit, nous assistera, décida-t-il. Dès cet instant débute le deuil officiel que Sa Majesté souhaite le plus court possible. Le sarcophage du défunt Apis étant déjà prêt, nous procéderons rapidement à son installation.

Ainsi, la jeune femme avait officiellement accès au Serapeum ! La hâte du monarque prouvait son inquiétude. Les conjurés ne profiteraient-ils pas de cette période inquiétante pour s'emparer du pouvoir ?

Le corps d'Apis fut transporté à la salle d'embaumement, située à l'angle sud-ouest de l'enceinte du temple de Ptah, et déposé sur un lit d'albâtre.

Alors commencèrent les veillées funèbres, accompagnées d'un jeûne de quatre jours au cours duquel on ne consommait que de l'eau, du pain et des légumes.

Prévoyant, Bébon avait dissimulé deux jarres de bon vin.

— J'aime bien les taureaux, avoua-t-il, mais je leur préfère un bon cru. Il nous aidera à supporter les privations.

Kel refusa la coupe.

— Tu ne vas pas jouer les bigots !
— Je désire respecter les prescriptions rituelles.
— Tu n'es pas prêtre d'Apis !
— La puissance qu'il incarne mérite la vénération.
— Surtout, pas de spéculations théologiques ! Moi, je bois et je remercie les dieux d'avoir créé la vigne.

Le roi Amasis vida une nouvelle coupe.

— Ne devriez-vous pas éviter ces excès ? s'inquiéta la reine Tanit.

— La mort du taureau Apis me fragilise ! Aux yeux du peuple, ma puissance diminue. Et le voleur de mon casque se prépare à usurper le pouvoir.

— L'enquête du juge Gem progresse-t-elle ?

— Pas d'un pouce ! Le scribe assassin a disparu. À se demander s'il n'est pas mort et enterré ! Et aucune trace du casque. Quant au chef des services secrets, il piétine de manière lamentable mais ne se cherche pas d'excuses. Hénat vient de me remettre sa démission, et je l'ai refusée. Jusqu'à présent, son efficacité fut remarquable. Et son expérience est irremplaçable. Nous sommes en présence d'un adversaire particulièrement habile, Tanit. En assassinant le taureau Apis, il touche à mon *Ka*, ma réserve d'énergie vitale.

— Comment le combattre ?

— De deux façons : en trouvant au plus vite le successeur d'Apis et en réduisant au minimum la période de deuil. C'est pourquoi j'ai envoyé des émissaires à travers tout le pays et transmis de strictes consignes au grand prêtre de Ptah.

Tanit s'interposa entre la jarre de vin et son mari.

— Gardez votre lucidité, je vous en prie ! Vous en aurez besoin pour remporter ce combat.

65

Formée de prêtres et de prêtresses, de délégués du pharaon et de militaires, la procession vint chercher la momie du taureau Apis afin de la conduire à la tente de purification, dressée au bord du lac du roi. Le grand prêtre de Ptah versa de l'eau fraîche, provenant du ciel, sur le corps osirien et prononça des formules de résurrection. Puis le mort transfiguré traversa en barque le lac, symbole de l'océan primordial où naissaient et renaissaient toutes les formes de vie.

Le chemin menant au Serapeum présentait de sérieuses difficultés. Récemment ensablé à cause de vents violents, il se terminait par une rampe rocheuse qui nécessita des efforts considérables de la part des soldats chargés de haler le traîneau portant la lourde momie.

Nanti d'un coffret contenant des amulettes, Kel suivait Nitis, en tête du cortège. Bébon et Vent du Nord, équipé de gourdes, se tenaient à l'arrière. Des pleureuses professionnelles déclamaient des litanies en l'honneur du défunt.

Le voyage funèbre dura une dizaine d'heures.

Enfin apparut l'allée de sphinx menant à l'intérieur du Serapeum. La procession s'immobilisa.

— Voici le Bel Occident ouvert à l'Apis juste de

voix, déclara le grand prêtre de Ptah. Le roi lui offre un sarcophage de granit rose et noir, sa barque de résurrection inaltérable et indestructible. Jamais auparavant un pharaon n'avait accompli une telle œuvre.

Nitis ouvrit le coffret que lui présentait Kel, en sortit les amulettes et les disposa sur la momie.

Les principaux ritualistes et leurs assistants, chargés des offrandes funéraires, franchirent la porte de la nécropole des taureaux.

Deux galeries desservaient les chambres de résurrection des Apis. Datant du Nouvel Empire, la première était longue de soixante-huit mètres ; creusée sous le règne de Psammétique I[er][1], la seconde approchait les deux cents mètres et coupait la précédente à angle droit. Les ritualistes ayant participé aux funérailles bénéficiaient d'un remarquable privilège : pouvoir y déposer des stèles à leur nom et se trouver ainsi associés à l'éternité d'Apis.

Le caveau du défunt impressionna Nitis : huit mètres sous plafond et un sarcophage colossal d'une soixantaine de tonnes !

Le grand prêtre de Ptah procéda à l'ouverture de la bouche d'Apis, à nouveau doté de la parole créatrice. Il ordonna aux soldats de déposer la momie à l'intérieur du sarcophage et de mettre en place le couvercle de pierre.

Par bonheur, pas de fausse manœuvre.

Pendant que l'on murait la chambre d'éternité, Kel explora les lieux. Déchiffrant à la hâte les stèles votives, il espérait découvrir un message des ancêtres. Déçu, il sortit de la grande galerie et voulut s'approcher de caveaux plongés dans l'obscurité.

---

1. 664-610 av. J.-C.

Un soldat lui barra le passage.
— Halte ! Où veux-tu aller ?
— On m'a demandé de déposer une offrande.
— Passage interdit.
— Mon offrande…
— Tu te trompes d'endroit. Retourne en arrière.
Le scribe obéit.
Au terme de la cérémonie, des stèles au nom des dignitaires furent déposées devant la porte murée, et les ritualistes quittèrent en silence la nécropole.

— Un soldat m'a interdit d'aller au fond d'une galerie, murmura Kel à l'oreille de Nitis. Je viens de le voir sortir. À présent, il n'y a plus personne à l'intérieur du Serapeum. Je dois poursuivre mes investigations.
— Trop dangereux ! Les gardes vous arrêteront.
— Bébon fera diversion. Si je n'agis pas immédiatement, nous ne découvrirons pas la vérité. Demain, le site sera inaccessible.
— Je suis obligée de retourner à Memphis auprès du grand prêtre. Soyez prudent, je vous en prie.
— J'ai trop envie de vous revoir, Nitis.
Un dignitaire appela la jeune femme, Kel s'éloigna. Bébon mastiquait une galette, Vent du Nord sommeillait.
— Je redoute un projet insensé, s'inquiéta le comédien.
— Tu éloignes les gardes, je rentre dans le Serapeum, j'explore, et l'on s'enfuit.
— Admirable ! Inutile de discuter, je suppose ?
— Prépare-toi.

Au cœur de la nuit, cinq des dix gardes dormaient à poings fermés. Trois autres somnolaient, et les deux derniers parlaient de leurs déboires conjugaux. Souvent en mission, ils commençaient à douter de la fidélité de leurs épouses.

À l'instant où des nuages occultaient la faible lumière de la lune croissante, Kel rampa vers l'entrée des souterrains. Demain, elle serait obstruée jusqu'à l'inhumation du successeur de l'Apis défunt.

Le scribe se glissa à l'intérieur, se redressa et courut en direction de la zone interdite.

Disposant de peu de temps avant l'intervention de Bébon, Kel utilisa l'une des lampes laissées allumées pour examiner les stèles.

De simples textes de vénération adressés au taureau Apis, pas le moindre élément étrange relevant d'un langage crypté.

Au fond de la galerie, un petit caveau ouvert. À l'intérieur, un sarcophage en bois dépourvu de couvercle.

Étonné, Kel osa en observer le contenu.

Et il resta sidéré un long moment.

Des cris lointains le rappelèrent à l'urgence. S'emparant du trésor, il sortit du Serapeum.

Le feu allumé par Bébon avait attiré les gardes. Ils ne tarderaient pas à découvrir un simple amas de brindilles et d'herbes sèches, sans danger pour la sécurité de la nécropole.

— Suivons Vent du Nord, recommanda le comédien. Il connaît un bon chemin. Mais… on dirait…

Kel brandit le précieux objet.

— J'ai retrouvé le casque du pharaon Amasis !

66

Oudja, chancelier royal, gouverneur de Saïs et responsable de la marine de guerre, était visiblement courroucé. La fatigue n'avait pas de prise sur lui, et sa puissante carrure se faisait menaçante.

— Vous n'êtes pas hommes à fuir vos responsabilités, dit-il au juge Gem et au chef des services secrets, Hénat. Et j'attendais un autre bilan.

— Aucune piste concernant le casque du roi, reconnut Hénat. Le voleur l'a bien caché, et ne commet pas d'impair ! Par bonheur, mes agents ne me signalent pas de tentative de sédition. Les casernes de mercenaires restent calmes, et nul discours n'est proféré contre le pharaon Amasis. À cause de mon pitoyable échec, j'ai offert ma démission à Sa Majesté.

— Elle a eu raison de la refuser, répliqua Oudja. Personne ne possède tes compétences, et l'on ne quitte pas le navire en pleine tempête. Tes difficultés prouvent l'ampleur du complot, mais la situation n'est pas désespérée. Redoutant un échec, l'ennemi n'ose pas lancer la grande offensive qu'il prépare dans l'ombre. Et nous ignorons l'identité des meneurs, à part celle de leur probable chef : le scribe Kel.

Le juge paraissait abattu.

— Cette affaire me dépasse. Ni la police ni les indicateurs ne parviennent à retrouver ce fuyard ! Moi aussi, j'ai proposé ma démission.

— Et le roi a encore eu raison de vous maintenir à votre poste, déclara le chancelier. Ce Kel n'est pas un criminel ordinaire, et nous devons unir nos efforts afin de préserver le pharaon et l'État. Oublions toute querelle de préséance et luttons ensemble.

Hénat et Gem approuvèrent d'un signe de tête.

— Pourquoi le scribe Kel demeure-t-il introuvable ? interrogea le chancelier. Mort naturelle ? Ce serait trop beau ! Assassiné par ses propres complices qui voulaient se débarrasser d'un personnage devenu encombrant ? Possible. En ce cas, tous nos problèmes seraient réglés ! Personne ne tenterait plus de se proclamer roi, et le casque resterait à jamais caché. Pris de panique, les séditieux l'ont peut-être même détruit.

— Je n'y crois pas, rétorqua Hénat. L'ampleur des crimes commis démontre que Kel est le chef du réseau. Un tyran impitoyable et rusé, capable de se débarrasser des contestataires. Sans doute aimerait-il nous voir baisser la garde ! À force de le rechercher en vain, nous concluons à sa disparition et l'enquête s'interrompt. Alors, Kel sort tranquillement de sa tanière et a les mains libres pour agir. Ne levons aucun des dispositifs de sécurité et continuons à le traquer.

Le chancelier et le juge se rangèrent à cet avis.

— Un détail me trouble, avoua Gem. Étant donné le nombre de portraits distribués aux forces de l'ordre et aux indicateurs, impossible que Kel soit passé à travers les mailles du filet. Ou bien il s'est réfugié au Sud, voire en Nubie, et ne pourra donc pas compter sur des troupes d'élite. Ou bien… il a changé d'apparence physique ! Chevelure modifiée, tête rasée, perruques, moustache, pagne d'ouvrier, tunique de marchand, vêtements bariolés de Libyens ou de Syriens, habits grecs... De multiples déguisements envisageables !

— Superbe et inquiétante hypothèse, admit Hénat. Hélas ! elle sonne terriblement vrai. Autrement dit, nos portraits sont inutiles et cet assassin restera insaisissable.

— C'est ici, et non dans le Sud, qu'un usurpateur pourrait tenter de prendre le pouvoir, assura le chancelier. Néanmoins, plaçons sous étroite surveillance la garnison d'Éléphantine. Certes, sa révolte serait vouée à l'échec et ne menacerait pas le trône, mais soyons prudents.

— Je renforcerai le dispositif déjà en place, promit Hénat.

— Je crains que le juge Gem n'ait découvert la bonne explication, reprit Oudja. Une déduction s'impose : l'assassin bénéficie de complicités fort efficaces. Seul, en dépit de ses sinistres talents, il ne parviendrait pas à nous échapper.

— Désolé de prononcer le nom du grand prêtre Wahibrê, dit le chef des services secrets d'une voix neutre. J'envisage la naïveté d'un homme généreux et crédule. Persuadé de l'innocence de ce scribe, redoutable envoûteur, il l'aurait aidé en toute bonne foi.

— La fouille approfondie du domaine de Neit n'a rien donné, rappela le juge. Faut-il recommencer ?

— Inutile, estima Hénat. Assigné à résidence, interdit d'audience royale, le grand prêtre ne commettrait pas une folie en cachant ce criminel. Et nous avons un homme dans la place, Menk.

— Wahibrê est têtu, affirma le chancelier. S'il accorde toujours sa confiance à Kel, il ne l'abandonnera pas.

— Le grand prêtre risque la prison ! indiqua le juge.

— Il n'interviendra plus lui-même et laissera agir un ou plusieurs proches. À nous de les identifier.

— Ni mondain ni liant, analysa le magistrat, Wahibrê ne compte pas beaucoup d'amis. Certes...

Pensif, Gem hésita.

À ce stade de l'enquête, il ne devait rien négliger.

— Son unique confident est Péfy, le ministre des Finances.

— Forcément hors de cause, trancha le chancelier. Jamais ce fidèle serviteur de l'État ne trahirait Amasis.

— Péfy montre un grand attachement à la ville sainte d'Abydos, intervint Hénat, et tente vainement d'obtenir des fonds pour des travaux de restauration. Cette insistance irrite Sa Majesté et provoque certainement la rancœur du ministre des Finances.

— Pas au point de le transformer en comploteur ! protesta Oudja.

— Où se trouve-t-il actuellement ? s'informa le juge.

— À Abydos, répondit Hénat. Il y célèbre les mystères d'Osiris.

— Je l'interrogerai à son retour, décida Gem, et j'espère ne pas avoir de mauvaises surprises.

— Je suis serein, avança le chancelier. Le ministre Péfy n'a pas d'ambition personnelle et met scrupuleusement en œuvre la politique de Sa Majesté. La prospérité de l'Égypte prouve la qualité de son travail.

— Le bras droit du grand prêtre est une jeune femme, ajouta le chef des services secrets. Devenue Supérieure des chanteuses et des tisserandes de Neit, Nitis lui doit tout. Intelligente et déterminée, elle sera appelée à lui succéder. Elle n'ignore pas les pensées de Wahibrê et ne saurait le désapprouver.

— Irait-elle jusqu'à devenir sa complice ? s'inquiéta le juge.

— Je ne l'exclus pas.

— Une carriériste ne commet pas ce genre d'erreur, objecta le chancelier. Pourquoi une future grande prêtresse défendrait-elle un criminel auquel rien ne la rattache ? Sans doute conseille-t-elle plutôt Wahibrê de manière utile en lui recommandant d'obéir au roi et de s'en tenir à ses fonctions religieuses.

— Si Nitis suit un mauvais chemin, notre ami Menk m'informera, précisa Hénat. À la suite de son déplorable faux pas, il tient à se faire pardonner.

— J'interrogerai également cette prêtresse, décréta Gem.

— Elle a quitté Saïs pour participer aux funérailles d'Apis, signala Hénat, et sera bientôt de retour.

— Avez-vous identifié un nouveau taureau sacré ? demanda le juge au chancelier.

— Pas encore. Tous les grands temples d'Égypte ont été alertés, et les ritualistes battent la campagne afin de le découvrir au plus vite.

— Puissent les dieux nous être favorables ! Cette disparition affaiblit le roi, et le peuple commence à murmurer. Sans la protection de l'énergie vitale du taureau Apis, pourra-t-il vaincre l'adversité et les forces des ténèbres ?

Le visage du chef des services secrets s'assombrit.

— Des circonstances favorables au voleur du casque !

— Et s'il profitait des funérailles afin de se proclamer roi ? s'alarma le chancelier.

— Les mercenaires de Memphis sont consignés dans leurs casernes jusqu'à l'arrivée du nouvel Apis, et des soldats d'élite surveillent la cérémonie. En principe, la situation est sous contrôle.

67

Nitis, Kel et Bébon contemplaient le casque.

— Ainsi, dit le comédien, je n'ai qu'à m'en coiffer pour devenir Pharaon !

— Je te le déconseille, intervint la prêtresse. D'après le grand prêtre de Ptah, des troupes d'élite, fidèles au roi Amasis, quadrillent Memphis. L'usurpateur serait immédiatement exécuté.

— Et si ces soldats, comme par le passé, l'acclamaient ?

— Les mercenaires étaient venus chercher Amasis. Aujourd'hui, le prétendant au trône devra emporter leur adhésion. Memphis ne me paraît pas l'endroit idéal.

— Pourtant, objecta Kel, c'est ici que les comploteurs avaient caché le casque ! À l'occasion de la fin des funérailles, ils auraient tenté leur coup de force !

Bébon manipulait l'objet avec précaution.

— À la réflexion, je renonce au pouvoir suprême. Trop dangereux et trop fatigant. Commander, décider, être responsable du bonheur des gens, dénouer des intrigues, et j'en passe ! Impossible de dormir tranquille.

— Te voilà quand même au cœur d'une affaire d'État !

— Tâchons de l'oublier en nous débarrassant de ce maudit trésor. Amasis continuera à régner, et l'usurpateur se rongera les sangs avant de renoncer à ses projets meurtriers. Et tout rentrera dans l'ordre, grâce à nous !

— Ce casque est l'unique preuve de l'innocence de Kel, déclara Nitis.

— Je ne vous suis pas !

— Le détruire sauvera effectivement Amasis, mais Kel sera toujours considéré comme un criminel en fuite.

— Lui conseilleriez-vous de se proclamer roi ?

— Je lui conseille de rapporter le casque au Pharaon et d'affirmer ainsi sa parfaite fidélité. Lui, accusé de complot, y mettra fin de manière éclatante ! Qui oserait encore l'incriminer ?

Bébon en resta bouche bée.

— Nous courons au désastre ! Jamais Kel n'atteindra le roi.

— Nitis a raison, trancha le scribe. C'est ma seule chance de prouver mon innocence.

— As-tu envie de te suicider ?

— Je préfère courir ce risque-là plutôt que de continuer à fuir et à me cacher. Tôt ou tard, les policiers me repéreront, et Nitis et toi serez inquiétés. Je serai condamné à mort, et vous à de longues peines de prison. La chance nous a permis de retrouver le casque d'Amasis. Utilisons cette arme décisive.

— Je te le répète, tu seras abattu avant de pouvoir le remettre au roi !

— Nous n'avons pas le choix, Bébon. Retournons à Saïs et tâchons de découvrir l'occasion de l'approcher.

— Une véritable folie !

— Je comprends tes réticences et ne te reproche pas de renoncer.

Le comédien s'empourpra.

— Pardon ?

— Je regrette de t'avoir entraîné dans cette aventure et te présente mes excuses. Ne ruine pas ton existence à cause de moi.

— Bébon décide seul, Bébon ne se laisse entraîner par personne et Bébon agit comme il le désire ! Moi, je ne suis pas un scribe moralisateur et ne pense pas à la place des autres. Si je rentre à Saïs avec toi et si je t'aide à rencontrer le roi, c'est uniquement parce que j'en ai envie ! Suis-je assez clair ?

— Nous nous inclinons devant ta décision, dit Nitis en souriant. Il reste néanmoins un problème délicat à résoudre : trouver un abri sûr. Vous cacher au temple est impossible. Le grand prêtre ne saurait nous aider, et je serai probablement surveillée.

— Ne vous inquiétez pas pour ça, déclara fièrement le comédien. Bébon ne manque pas de relations. Et nous reprendrons le rôle de marchands ambulants afin de pouvoir nous déplacer aisément. En revanche, connaître l'emploi du temps du roi me paraît ardu.

— J'espère y parvenir, annonça Nitis.

La sérénité et la détermination de la jeune femme rassuraient Kel. Seul, il aurait sombré depuis longtemps. Grâce à elle, il croyait parfois au succès de leur entreprise insensée. Nitis paraissait capable de déplacer des montagnes et de changer le cours du fleuve.

— Le casque, le casque, marmonna Bébon. Je ne vois pas le lien avec l'assassinat des interprètes !

La même question troublait le scribe et la prêtresse.

— Le papyrus codé contient probablement la réponse, estima Kel. Hélas ! il résiste à nos investigations, et les stèles consacrées aux ancêtres de l'Apis décédé ne m'ont fourni aucune indication.

De la terrasse de ses appartements, le roi Amasis contemplait sa capitale lorsque le chancelier Oudja sollicita une entrevue.

— Excellente nouvelle, Majesté ! Le successeur du taureau Apis a été identifié à proximité de Boubastis. Plusieurs ritualistes l'ont examiné, et leur jugement ne souffre pas de contestation : il porte les marques de sa prédestination. Ce nouvel Apis est déjà en route vers Memphis où il sera présenté au grand prêtre de Ptah.

— J'exige l'intervention quotidienne de trois vétérinaires qui contresigneront un rapport commun. En cas d'erreur, renvoi immédiat.

— Vos instructions seront appliquées à la lettre. La période de deuil s'achèvera lors de l'arrivée du taureau, et sa vitalité renforcera votre *Ka*.

— Pas d'incident dans les garnisons ?

— Pas le moindre, Majesté. Cette difficile période s'achève, et nul agitateur n'a troublé la paix publique. Aux yeux de la population, vous demeurez le protégé des dieux.

— Pourquoi le voleur du casque n'a-t-il pas profité de circonstances aussi favorables ?

— Sans doute parce qu'il se trouve trop isolé et manque des soutiens nécessaires. Néanmoins, ni Hénat ni le juge Gem ne relâchent leurs efforts. En croyant à l'échec définitif du scribe Kel et de ses alliés, nous deviendrons peut-être leurs victimes !

— Je veux ce rebelle mort ou vif.

— Vous l'aurez, Majesté.

— En attendant, chancelier, faisons la fête ! Mon

cuisinier nous a préparé un menu-surprise et mon échanson a sélectionné des vins exceptionnels. Annonce partout que le taureau Apis et le pharaon Amasis sont bien vivants.

68

De retour d'Abydos où il avait participé au rituel des mystères d'Osiris, Péfy, le ministre des Finances, fut étonné de voir le juge Gem pénétrer dans son bureau, avant même de pouvoir faire le point avec son secrétaire.

— Une urgence ?
— Votre interrogatoire.
— À quel propos ?
— Vous êtes le meilleur ami du grand prêtre Wahibrê, paraît-il ?
— Exact.
— Ennuyeux… Fort ennuyeux.
— Pourquoi donc ?
— Parce qu'il est soupçonné d'avoir aidé le scribe assassin que nous ne parvenons pas à repérer. Ce criminel bénéficie de puissantes protections, indispensables à sa survie. Le grand prêtre étant assigné à résidence, il ne peut plus agir directement. À vous, son ami, il a sans doute fait des confidences.

— Vous vous égarez, juge Gem !
— Je vous somme de répondre à mes questions. Je n'aimerais pas inculper un ministre et le contraindre à

comparaître en haute cour de justice, mais je n'hésiterai pas à entamer la procédure.

Péfy ne prit pas la menace à la légère. Tel un chien de chasse, Gem ne lâchait pas ses proies.

— Wahibrê a peut-être cru à l'innocence du scribe Kel, confessa le ministre. Il envisageait une sorte de complot organisé par les Grecs de Naukratis, désireux d'introduire en Égypte l'esclavage et la circulation de la monnaie. Ce serait modifier profondément notre société et la conduire au désastre en piétinant la règle de Maât. Ma capacité d'intervention reste limitée, car seul le roi s'occupe du dossier grec.

— Oseriez-vous accuser Sa Majesté d'incompétence et de laxisme ?

— En aucune façon, juge Gem. Détenteur du testament des dieux et garant de la présence de Maât sur terre, il agira forcément au mieux.

— Aidez-vous le scribe assassin à nous échapper ?

— Je considère cette question comme une insulte. Si je ne respectais pas votre fonction, vous auriez eu mon poing dans la figure.

— J'étais obligé de vous la poser, Péfy ! Nous traquons une bête féroce, coupable d'horribles crimes, et décidée à s'emparer du pouvoir à la tête d'une bande de factieux. Ils sont allés jusqu'à assassiner le taureau Apis afin d'affaiblir le *Ka* royal et de semer le doute parmi les Égyptiens.

Péfy fut choqué.

— Le nouvel Apis a-t-il été identifié ?

— Il sera bientôt à Memphis, sous étroite protection. Le trône de Sa Majesté s'en trouve renforcé.

— Les dieux en soient remerciés.

— Le grand prêtre a-t-il d'autres amis intimes ? demanda le juge.

— Pas à ma connaissance. Wahibrê est un homme solitaire qui n'éprouve guère de confiance envers l'espèce humaine.

— Il favorise tout de même la carrière de la prêtresse Nitis, sa plus proche collaboratrice.

— Wahibrê ne tient compte que de ses qualités.

— Lui aurait-il ordonné de cacher l'assassin ?

— Inconcevable ! Comment pouvez-vous imaginer qu'un grand prêtre de Neit approuve la violence et le crime ?

— Vous ne savez donc rien à propos de ce Kel et de ses complices ?

— Rien.

— Bonne journée, Péfy. Si un détail significatif vous revenait en mémoire, prévenez-moi immédiatement.

— Vous avez ma parole.

Le juge Gem donnerait au chancelier et au chef des services secrets les maigres résultats de cet interrogatoire.

Un élément troublant : la critique à peine voilée de la politique grecque du roi. Le ministre n'approuvait pas le développement de Naukratis et les projets de ses habitants. Se contentait-il de désapprouver Amasis ou avait-il décidé d'intervenir en prenant la tête d'une faction ?

Et cette faction utiliserait-elle la violence en s'assurant les services de fanatiques comme le scribe Kel ?

Un grand prêtre complaisant, un ministre hostile à son roi, un scribe exécuteur des basses œuvres... L'hypothèse commençait à prendre forme.

Si la théorie du complot se renforçait, l'anéantissement du service des interprètes demeurait énigmatique.

À moins que les collègues de Kel n'aient eu vent de ses intentions ou bien n'aient refusé de participer à un coup d'État... *Tous* ses collègues, y compris le chef du service, difficile à croire !

Le juge ne devait pas formuler de conclusions hâtives.

Restait à surveiller étroitement les activités du ministre des Finances. Tâche délicate car, après cet interrogatoire, il se montrerait méfiant. S'il confiait une mission officielle à la police, Gem échouerait. Impossible de préciser ses motivations sur un document rédigé en bonne et due forme dont le ministre aurait forcément connaissance. Péfy ne manquerait pas de contre-attaquer et de porter plainte.

Malgré ses réticences, le juge n'avait qu'une solution : demander à Hénat d'espionner le ministre. Les agents des services secrets savaient se montrer discrets, et Péfy ne serait pas informé.

Solution vraiment déplaisante... et risquée ! Hénat n'avait pas l'habitude de communiquer les renseignements obtenus. S'il flairait la bonne piste, il ferait cavalier seul et agirait peut-être de manière brutale en soustrayant les coupables à la justice.

À la réflexion, le juge préférait temporiser.

L'usurpateur n'avait pas profité de la mort d'Apis pour se coiffer du casque d'Amasis, et le nouveau taureau sacré redonnait de la vigueur au roi. Les comploteurs ne s'estimaient donc pas prêts à agir, et aucun autre crime n'avait été commis.

À supposer qu'il fût coupable, le ministre Péfy ne renoncerait-il pas à des projets insensés ? Et n'ordonnerait-il pas l'élimination du scribe, devenu trop encombrant ?

Le juge indiquerait à Hénat que l'interrogatoire du ministre des Finances n'avait rien donné. Et il poursuivrait son enquête à sa façon, en respectant strictement la législation.

69

Se séparer de Nitis avait été, pour Kel, une profonde déchirure. Même s'il n'osait pas lui déclarer ses sentiments, de plus en plus intenses, il venait de passer des heures enchanteresses auprès d'elle. Son regard, sa voix, son sourire, son parfum, sa démarche d'une élégance souveraine... tant de présents inestimables !

— Tu rêves ? demanda Bébon.
— Un rêve... Tu as raison, ce n'était qu'un rêve !
— Maintenant, il fait grand jour. Reviens à la réalité, et avance.

Nitis avait regagné le temple de Neit, et Kel ne la reverrait peut-être jamais.

Ayant repris leurs habits de colporteurs, le scribe et le comédien suivaient Vent du Nord auquel Bébon avait indiqué leur destination. D'un pas tranquille, l'âne prenait le plus court chemin.

— Où allons-nous ? demanda Kel.

Le comédien sembla embarrassé.

— Surtout, ne t'inquiète pas ! Je suis sûr de moi.
— Tu recommences donc à jouer aux dés !
— Pas du tout ! Enfin, pas à ce point-là... Tu sais, les amis sont des amis jusqu'au jour où tu as trop d'ennuis !

— J'ignorais.

— Toi et moi, on est plutôt des frères. Un ami a sa propre vie, et...

— Si tu t'expliquais clairement ?

— À cause de ta morale intransigeante et de ton attitude de scribe propre, ça m'ennuie un peu. Bref, il fallait en arriver là ! Mon métier ne rapportant pas beaucoup, je dois me montrer inventif. L'État prélevant un maximum d'impôts et de taxes, la première priorité consiste à lui échapper.

— Évoquerais-tu des activités illégales ?

— Voilà les grands mots ! De la débrouillardise et du doigté, rien de plus. Sinon, ce serait la misère.

— À quel trafic te livres-tu ?

— Le roi apprécie les grands crus, les entrepôts de Saïs accueillent les meilleurs vins. Chaque jarre est étiquetée, inventoriée et entreposée. Le responsable me doit un fier service, car j'ai affirmé à son épouse que nous dînions ensemble alors qu'elle le soupçonnait de coucher avec une femme de chambre du palais.

— C'était vrai ?

— Ce n'était pas complètement faux. J'ai sauvé un ménage, et nous avons bu un rouge corsé de Boubastis pour fêter notre collaboration ! Tu imagines ma surprise : comment justifierait-il le détournement de cette jarre ? Simple : une erreur d'étiquette. Et voilà l'idée : une petite jarre sur cent ne manquerait guère à la table du roi. En revanche, elle aiderait mon ami et moi à survivre.

— Vous détournez le vin des entrepôts royaux !

— Très, très peu !

— Cela s'appelle du vol, Bébon.

— Point de vue rigide, Kel ! À mon avis, simple diminution d'impôts. Et nos acheteurs sont ravis.

— Je désapprouve formellement ce délit.

— On croirait entendre le juge Gem ! Dans ta situation, mieux vaut oublier les conventions. L'entrepôt des vins royaux sera notre meilleur abri.

— À condition que ton ami soit conciliant.

— Il tient beaucoup à son épouse. C'est elle qui possède la maison et une petite ferme au sud de Saïs.

Des policiers observaient l'âne et les colporteurs.

Une épreuve décisive.

En cas d'interpellation, faudrait-il discuter ou prendre la fuite ?

Vent du Nord ne ralentit pas l'allure. Silencieux, ses deux compagnons le suivirent.

— Gagné ! conclut Bébon. Ceux-là, ce sont les meilleurs, chargés de la protection du palais. Et nous, on est de parfaits marchands !

La respiration de Kel redevint normale.

— Le caviste est un Syrien mal embouché, révéla le comédien. Ne t'étonne pas de son accueil.

À l'entrée des entrepôts, de nombreux fournisseurs et une centaine d'ânes portant des paniers remplis de diverses marchandises.

Vent du Nord et les deux hommes empruntèrent l'allée menant aux caves royales. Devant l'accès principal, de nombreuses jarres qu'examinait un grand moustachu au crâne dégarni.

— Salut, le Syrien.

— Tiens, Bébon ! Où étais-tu passé ?

— En tournée dans le Sud.

— Satisfait ?

— Comme ci, comme ça.

— Envie de refaire du commerce ? demanda le Syrien avec un sourire gourmand.

— Ça se pourrait.

— Tant mieux, la situation se présente bien. Je viens de recevoir un joli stock des oasis, et il y a de la demande.

— Je suis prêt à livrer.

Le Syrien jeta un œil suspicieux à Kel.

— C'est qui, celui-là ?

— Mon assistant.

— Un type sérieux ?

— Un benêt obéissant. Il ne comprend rien à rien et ne nous posera pas de problèmes.

— Ton âne me plaît ! Il a l'air costaud. Idéal pour les livraisons.

— On commence quand tu veux.

— Dès ce soir ?

— Entendu.

Le Syrien tapa sur l'épaule de Bébon.

— Toi, tu es un ami, un vrai !

— Justement, j'ai un petit service à te demander.

Le regard du Syrien se noircit.

— Pas d'embrouilles, j'espère ?

— Pas la moindre ! Mon assistant et moi aimerions passer quelques nuits à l'intérieur des entrepôts. Puisque tu effectues la dernière ronde et que tu ouvres la porte le matin, on dormirait tranquilles.

— Une fille te court après ?

Bébon baissa la tête.

— Une femme mariée et de la haute ! C'est ça ? insista le grand moustachu.

Le comédien marmonna.

— Sacré Bébon ! Tu finiras par t'attirer des ennuis. Bon, d'accord. Mais seulement quelques nuits.

— La belle m'oubliera vite.

— Allez, entrez.

D'une remarquable propreté, la cave était peuplée

d'étagères d'une solidité à toute épreuve. Sur trois rangées, des jarres à anses, impeccablement alignées, pourvues de bouchons en argile et fichées dans des supports. Une étiquette précisait l'origine du vin, son année et sa qualité.

Du doux, du sucré, du blanc sec, du rouge léger ou capiteux, des crus exceptionnels, notamment la « Rivière de l'Ouest »!... Un authentique paradis!

— Je nourrirai l'âne à l'étable voisine, indiqua le Syrien. Avant la fermeture de la porte, vous pourrez vous laver et vous nourrir. Ensuite, silence total. Et vous ne touchez à rien!

— Sois tranquille, l'ami! En échange de ce service, je t'abandonne une partie de mes bénéfices.

Le Syrien donna une vigoureuse accolade au comédien.

— Content de te connaître, mon gars!

70

Revoir le temple de la déesse Neit redonna espoir à Nitis.

Elle parcourut lentement l'allée de sphinx au nom du pharaon Amasis, contempla son obélisque, puis longea la façade monumentale et se dirigea vers le lac sacré que survolaient des dizaines d'hirondelles.

La lumière chaude du couchant imprégnait les lieux d'une sérénité qui effaçait tourments et angoisses.

Comme la jeune prêtresse eût aimé oublier le monde extérieur en se consacrant à la pratique rituelle et à la consultation des archives de la Maison de Vie ! Mais un innocent était injustement accusé, et elle devait contribuer à rétablir la vérité en lui évitant un destin funeste.

Nitis se recueillit en écoutant la voix des dieux.

Bientôt, l'ultime forme du soleil, le vieillard Atoum, s'aidant de la canne de rectitude, quitterait la lumière mourante pour affronter, à bord de la barque des métamorphoses, les démons des ténèbres. Guidé par l'intuition créatrice et le Verbe nourricier, il traverserait des régions périlleuses en apaisant les terrifiants gardiens de porte dont il connaissait les noms.

Une nouvelle fois se jouerait le sort du monde.

Si le gigantesque serpent du néant parvenait à boire

l'eau du Nil céleste et à empêcher le voyage de la barque, la terre disparaîtrait, et ce petit îlot d'existence retournerait à l'océan des origines. En célébrant les rites, les initiés aux mystères aidaient la lumière à franchir les obstacles, à transpercer le serpent et à renaître, à l'aube, au terme d'un violent combat, sous la forme d'un scarabée.

Le scribe Kel, lui aussi, traversait une nuit terrifiante. Et des monstres à visage humain s'acharnaient à sa perte.

Nitis s'approcha de la demeure du grand prêtre.

Elle franchit le seuil donnant accès à une petite cour précédant les appartements. Un domestique achevait de la balayer.

— Vous êtes de retour, Supérieure ! Votre voyage s'est-il bien déroulé ?

— Au mieux. Puis-je voir le grand prêtre ?

— Sa santé vient de se dégrader, mais il vous attend.

Wahibrê s'était alité. Amaigri, il gardait une impressionnante dignité.

— Ont-ils osé assassiner Apis ? demanda-t-il.

— Malheureusement oui, répondit Nitis. Mais son successeur réaffirme la puissance du *Ka* royal, et Kel a retrouvé le casque du roi Amasis. Désormais, l'usurpateur est réduit à l'impuissance.

— Cette nouvelle me redonne de l'énergie !

— Kel remettra cette relique au pharaon et proclamera ainsi son innocence.

— Ce serait prendre un risque énorme !

— Me conseillez-vous une autre stratégie ?

Wahibrê réfléchit.

— Tu as choisi la meilleure solution.

— Encore faut-il profiter d'une occasion favorable.

— Naguère, déplora le grand prêtre, j'aurais pu

obtenir l'emploi du temps d'Amasis. Aujourd'hui, je suis enfermé ici, et pas un dignitaire ne m'adressera la parole.

— Je me débrouillerai, assura Nitis. Préoccupez-vous surtout de votre santé.

— Simple fatigue passagère. Ma robuste constitution me permettra de la surmonter.

— Avez-vous consulté le médecin du temple ?

— Inutile. Le repos me guérira.

— Puis-je insister ?

Il eut le regard d'un père, à la fois sévère et tendre.

— Me contraindrais-tu à me soucier de ma petite personne ?

— Nous avons tant besoin de vous ! Sans votre aide, nous ne triompherons pas de cette épreuve.

— Va chercher le médecin.

Le fidèle de la déesse scorpion Serket et de la lionne Sekhmet, qui répandaient les maladies et offraient les moyens de les guérir, passa plus d'une heure au chevet du grand prêtre et procéda à divers examens.

— La voix du cœur reste claire, conclut-il, et les énergies circulent dans les canaux. Néanmoins, l'âge ronge leurs parois, et plusieurs remèdes seront à prendre quotidiennement. Le grand prêtre acceptera-t-il cette servitude ?

— Je le convaincrai, promit Nitis, et son domestique exercera une surveillance féroce.

Rassurée, la prêtresse regagna son logement de fonction.

Devant la porte, Menk.

— Je m'inquiétais, déclara-t-il. Les funérailles d'Apis se sont-elles bien déroulées ?

— Il a été inhumé selon les rites, et son *Ka* animera

son successeur. Ainsi, la transmission ne sera pas interrompue.

— Merveilleux ! Nous pouvons donc préparer la prochaine fête de Saïs. J'ai besoin d'étoffes spéciales destinées à la statue de la procession et j'aimerais de nouveaux chants en son honneur. Malgré l'étroitesse des délais, vos ateliers et vos musiciennes me donneront-ils satisfaction ?

— Nous travaillerons jour et nuit.

— Grand merci, Nitis ! Sa Majesté sera ravie de voir la population se réjouir en oubliant ces moments difficiles.

— Le roi assistera-t-il à la fête ?

— Entouré d'une cohorte de dignitaires, il célébrera le début du rite public puis nous laissera le soin d'organiser la suite, pendant qu'il présidera un banquet auquel seront invités une bonne vingtaine d'ambassadeurs grecs. Une semaine de réceptions officielles fort chargée !

— Quelles sont les autres obligations de Sa Majesté ?

— Inauguration des nouvelles écuries royales, remise de l'or de la vaillance au général en chef Phanès d'Halicarnasse, nomination d'officiers supérieurs, célébration solennelle des traités d'alliance avec les cités grecques, sans oublier l'apparition au tribunal du juge Gem. La cour suprême se réunira après-demain devant l'entrée du temple, et le chef de la magistrature rappellera la nécessaire prééminence de la loi de Maât. À cette occasion, le pharaon devrait rappeler aux juges qu'il en est le garant sur cette terre et qu'il ne permettra à personne de la violer.

— Pourquoi dites-vous « devrait » ?

Menk parla à voix basse.

— Parce que le roi Amasis se montre parfois imprévisible. Si cette formalité l'ennuie, il déléguera ses pouvoirs au juge Gem et lui ordonnera de prononcer un discours à sa place. Son entourage le suppliera néanmoins d'être présent, car le respect de Maât demeure le fondement de notre société.

La voici, l'occasion rêvée !

Face au pharaon et aux juges de la cour suprême, Kel produirait la preuve de sa fidélité et de son innocence.

— Vous semblez rêveuse, observa Menk.

— Juste un peu de lassitude. Et la santé du grand prêtre me préoccupe.

— Qu'en dit le médecin ?

— Une maladie qu'il connaît et qu'il guérira.

— Cet excellent thérapeute n'a pas l'habitude de se vanter. Wahibrê vivra encore de longues années, j'en suis persuadé !

— Puissent les dieux le préserver.

— Et vous préserver aussi, Nitis. N'oubliez surtout pas mes conseils.

— Comment le pourrais-je ?

— M'autorisez-vous à vous poser une question indiscrète ?

— Je vous en prie.

— Avez-vous vraiment oublié Kel, ce scribe assassin ?

— Aujourd'hui, je ne le reconnaîtrais même pas. Je suis épuisée, Menk, et j'aimerais dormir.

— Pardonnez-moi de vous avoir importunée. Reposez-vous et, dès demain, nous préparerons ensemble cette nouvelle fête.

Rassuré, il s'éloigna.

Personne ne rôdait autour de la maison de Nitis, le grand prêtre n'avait plus aucun moyen d'agir et les ritualistes vaquaient à leurs occupations habituelles.

N'ayant rien noté d'anormal, Menk ferait un rapport rassurant au chef des services secrets.

À l'évidence, le scribe assassin ne se cachait pas dans le domaine de Neit. Et jamais l'organisateur des fêtes de Saïs ne parlerait à Hénat des imprudences de Nitis. Raisonnable, la belle prêtresse se consacrait à ses seuls devoirs.

71

Bébon et Nitis étaient convenus de se rencontrer chaque jour à la porte des fournisseurs du temple. Si le comédien décelait une présence anormale, il ne lui adresserait pas la parole, et elle agirait de même.

Vent du Nord, allergique aux policiers de tout poil, leur fournirait une aide précieuse.

La prêtresse examina une pièce d'étoffe.

— Demain, murmura-t-elle, la cour suprême se réunit devant la porte principale de l'enceinte. Le roi devrait être présent.

— C'est de l'excellente qualité, affirma Bébon d'une voix forte. Vous ne trouverez pas mieux.

— Je la prends. Allez vous faire payer chez l'intendant.

Cette formalité accomplie, le comédien rôda un long moment autour de l'endroit où aurait lieu la cérémonie.

Puis il retourna aux entrepôts royaux.

À la grande satisfaction du Syrien, Kel avait accepté de ranger les jarres et de balayer, en échange d'un modeste repas. Renfermé, le scribe prenait soin de se taire.

— Ton camarade n'est pas causant, dit le Syrien à

Bébon, mais il ne me coûte pas cher et ne travaille pas trop mal.

— Les benêts, il faut savoir les dresser.

Lors de la pause, le comédien et le scribe s'isolèrent.

— As-tu contacté Nitis ? demanda Kel.

— Demain, réunion des juges de la cour suprême devant le temple de Neit. Amasis la présidera peut-être.

— Fabuleux ! On ne pouvait rêver meilleure occasion.

— Ça ne me plaît pas.

— Pourquoi ?

— Imagine le nombre de gardes et de policiers ! On ne te laissera pas approcher.

— Sauf si je dispose d'un bon motif juridique ! Je vais rédiger une lettre à l'intention du juge Gem en des termes choisis qui prouveront le sérieux de ma démarche. Il m'appellera pour comparaître, et je remettrai le casque au roi en m'expliquant.

— Une nouvelle folie ! Ce coup-là, je ne le sens pas.

— Au contraire, nous avons beaucoup de chance ! Se justifier face au roi, au chef de la magistrature et aux juges de la cour suprême mettra un terme à ce cauchemar.

— Moi, je songe à un parfait guet-apens.

— Impossible, Bébon !

— Il faut tout de même prévoir une possibilité de fuite, donc une manœuvre de diversion.

Du museau, Vent du Nord souleva le coude de Bébon.

— Toi, tu as une idée !

Dans le regard de l'âne, le comédien décela effectivement une solution. Il n'aurait pas trop de l'après-midi pour mettre au point sa stratégie de repli.

Kel, lui, rédigeait déjà sa missive à l'intention du juge Gem.

Nitis était satisfaite du travail des tisserandes. Menk serait ravi, et la prochaine fête aussi somptueuse que les précédentes. En offrant leurs chefs-d'œuvre aux dieux, les humains maintenaient l'harmonie sur terre.

— Le juge Gem vous demande, lui apprit un prêtre pur. Je l'ai conduit à votre logement de fonction.

La Supérieure ne manifesta aucune émotion.

Gem attendait Nitis dans la petite antichambre.

— Restez assis, je vous en prie. Comment puis-je vous être utile ?

— J'ai quelques questions à vous poser. Acceptez-vous d'y répondre ici, sans formalités ?

— Bien entendu !

— Nous recherchons toujours le scribe Kel, assassin et comploteur. Malgré l'ampleur des investigations, pas le moindre résultat. À se demander s'il ne serait pas mort.

— En ce cas, il ne nuira plus à personne, et le tribunal divin se chargera de le châtier.

— Ce serait trop beau ! La vérité me paraît moins riante. Non seulement ce criminel a dû changer d'apparence physique, mais encore bénéficie-t-il forcément de complicités fort efficaces.

— Inquiétantes perspectives.

— En effet, reconnut le juge. C'est pourquoi, en vertu de l'intérêt supérieur de notre pays, je sollicite de votre part une absolue sincérité.

Nitis soutint le regard soupçonneux du magistrat.

— Wahibrê a avoué sa sympathie envers l'assassin,

rappela Gem. Mettons cette grave erreur sur le compte de la bonté et de la naïveté. Mais persiste-t-il ? Vous, vous le savez.

— Ces événements ont tellement affligé le grand prêtre que sa santé a été atteinte. Il vient de s'aliter et doit suivre un traitement lourd.

— Vous m'en voyez navré. Néanmoins, je vous repose ma question.

— Jamais le grand prêtre n'aidera un criminel.

— Pas de manière directe, sans doute. N'a-t-il pas des amis intimes ou de fidèles subordonnés auxquels il aurait recommandé de cacher ce scribe en fuite ?

— L'unique préoccupation du grand prêtre est le plein exercice de sa fonction. Premier serviteur de la déesse Neit, il en transmet chaque jour le message grâce à la pratique des rites et à l'animation des symboles.

— Je n'en doute pas, Nitis. Pourtant, Wahibrê a pris des positions qui...

— N'avez-vous pas fait fouiller de fond en comble le domaine de Neit, au risque de mécontenter la déesse et de troubler la paix du sanctuaire ? Vous acharner sur un grand prêtre âgé et malade ne vous mènera à rien et ternit la grandeur de la justice.

— Supérieure des chanteuses et des tisserandes, vous êtes son bras droit. Vous a-t-il ordonné de protéger le scribe Kel et de lui fournir des alliés ?

Le regard de la jeune femme ne vacilla pas.

— En aucune façon. Et je vous signale que, ces dernières semaines, je me trouvais à Memphis pour participer aux funérailles d'Apis. Quantité de témoins vous le confirmeront. Aujourd'hui, je dois assumer une partie des charges du grand prêtre en souhaitant son prompt rétablissement.

— Si vous connaissiez des éléments indispensables à la justice, parleriez-vous ?

— Je n'hésiterais pas un instant.

L'assurance de la jeune femme troubla le juge. La questionner pendant des heures serait inutile. Et il ne possédait pas d'indice lui permettant de l'inculper. Peut-être Menk, en observant ses agissements, obtiendrait-il des résultats.

Pourquoi cette femme sublime prêterait-elle main-forte à un redoutable assassin recherché par toutes les polices du royaume ?

72

Au grand complet, les juges de la cour suprême se déplacèrent jusqu'à la porte du temple où, selon la tradition, on lisait les réclamations des plaignants afin de distinguer la justice de l'iniquité et de protéger les faibles de la suprématie des forts. Ici s'affirmait la vérité de Maât, excluant le mensonge.

Un troupeau d'ânes apporta les rouleaux de la loi, les sièges des magistrats et des gourdes d'eau.

Lorsque chacun fut installé, le juge Gem suspendit une petite figurine de la déesse Maât à la chaîne d'or qu'il portait au cou.

Devant lui, quarante-deux rouleaux de cuir contenant les textes législatifs appliqués dans les quarante-deux provinces de l'Égypte.

Mêlé à la foule nombreuse qui assistait à cet événement exceptionnel, Kel se mordillait les lèvres. Le pharaon Amasis n'honorait pas de sa présence cette proclamation de la toute-puissance de la justice, pourtant essentielle aux yeux du peuple !

Ainsi, son plan s'effondrait. Il faudrait trouver une autre occasion pour remettre le casque à son légitime propriétaire.

Le scribe allait s'éloigner, quand des murmures le retinrent.

— Le roi, murmura un vieil homme. Le roi arrive !

Précédé et suivi des soldats de sa garde personnelle, Amasis montra que le nouvel Apis lui avait transmis force et vigueur. Sobrement vêtu, portant le pagne des pharaons de l'Ancien Empire, il était coiffé de la couronne bleue, reliant sa pensée aux puissances célestes.

Il prit place sur un modeste trône en bois doré, à l'extérieur du cercle des juges. Nulle intervention du monarque ne troublerait leurs délibérations et n'influencerait leurs décisions. Visiblement, le monarque ne tenait même pas à prononcer un discours inaugural.

L'assistance fut rassurée.

Pharaon régnait, et l'on rendait la justice, fondement de la prospérité et du bonheur.

— Au nom de Maât et du roi, annonça Gem d'une voix ferme, je déclare ouverte cette session du tribunal des Trente. Voici la première plainte.

Il s'agissait d'une sombre affaire de bornes déplacées, entraînant la contestation d'un fermier quant à la dimension de son terrain, donc au montant de ses impôts. Refusant de l'écouter, le fisc exigeait sa contribution, aggravée d'une pénalité de retard.

À l'unanimité, les Trente condamnèrent l'administration qui aurait dû demander l'intervention d'un arpenteur et faire appel au service du cadastre. Bien que le monarque tînt beaucoup à imposer ses nouvelles dispositions fiscales, les juges refusaient l'arbitraire. Et le contrôleur tyrannique fut condamné à indemniser lui-même le plaignant.

Gem lut ensuite les lettres contradictoires opposant un artisan et son ex-épouse, venant de divorcer. L'accusant d'infidélité, il réclamait la totalité des biens et la garde des enfants. La femme produisait des témoignages écrits prouvant son innocence. Et le mari avait répondu par des insultes et une tentative d'agression corporelle en présence de deux collègues.

Frapper une femme étant considéré, en Égypte, comme un grave délit, l'artisan fut débouté et condamné à deux ans de prison. Non seulement son épouse garderait les enfants, mais encore recueillerait-elle les biens du couple.

La troisième plainte stupéfia le juge Gem.

Il hésita à la rendre publique.

Constatant son trouble, l'un des Trente lui demanda la parole.

— Toutes les voix ne doivent-elles pas être entendues ? Si celle-là nous paraît inconcevable, nous préciserons nos raisons. L'exclure *a priori* serait contraire à une bonne justice.

— Le rédacteur de ce document s'estime capable de résoudre un problème grave pouvant porter atteinte à la sécurité de l'État et demande à comparaître en personne devant cette cour. Conscient du caractère inhabituel de cette procédure, il insiste sur le sérieux de sa démarche et nous prie humblement de l'écouter.

La curiosité d'Amasis fut éveillée. Néanmoins, il se garda d'intervenir. Aux Trente et à eux seuls de se prononcer.

Un débat juridique s'engagea entre les formalistes et ceux plus attachés à l'esprit qu'à la lettre. Au terme d'échanges courtois, le juge Gem trancha : l'intérêt supérieur de l'État exigeait l'audition du rédacteur de l'alarmante missive.

Si l'intervenant se moquait de la cour, il serait sévèrement condamné.

— Veuille le plaignant se présenter et s'exprimer, demanda Gem.

Un lourd silence s'installa.

Chacun regarda son voisin. Qui allait sortir de la foule ?

Coiffé d'une perruque à l'ancienne, la lèvre supérieure ornée d'une fine moustache taillée à la perfection, un jeune homme s'avança. Les bras levés à la hauteur de la poitrine, il portait un objet enveloppé d'une toile de lin.

Le juge Gem ne parvenait pas à voir son visage.

— Qui êtes-vous et qu'avez-vous à déclarer ?

— Accusé à tort de crimes abominables, j'apporte la preuve de mon innocence et de ma fidélité absolue au pharaon. Grâce à mon intervention, les comploteurs seront réduits au silence.

Le juge Gem et le roi se figèrent. Ni l'un ni l'autre n'osaient comprendre.

Gem posa une question brûlante.

— Serais-tu... le scribe Kel ?

— C'est bien moi.

Les archers tendirent leurs arcs, les policiers saisirent les gourdins.

Le juge leva la main.

— Pas de violence au sein du tribunal ! Attendez le jugement et mes ordres.

Kel se tourna vers le roi.

— Je n'ai assassiné personne, Majesté, et je suis la victime d'une machination destinée à renverser votre trône et à plonger notre pays dans le malheur. Les véritables criminels se sont montrés d'une cruauté inouïe, et je craignais pis encore. Mais j'ai fait échouer leurs sinistres projets ! Puis-je m'approcher ?

Le chef de la garde personnelle d'Amasis tira son épée du fourreau.

— Approche, scribe Kel. Pour le moment, tu n'as rien à redouter.

Le jeune homme franchit lentement la distance qui le séparait du trône.

Il s'agenouilla, puis ôta la toile de lin.

— Majesté, voici le casque volé au palais. Désormais, nul usurpateur ne s'en coiffera.

Le scribe offrit la précieuse relique au monarque.

Amasis la contempla longuement.

— Scribe Kel, tu es un assassin doublé d'un menteur et d'un provocateur. Ce casque n'est pas le mien.

73

— Arrêtez ce meurtrier ! ordonna le juge Gem.

Un mouvement de foule gêna les policiers armés de gourdins.

Vif, Kel traversa le tribunal et se mêla aux badauds.

Pour les archers, impossible de tirer sans blesser ou tuer des innocents.

Et ce fut le moment que choisit Bébon pour déclencher la ruée des ânes, répondant aux braiments de Vent du Nord, chef de troupeau respecté. Les quadrupèdes semèrent une totale confusion, et l'un d'eux renversa un juge qu'un policier énervé assomma d'un coup de bâton. Les protestations indignées des magistrats ajoutèrent encore au désordre.

Quand les archers eurent enfin le champ libre, Kel, Bébon et Vent du Nord avaient disparu.

— Le roi est indemne, constata Hénat. Voilà l'essentiel.

— Ce scribe assassin a ridiculisé l'institution judiciaire, déplora Gem, rageur.

— Avez-vous identifié ses complices ?

— Même pas ! Il a profité au mieux de la situation.
— Au moins, nous savons qu'il est vivant et a changé d'apparence.
— Tracer un portrait fidèle sera impossible. Les nombreux témoignages recueillis diffèrent de façon considérable, allant d'un petit homme joufflu à un colosse barbu ! Personnellement, je suis incapable de le décrire avec précision. Il dissimulait son visage derrière le faux casque.
— Étrange démarche, estima le chef des services secrets.
— Pure provocation ! Il a prouvé son mépris absolu de la justice et de la police.
— Étrange, répéta Hénat. D'après la qualité de sa lettre et son intelligence évidente, ce scribe ne ressemble pas à un insensé. Et s'il avait cru à l'authenticité du casque ?

La question embarrassa le juge.

— Ce Kel est un fou furieux, un assassin capable des actions les plus délirantes ! Il ne raisonne pas comme un homme normal.
— Il n'a même pas tenté de tuer le roi, observa Hénat.
— Il pensait que Sa Majesté n'examinerait pas le casque ! Alors, Kel aurait bénéficié de la bonté royale. Lavé de ses crimes, il ne lui restait qu'à reprendre une existence paisible.
— Habile stratégie, reconnut le chancelier Oudja. La manœuvre aurait pu réussir.
— Qui détient le véritable casque d'Amasis ? demanda Hénat.
— Kel en personne ! répondit le juge. Ses espoirs de se faire innocenter à jamais écartés, il ne lui reste qu'une solution : permettre à un usurpateur de se dres-

ser contre le roi. Nous voilà face à un criminel résolu et féroce ! Et la réputation de sa toute-puissance se répandra parmi le peuple.

— Il ne peut pas triompher, estima le chancelier.

— Après une telle démonstration de force, je me le demande !

— Le scribe a parfaitement utilisé l'effet de surprise, nota Hénat. S'il avait disposé de complices nombreux et armés, une bataille se serait engagée.

— Ce n'est que partie remise.

— Nous contrôlons l'armée et la police, juge Gem, et Sa Majesté continue à diriger le pays sans faiblir. Cette affaire criminelle prend une tournure extraordinaire, je vous le concède, mais dépasse-t-elle vraiment le cadre d'une petite faction ?

— Quoi qu'il en soit, préconisa le chancelier, demeurons d'une vigilance extrême.

— Je propose une nouvelle fouille du domaine de Neit, avança le juge.

— Ne serait-ce pas le dernier endroit où se cacherait Kel ?

— Justement ! Comment supposerait-il une incursion répétée des forces de l'ordre ? Assuré d'une parfaite tranquillité, il ne saurait trouver meilleur refuge.

— Cela suppose des complicités, estima Hénat.

— Bien entendu ! Un fait récent m'a alerté : la subite maladie du grand prêtre. Faudrait-il être cruel pour l'importuner en ces douloureux moments ! Et la prêtresse Nitis, son bras droit, ne manque pas de souligner le caractère pénible de la situation, sans répondre de manière satisfaisante à mes questions. Le scribe assassin ne ridiculisera pas éternellement la magistrature. Et, cette fois, il a peut-être commis l'erreur fatale.

Nitis méditait sur les sept paroles de Neit qui créait le monde en sept étapes. La nuit où l'on rassemblait les parties éparses de l'œil divin afin de recréer la vision divine, les paroles de la déesse portaient la balance en or du jugement. Ainsi le Verbe libérait-il de la mort et redonnait-il vie, cohérence et prospérité. Et ces sept propos tranchaient la tête des parjures et des ennemis de la lumière.

Une nouvelle hypothèse traversa l'esprit de la prêtresse : et si le septénaire était la clé du code utilisé par le rédacteur du papyrus indéchiffrable ? Seuls le premier hiéroglyphe, puis le septième, puis le quatorzième, et ainsi de suite, auraient un sens !

Et cela signifierait que l'auteur était un initié ou une initiée aux mystères de Neit.

Angoissée, Nitis étudia le document.

Échec total.

Échec rassurant.

L'un des scribes de la Maison de Vie osa interrompre son travail.

— Supérieure, venez vite ! À la tête d'une centaine de policiers, le juge Gem exige l'accès au temple.

Nitis se hâta.

Le juge semblait irrité.

— Que se passe-t-il ? demanda-t-elle.

— L'ignorez-vous ?

— En effet.

— Le scribe Kel vient de défier le pouvoir et la magistrature. Il s'est malheureusement enfui, mais j'ai de bonnes raisons de penser qu'il se cache ici.

— Vous vous trompez.

— Je vais vérifier. Deux endroits m'intéressent plus particulièrement : votre logement de fonction et celui du grand prêtre Wahibrê.

— Je m'y oppose. Le grand prêtre est souffrant, nul ne doit le déranger.

— La justice l'exige. Commençons par vous, pendant que mes hommes encerclent les habitations des prêtres et des prêtresses. Elles seront toutes inspectées.

Au visage inquiet de la belle Nitis, le juge sut qu'il touchait juste. Le scribe s'était glissé lui-même dans la nasse.

Dix policiers firent irruption chez la Supérieure. Redoutant la pugnacité du fugitif, ils ne retiendraient pas leurs coups.

— Personne, annonça un officier au juge.

— Fouillons la maison du grand prêtre, ordonna Gem.

— Je m'y oppose, répéta Nitis.

— Tenez-vous à l'écart, ou bien je vous arrête pour entrave à mon enquête.

Deux policiers encadrèrent la jeune femme.

Une escouade força la porte de Wahibrê, toujours alité.

— Que cherchez-vous ? demanda le grand prêtre au juge.

— Kel l'assassin. Livrez-le-nous, et vous bénéficierez de circonstances atténuantes.

— Vous perdez l'esprit.

— Allons-y !

Rien n'échappa aux forces de l'ordre, et le plus petit coffre fut vidé de son contenu.

Penaud, le juge dut s'avouer vaincu.

— Je vous présente mes excuses, dit-il au malade. Reconnaissez la difficulté de mon travail.

Le grand prêtre ne répondit pas, tourna la tête et ferma les yeux.

À l'extérieur, Nitis, immobile entre les deux policiers.

— La Supérieure est libre de ses mouvements, annonça Gem, évitant le regard de la prêtresse.

74

Impossible de retourner aux entrepôts royaux.

Et pas question de demander un abri à Nitis à l'intérieur du domaine de Neit. Kel était persuadé que le juge Gem ferait procéder à de nouvelles fouilles, notamment des logements de fonction.

— Les sorties de Saïs seront surveillées pendant quelques jours, estima Bébon, et l'on arrêtera même les colporteurs. De plus, des cohortes de soldats contrôleront le fleuve et les chemins. Te raser la moustache ne nous offrira pas une garantie suffisante. Il faut nous cacher au cœur de la cité, entrer en contact avec Nitis et laisser passer l'orage.

— As-tu un autre ami sûr ?

— J'ai une idée, mais elle comporte quelques risques.

— Autrement dit, il peut nous vendre à la police !

— À mon avis, ce n'est pas son genre.

— Mais tu n'en es pas certain !

— On travaille ensemble depuis de nombreuses années et on s'entend au mieux. Lui amener un criminel en fuite risque de le surprendre. Et puis l'affaire du tribunal des Trente n'améliore pas ta réputation ! En bafouant le roi et le chef de la magistrature, tu t'es fermé toutes les portes.

— Le moment est venu de nous séparer, Bébon.
— Ah, ça suffit ! Tu m'abandonnerais, toi ?
— Non, mais…
— Alors, cesse de me mépriser ! Je n'ai aucune morale, d'accord, et je ne possède pas les compétences d'un scribe. Tu ne vas pas me le reprocher à chaque instant ?
— Non, je…
— Avançons. Je tâcherai de convaincre mon ami que tu n'as tué personne.

Vent du Nord marchait devant.

— Comment cet âne devine-t-il toujours la bonne direction ? s'interrogea le comédien.

Excédé, Amasis avait piétiné le faux casque avant de sombrer dans une dépression qui le contraignait à garder la chambre. Le chancelier Oudja se contentait d'expédier les affaires courantes en affirmant que le roi souffrait d'une indisposition passagère.

Seule la présence de la reine Tanit se révéla efficace. Mêlant douceur et fermeté, elle rappela ses devoirs au monarque et parvint à le sortir de sa torpeur.

— Pourquoi cet assassin m'a-t-il nargué de la sorte ? demanda-t-il d'une voix retrouvée.

— Un stratagème pour faire reconnaître son innocence, semble-t-il.

— Piteuse stratégie ! Comment imaginer que je n'examinerais pas attentivement le casque qui m'a fait roi ?

— Par bonheur, ce scribe commet des erreurs.

— Il court toujours ! Convoquez mon conseil restreint et donnez-moi à boire.

— Est-ce bien raisonnable ?
— Indispensable.
La reine s'inclina.
Amasis la prit dans ses bras.
— Merci de votre aide. Ceux qui me croient à bout de forces se trompent lourdement. Cet incident m'a éprouvé, je le reconnais. Maintenant, je reprends les rênes. Faites venir mon coiffeur et mon habilleur.

Le chancelier Oudja, le patron des services secrets Hénat et le général en chef Phanès d'Halicarnasse saluèrent un monarque requinqué et d'humeur combative.

— A-t-on retrouvé la trace de Kel ?
— Malheureusement non, déplora le chancelier. Une fois de plus, il a filé entre les doigts de la police.
— A-t-on identifié ses complices ?
— Pas davantage. Ils ont créé une telle confusion qu'aucun témoignage n'a été exploitable. Et les interrogatoires des suspects arrêtés n'ont rien donné. Le juge Gem a ordonné le strict contrôle des sorties de la ville, et tous nos indicateurs sont en alerte. Seule certitude : l'assassin ne se cache pas à l'intérieur du domaine de Neit. Alité, le grand prêtre ne lui procure pas le moindre secours.
— Pourquoi ne parvenons-nous pas à arrêter cet individu ? s'irrita le roi.
— Parce que c'est un solitaire, estima Hénat. Cette faiblesse apparente devient sa force majeure.
— Il dispose forcément d'un réseau ! objecta le chancelier.
— Pas si sûr. Je crois plutôt à de brefs relais et à des

naïfs qu'il exploite au mieux. Perpétuellement en éveil, cet assassin hors normes se déplace sans cesse. Peu à peu, il s'épuisera.

— L'inefficacité du juge Gem m'irrite, déclara Amasis. J'ai l'intention de lui enlever l'enquête.

— À mon sens, Majesté, intervint Hénat, ce serait une erreur. Non seulement c'est un excellent professionnel, acharné et méticuleux, mais encore a-t-il été blessé dans son orgueil de magistrat. Il se fait un point d'honneur à résoudre cette affaire.

Amasis hocha la tête.

— Selon toi, ce scribe possède-t-il le vrai casque ?

— En ce cas, un usurpateur aurait profité de la mort du taureau Apis. Même s'il détient ce trésor, Kel semble incapable de l'utiliser.

— Pas de troubles chez les mercenaires grecs ? demanda le roi à Phanès d'Halicarnasse.

— Rien à signaler, Majesté ! Ils ont beaucoup apprécié leur augmentation de salaire et ne jurent que par vous. Les troupes d'élite continuent à travailler dur, je réunis chaque semaine les officiers supérieurs et j'inspecte les principales garnisons afin de recueillir d'éventuelles doléances. Saïs, Memphis, Boubastis et Daphnae bénéficient d'installations remarquables. Les hommes sont bien logés et bien nourris, et l'armement s'améliore jour après jour.

— Notre marine de guerre continue à se développer, ajouta le chancelier Oudja, et nos amiraux maîtrisent parfaitement cette arme de dissuasion.

— De quoi décourager d'éventuels espions ! jugea le chef des services secrets. En transmettant leurs rapports à l'empereur de Perse, ils doivent éprouver du vague à l'âme. Nous attaquer serait suicidaire.

— Reformes-tu le service des interprètes ?

— Pas à pas, Majesté. Il fonctionne encore au ralenti, sous étroite surveillance, mais la correspondance diplomatique a repris. En conséquence, échec total de l'assassin. Nul n'a profité de l'anéantissement du service, et nous ressortirons de cette épreuve plus forts et plus vigilants.

— A-t-on des nouvelles de Crésus ?

— Aujourd'hui même, une lettre officielle. Après avoir demandé des nouvelles de Votre Majesté et de la Grande Épouse royale, il nous informe de l'excellente santé du nouvel empereur des Perses, décidé à bâtir une paix durable en développant ses relations diplomatiques et commerciales avec l'Égypte. Des formules convenues, certes, mais qui témoignent de la prise de conscience de Cambyse.

— Des rapports de nos espions ?

— L'empereur est un souverain à poigne, préoccupé du développement économique. La diversité de ses sujets et les nombreuses factions lui posent de sérieux problèmes. Les velléités d'indépendance de certaines provinces le contraindront probablement à des interventions militaires.

— Excellent ! jugea Amasis. En s'occupant de maintenir l'unité de son empire, il oubliera tout rêve de conquête.

75

Vent du Nord s'immobilisa.
Ses oreilles se dressèrent, et il gratta le sol du sabot de sa patte avant gauche.
— Police, murmura Bébon. Demi-tour.
L'âne refusa.
Il se coucha sur le flanc et haleta en tirant la langue.
Kel s'agenouilla et lui caressa le front.
Apparurent une dizaine d'hommes armés qui entourèrent les deux hommes et l'animal.
— Que se passe-t-il, ici?
— Notre âne est malade, dit Bébon, atterré. On devait livrer nos marchandises aux entrepôts royaux, et nous voilà cloués au sol!
— Relevez cette bête et décampez! Pas de traînards dans les rues.
— Vous avez vu son poids? Aidez-nous!
Se faisant très lourd, feignant une douleur intense, Vent du Nord exigea l'assistance de quatre policiers.
Et il repartit lentement, en boitant.
— Bien joué, lui murmura Bébon à l'oreille.
Le trio prit soin d'opérer un large détour. Reprenant sa démarche normale, le grison ne manifesta plus de

signes d'inquiétude et s'arrêta devant la porte d'un atelier, au cœur d'un quartier d'artisans.

Vent du Nord ne s'était pas trompé d'adresse.

Bébon poussa la porte de bois.

Kel sursauta.

Face à lui, le visage d'Anubis, le dieu chargé de guider les morts justifiés sur les routes de l'au-delà !

— Mon ami est fabricant de masques, expliqua le comédien. On les utilise lors de la célébration des mystères et des rituels.

Anubis, Horus, Hathor, Sekhmet, Thot, Seth… Tous les dieux habitaient cet obscur local.

— Avance, ordonna Bébon. Ils ne te mordront pas.

Vent du Nord monta la garde.

Recueilli, Kel contempla chaque masque comme s'il exprimait une réalité divine imposant le respect.

— Tu es là, Lupin ? interrogea le comédien.

— Tout au fond, répondit une voix rauque.

L'artisan achevait un masque de la déesse hippopotame Touéris, protectrice des naissances.

Maigre, le front bombé et les épaules saillantes, il travaillait à la perfection. Ne comptant pas ses heures, il ne négligeait aucun détail.

— Comment va la santé, Lupin ?

— Encore des ennuis, Bébon ?

— Plus ou moins.

— Plutôt plus ou plutôt moins ?

— Ça pourrait aller mieux.

— La police ?

— Tu la connais : des soupçons, toujours des soupçons !

— Une affaire de femme ou un petit vol ?

— Ça ne me concerne pas. Il s'agit d'un ami.

L'artisan n'interrompit pas son labeur.

— Et tu me l'as amené ?
— On l'accuse à tort.
— De quoi ?
— Tu veux vraiment la vérité ?
— J'aimerais autant.
— Parfois, ne pas savoir...
— De quoi accuse-t-on ton ami, Bébon ?
— De meurtre.

Avec une infinie délicatesse et sans trembler, l'artisan peignait le contour des yeux de la déesse Touéris.

— Un seul meurtre ou plusieurs ?
— Tous les membres du service des interprètes.
— Ah !...

L'exclamation étouffée de Lupin traduisait une réelle émotion.

Si sa colère explosait, une retraite rapide s'imposerait.

— Aider un pareil délinquant nécessite du courage, jugea-t-il.

— Je suis persuadé de son innocence. Le scribe Kel est victime d'une machination.

Délaissant enfin le masque de la déesse, l'artisan se leva.

— Montre-le-moi, ce scribe en fuite.

Kel s'avança.

Lupin le dévisagea.

— Vous espérez dormir ici, je suppose ?
— À condition de ne pas t'importuner.
— Il y a deux nattes, derrière mon établi. Et vous avez sûrement faim ?
— S'il te reste un peu de pain...
— J'ai fait bouillir des graines de lupin qui trempaient depuis plusieurs jours dans des bains d'eau renouvelés toutes les six heures. Ainsi, pas la moindre

amertume. C'est mon plat préféré. Et la bière n'est pas mauvaise. Combien de temps comptez-vous rester ?

— Ça dépend de toi... et d'un autre service dont nous avons besoin.

— Ah !

— Rassure-toi, rien de dangereux ! affirma le comédien.

— Je t'écoute.

— Acceptes-tu de contacter Nitis, la Supérieure des chanteuses et des tisserandes de Neit ? Elle aussi croit à l'innocence de Kel, et son aide nous est indispensable. À cette heure, elle doit se demander s'il a survécu. Peut-être nous trouvera-t-elle un abri sûr.

— Je ne connais pas cette prêtresse.

— Notre âne, Vent du Nord, te mènera jusqu'à elle. Officiellement, tu lui livreras un masque de divinité.

Lupin ne protesta pas.

— On mange et on dort. Demain, je me rendrai au temple.

Kel sortirait-il de cette nasse, reverrait-il Nitis ? Entouré de tant de visages divins, il bénéficiait d'un moment de répit, précédant une nouvelle tempête.

Après le départ de l'artisan, guidé par Vent du Nord, il ne cacha pas son inquiétude à Bébon.

— Ton ami ne va-t-il pas nous vendre à la police ?

— Possible.

— Ce Lupin, tu le connais vraiment bien ?

— Je crois.

— Ma capture lui vaudrait une belle prime.

— Sûrement.

— Alors, partons !

— Dehors, on risque l'arrestation. Et Lupin m'a peut-être cru. S'il rencontre Nitis, elle le convaincra.

— Et s'il se rend directement à la plus proche caserne, nous serons bientôt assiégés et n'aurons aucune chance de nous échapper.

76

Au milieu de la nuit, le roi Amasis se réveilla en sursaut.

Aussitôt, il ouvrit la porte de sa chambre.

Surpris, les gardes le saluèrent.

— Allez chercher le chancelier Oudja.

L'imposant personnage ne tarda pas. Une convocation tellement inhabituelle impliquait un événement grave.

— J'ai fait un rêve [1], révéla le monarque, et je dois en tirer immédiatement les enseignements. Nous ne vénérons pas assez les ancêtres, chancelier. Certes, nos artisans imitent ceux de l'âge d'or des pyramides, mais nous oublions de restaurer les monuments de cette glorieuse époque. L'erreur doit être réparée sans délai. Nous commencerons par le temple de la grande pyramide de Khéops où mon âme a été transportée pendant la nuit afin de constater l'état de dégradation de certaines chapelles. Une telle négli-

---

1. D'après le Papyrus Berlin-Charlottenburg 23071 verso. Voir *Studien zur altägyptischen Kultur*, 17, 1990, 107-134, et G. Burkard und H.-W. Fischer-Elfert, *Ägyptische Handschriften*, Teil 4, Stuttgart, 1994.

gence pourrait attirer sur nous la malédiction des pharaons défunts. Dès l'aube, tu réquisitionneras les meilleurs ritualistes et tailleurs de pierre de Saïs, et ils partiront le soir même pour Memphis. Ils y recevront l'aide de leurs collègues du temple de Ptah. Je veux un maximum d'hommes au travail et une restauration rapide. Ensuite, nous nous occuperons d'autres monuments anciens.

En dépit de son étonnement, Oudja jugea inutile de protester. Il n'avait qu'à réveiller ses collaborateurs et à exécuter les ordres du roi.

Kel ne parvint pas à s'endormir, tant l'attitude du fabricant de masques l'inquiétait. Ne s'était-il pas montré trop silencieux et trop docile ? Les révélations de son ami Bébon auraient dû le faire bondir !

D'après le comédien, Lupin ne réagissait jamais de manière brutale. Il prenait le temps de digérer les événements puis agissait à sa guise. Et personne ne parvenait à l'influencer.

Justement, l'artisan n'avait formulé aucune opinion, se contentant de rendre service à Bébon comme s'il s'agissait d'une situation banale !

Face à un criminel aussi redoutable que le scribe Kel, recherché par toutes les polices du royaume, une seule solution : courber l'échine et feindre de l'aider. Une fois dehors, sain et sauf, Lupin avertirait les autorités et toucherait une belle récompense.

Kel tenta de déchiffrer le papyrus codé.

Puisque les masques des dieux le regardaient, il utilisa leurs noms. Ainsi, il appliqua une grille de lecture à partir de trois hiéroglyphes[1] composant « Anubis », l'ouvreur des chemins de l'au-delà.

Échec pitoyable.

Les noms des autres dieux aboutirent au même résultat.

Et les heures s'écoulèrent jusqu'à l'aube.

Lupin n'était pas revenu.

Kel secoua Bébon.

— Réveille-toi !

Le comédien grogna.

— J'ai sommeil.

— Le jour se lève et pas de Lupin !

— Il a dû être retardé.

— Tu ne comprends pas ? Il nous a vendus à la police !

Cette détestable hypothèse réveilla Bébon.

— Ce n'est pourtant pas son style !

— Tu n'as pas l'habitude de lui présenter des criminels en fuite. Autre possibilité, encore plus sinistre : lui et Nitis ont été arrêtés, et ton ami a révélé qu'il nous cachait chez lui. Nul ne résiste à un interrogatoire musclé.

— Nitis aurait donc été surveillée en permanence… Invraisemblable ! Et puis Vent du Nord aurait détecté le danger.

— En ce cas, Lupin serait déjà de retour.

Un chien aboya.

Les cheveux du scribe et du comédien se hérissèrent.

— On approche, murmura Kel. Et ce n'est sûrement pas ton ami.

---

1. I + N + P = INP = Anubis. Les hiéroglyphes ne comprennent pas de voyelles, aspect périssable du langage, et la vocalisation des mots égyptiens dépend de diverses traditions.

Optimiste de nature, Bébon commençait à concevoir quelques craintes.

— On va se battre, décida-t-il.

— Inutile, jugea Kel. Ils sont forcément venus en nombre, et nous n'avons aucune possibilité de leur échapper.

— Je ne me laisserai pas attraper comme une volaille !

— C'est moi, et moi seul, qu'ils cherchent. Dissimule-toi au fond de l'atelier. Peut-être ne le fouilleront-ils pas, trop heureux de ma capture.

— Pas question !

— Je t'en supplie, Bébon. Ne te sacrifie pas inutilement.

— Moi, mourir en trouillard ?

— Simplement survivre. Et tu boiras à ma santé.

— Je te le répète, pas question ! Tu me vois, tapi dans un coin, assister à ton arrestation ? Ne partons pas battus d'avance et profitons de l'effet de surprise. Plaçons-nous de part et d'autre de la porte, laissons entrer les premiers, et fonçons ! Avec un peu de chance, on transpercera leurs rangs.

Kel ne discuta pas. Bébon ne croyait pas un instant à la réussite de son plan, mais il ne manquait pas de panache. Et mieux valait mourir en se battant.

— Désolé de te causer autant d'ennuis.

— Bah ! rétorqua Bébon. Au moins, tu n'engendres pas la monotonie, à la différence du scribe moyen. Rien ne m'effraie davantage que la vieillesse. Grâce à toi, j'échapperai à ce supplice.

Le chien cessa d'aboyer.

Les policiers venaient de l'abattre et se préparaient à donner l'assaut.

Les deux amis échangèrent un ultime regard et prirent position.

Un silence pesant s'établit.

Les policiers s'interrogeaient à propos de leur stratégie. Ordonner à leurs proies d'ouvrir la porte de l'atelier ou bien l'enfoncer et se ruer à l'intérieur du local ?

Armé d'un maillet en bois, Bébon se préparait à frapper dur. Kel préférait esquiver et se faufiler.

Le silence s'épaissit encore.

Il n'y avait plus le moindre bruit, comme si la vie s'interrompait.

Très lentement, la porte s'entrouvrit.

Méfiant, le premier policier hésitait à s'engager.

Enfin, il franchit le seuil.

Un parfum… Un parfum qui enchanta Kel !

— Nitis ! s'exclama-t-il.

77

Kel et Bébon se montrèrent.

— Vous êtes sains et saufs ! constata la jeune femme, soulagée. Jusqu'à cet instant, je me suis demandé s'il ne s'agissait pas d'un piège. Seul Vent du Nord m'a rassurée. Il surveille les alentours, avec votre ami.

— Les aboiements du chien... rappela Bébon.

— Un bon gardien qui signalait ma présence. Je l'ai calmé, il s'est rendormi. Venez vite, nous quittons le quartier et partons pour Memphis, à bord d'un bateau officiel.

— Vous... vous nous accompagnez ? s'étonna Kel.

— Le pharaon a décidé la restauration du temple de la pyramide de Khéops et réquisitionné ritualistes et artisans. Bébon fera un excellent aide-sculpteur, et vous un parfait prêtre du *Ka*. En tant que délégués du temple de Neit, nous bénéficierons des égards et de la protection de l'armée !

— Un nouveau rôle à jouer, apprécia le comédien. Par bonheur, j'ai déjà travaillé sur un chantier.

— Dès notre arrivée à Memphis, annonça Kel, nous nous enfuirons.

— Justement pas, objecta la prêtresse. Amasis a pris

sa décision à cause d'un rêve lui ordonnant de vénérer les ancêtres et de remettre en état leurs lieux de culte.

— Les ancêtres, répéta le scribe intrigué. Serait-ce le signe espéré ?

— Les dieux ne nous abandonneront pas, affirma Nitis.

Découvriraient-ils enfin la clé du code ?

Le patron de l'atelier des sculpteurs était un homme rude et désagréable. En raison de sa constante bonne humeur et de l'efficacité de Vent du Nord, chargé d'apporter nourriture et boissons aux artisans, Bébon parvint à amadouer son employeur.

— Les humains sont des bâtons tordus, déclara-t-il au comédien. Ils ne songent qu'à paresser et à se distraire. Si je n'imposais pas une stricte discipline, le travail n'avancerait pas ! Et le pharaon est pressé. Il exige la création de plusieurs dizaines de statues à l'ancienne, en pierre dure. Revenir à la rigueur des temps anciens ne me déplaît pas. Mais la main de mes sculpteurs se montre parfois défaillante et je dois rectifier ! Basalte, serpentine et brèche exigent beaucoup de précision. Et je veux un polissage parfait.

Statues de divinités et de grands personnages initiés aux mystères prirent forme sous les yeux de Bébon, chargé d'entretenir l'atelier, de nettoyer les outils et de les ranger chaque soir. Il avait le temps de recopier les textes gravés, au fur et à mesure de leur composition, et de les transmettre à Kel et à Nitis.

Aucun d'eux ne leur livra d'éléments susceptibles de percer le code.

Pendant que Nitis et des initiés de la Maison de Vie

reformulaient de très anciens rituels destinés à faire renaître la puissance du pharaon Khéops, Kel accomplissait sa modeste tâche de serviteur du *Ka*, selon les directives d'un ritualiste austère qui coordonnait les activités des desservants sur le plateau des pyramides.

En restaurant le temple comme à l'origine et en modelant des statues, prêtres et artisans accomplissaient une fonction essentielle : réunir les dieux à leur *Ka*, puissance créatrice inaltérable. Elle s'incarnait dans leur demeure sacrée et leurs corps de pierre, échappant ainsi à l'usure du temps et aux vicissitudes humaines.

En se rattachant aux géants de l'Ancien Empire, tel Khéops, Amasis renforçait sa propre puissance et affirmait son respect des valeurs traditionnelles. Lui, le héraut de la culture grecque dont l'Égypte commençait à s'imprégner au détriment de Maât, allait-il vraiment changer de chemin ?

Kel et Nitis en doutaient.

Ce rêve impérieux avertissant le roi que sa dérive le menait au désastre, il tentait de réparer ses erreurs en implorant la protection d'illustres ancêtres. La manœuvre serait-elle suffisante ?

Le scribe remplissait scrupuleusement ses obligations en apportant vases et coupelles contenant des offrandes. L'âme du roi ressuscité en absorbait l'énergie subtile qu'il restituait sous forme de rayonnement créateur.

Satisfait du comportement de Kel, le ritualiste en chef du temple de la pyramide lui accorda davantage de responsabilités. Désormais, il choisirait lui-même les offrandes, en fonction des impératifs symboliques, veillerait à l'entretien des objets et aurait accès à quelques chapelles de la partie secrète du sanctuaire, là où s'exprimait la voix des ancêtres.

Le ritualiste en second n'apprécia guère cette promotion. Trop bien nourri, des cheveux noirs plaqués sur son crâne lunaire, les mains et les pieds potelés, il espérait prendre bientôt la place de son supérieur, souffrant d'arthrose.

Alors qu'il remplissait de vin un vase d'albâtre, Kel ressentit un regard hostile.

Le ritualiste en second l'observait.

— Sois précautionneux. Cet objet date des temps anciens. L'abîmer entraînerait ta révocation immédiate.

Kel s'inclina.

— Ici, à Memphis, les prêtres du *Ka* bénéficient d'une longue et brillante tradition. Et toi, tu n'es pas d'ici.

— En effet.

— D'où viens-tu ?

— Du Nord.

— D'une grande ville ?

— Non, d'un petit village.

Le ritualiste en second eut une moue de dédain.

— Surtout pas d'illusions, mon garçon ! N'espère pas faire carrière à Memphis. Seuls les héritiers des bonnes familles accèdent à de hauts postes. Comment as-tu été engagé ?

— Réquisition.

— Ah !... Un temporaire ! Tiens-toi à ta place et reste discret.

— J'obéis aux ordres du supérieur.

— La maladie altère parfois sa lucidité. Mon rôle consiste à lui signaler les intrigants de ton espèce afin qu'il ne soit pas pris au piège. Tu n'auras donc pas d'autre promotion. Contente-toi de celle-là, c'était la dernière.

Certain d'avoir frappé un coup définitif, l'acariâtre personnage s'éloigna.

Kel devrait se méfier de lui en n'outrepassant pas le cadre strict de ses attributions. Jusqu'à présent, aucune piste menant au déchiffrement du code.

Et le scribe se gardait de rencontrer Bébon. Lorsqu'ils se croisaient, un simple hochement de tête négatif traduisait leur échec momentané. Impossible, également, de partager quelques moments avec Nitis. Se trouver si près d'elle et ne pouvoir lui parler ! Au moins, elle ne le repoussait pas. Mais elle restait un rêve, un horizon inaccessible.

Kel appréciait chaque jour davantage son travail de prêtre du *Ka*. Tourner sa pensée vers l'offrande, vénérer les ancêtres, tenter de percevoir l'invisible étaient des tâches exaltantes. Pourquoi ne pas s'en contenter et cesser de traquer une vérité impossible ?

Tôt ou tard, quelqu'un l'identifierait. Il serait arrêté, condamné et exécuté pour des crimes qu'il n'avait pas commis. Aussi le destin ne lui laissait-il pas le choix : nul repos avant d'avoir prouvé son innocence.

78

Kel prit son service à l'aube. Portant un plateau d'offrandes alimentaires, il pénétra lentement dans le temple de la pyramide du pharaon Khéops. La puissance de cette architecture, expression du règne des géants, le fascinait. Les blocs gigantesques, disposés selon une géométrie complexe, témoignaient de la science des bâtisseurs. Incapables de réaliser une telle œuvre, les Saïtes se contentaient de la restaurer afin que la magie de l'âge d'or ne disparût point.

À l'intérieur de la pyramide, inaccessible aux mortels, le processus de résurrection s'accomplissait en permanence. À son modeste échelon, un prêtre du *Ka* contribuait à le nourrir.

Kel déposa les offrandes sur une table de pierre ayant la forme du hiéroglyphe *hotep*, signifiant « paix, plénitude, accomplissement ». À cet instant, l'au-delà et l'ici-bas s'interpénétraient. Le scribe ressentait la présence du *Ka* royal, de l'ancêtre fondateur, pierre fondamentale de l'édifice.

De part et d'autre de la chapelle axiale, deux petites pièces servaient à entreposer les objets rituels. Kel connaissait la première, mais n'avait pas encore exploré la seconde.

Le seuil franchi, il éprouva une étrange sensation.

Non, il ne s'agissait pas d'une simple réserve.

Au milieu, deux coffres en albâtre dépourvus d'inscription. D'après la qualité du polissage et l'éclat particulier du matériau, ils dataient du temps des pyramides.

Ils l'attendaient.

D'une main hésitante, le scribe souleva le premier couvercle et découvrit quatre amulettes en or : le pilier stabilité, symbole de la résurrection d'Osiris[1], le nœud magique de la déesse Isis[2], le vautour de la déesse Mout, à la fois « mère et mort »[3], et le collier large[4] où s'incarnait l'Ennéade, confrérie des puissances créatrices.

Se gardant de toucher à ces chefs-d'œuvre d'orfèvrerie, Kel souleva le second couvercle.

Un papyrus dont le sceau avait été brisé !

Avec minutie, Kel le déroula. Qualité exceptionnelle, écriture fine et précise. Mais... texte indéchiffrable !

De nouveau, un document codé.

Et si les amulettes en offraient la clé ? Soit il fallait en utiliser une seule, soit les quatre en même temps.

Cette dernière solution était la bonne. D'une incroyable complexité, elle procura au scribe les césures du texte, les mots à écarter, ceux à inverser et ceux à compléter. Sans stabilité, magie, mort et largeur, aucune possibilité de lecture !

Alors, Kel lut les paroles d'un prophète qui décrivait les temps à venir :

---

1. *Djed.*
2. *Tit.*
3. *Mout.*
4. *Ousekh.*

Ce qu'avaient prédit les ancêtres est advenu. Le crime est partout, le voleur est devenu riche, on se détourne du spirituel pour amasser des biens matériels, la parole du sage s'est enfuie, le pays est abandonné à sa faiblesse, le cœur de tous les animaux pleure, les écrits de la chambre sacrée ont été dérobés, les secrets qui s'y tiennent ont été trahis, les formules magiques ont été divulguées et circulent, dépourvues d'efficacité depuis que les profanes les ont mémorisées. Les lois de la salle du jugement sont jetées à l'extérieur, les gens les piétinent dans les rues. Ceux qui fomentent des querelles n'ont pas été repoussés, aucune fonction n'est plus à sa place. Détruite est la transmission des messages[1].

Kel avait hâte de savoir si ce code lui permettrait de déchiffrer enfin le maudit papyrus à l'origine de tant de meurtres.

Derrière lui s'éleva une voix agressive.

— Que fais-tu ici ?

Le scribe garda son sang-froid.

— Je range des objets.

— Cette chapelle est en réfection, déclara le ritualiste en second. Personne n'est autorisé à y pénétrer.

— Je l'ignorais.

— Écarte-toi.

Kel obtempéra.

— Tu examinais le contenu de ces coffres, on dirait.

Le scribe demeura coi.

---

1. Extraits de la prophétie d'Ipou-our. Voir A. Fermat et M. Lapidus, *Les Prophéties de l'Égypte ancienne. Textes traduits et commentés,* Maison de Vie éditeur, 1999, p. 13 *sq.*

— Des amulettes en or, un papyrus ancien... Joli petit trésor ! N'étais-tu pas en train de voler ces objets précieux ?

— Certes non !

— Tu mens.

— Vous m'accusez à tort.

— Les faits sont clairs, mon garçon, et cette affaire me paraît particulièrement grave. Je porterai plainte contre toi, et mon témoignage pèsera lourd. En attendant, tu vas m'accompagner au poste de police. Ensuite, je préviendrai mon supérieur.

— Vous vous trompez. J'ai ouvert ces coffres, en effet, et vu leur contenu. Je m'apprêtais à remettre les couvercles en place et à sortir de la chapelle.

— Invraisemblable ! Sans doute les policiers découvriront-ils dans ta chambre des objets volés. Et tu seras lourdement condamné.

— Vous refusez la vérité et ne cherchez qu'à m'éliminer.

— La vérité est évidente !

— Je n'ai nullement l'intention de prendre votre place, affirma Kel. Laissez-moi refermer ces coffres, sortir de la chapelle et remplir mes obligations rituelles.

— Trêve de bavardages ! Considère-toi en état d'arrestation. Allons, passe devant !

Bien qu'hostile à la violence, le scribe fut contraint de repousser sèchement le ritualiste en second qui s'effondra sur le dos.

Abasourdi, le lourd bonhomme mettrait quelques secondes à se relever et à donner l'alerte.

Kel traversa le temple, le parvis et bifurqua en direction du village des artisans.

La police se précipiterait d'abord chez lui et interrogerait ses collègues. Nul ne connaissait ses liens avec Bébon.

Par bonheur, le comédien se trouvait à l'atelier. Seul, il affûtait des ciseaux de cuivre.

— Vite, il faut s'enfuir !
— On t'a repéré ?
— Je t'expliquerai. Où se cacher ?
— Comme j'avais prévu ce genre d'incident, tu ne me prends pas de court.

Les deux amis se hâtèrent jusqu'à un entrepôt de briques désaffecté. Bébon y avait dissimulé des nattes, des vêtements grossiers, des jarres d'eau et de la nourriture.

— D'après mon patron, indiqua-t-il, le bâtiment menace ruine et sera bientôt démoli. Personne n'y vient.

— J'ai peut-être découvert la clé du code, révéla Kel en relatant les circonstances de sa trouvaille. Va chercher Nitis et qu'elle vienne avec sa copie du papyrus. La mienne est restée dans ma chambre, sous ma palette. Impossible de la récupérer, la police doit déjà fouiller les lieux.

— Surtout, ne bouge pas et ne t'impatiente pas, recommanda le comédien. Des contretemps pourraient nous retarder.

79

Ne pas s'inquiéter... Facile à dire ! Kel avait hâte d'appliquer sa grille de lecture au papyrus codé. En s'exprimant au cœur du sanctuaire du temps des pyramides, la voix des ancêtres ne venait-elle pas de lui procurer la bonne clé ?

Des éclats de voix, des rires.

On s'approchait.

Il ne pouvait s'agir de Nitis et de Bébon !

Kel se cacha au fond du bâtiment, derrière des moules à briques hors d'usage. Il vit entrer un robuste jeune homme et une paysanne au frais minois.

— Ici, annonça le garçon, on sera tranquilles.

— C'est l'ancienne fabrique, constata-t-elle, inquiète.

— Exact. Ça te plaît ?

— Un ouvrier y est mort, victime d'un accident. Depuis, le lieu est hanté !

— Oublie ces idioties, et laisse-moi te serrer dans mes bras !

Elle le repoussa.

— Pas question, cet endroit me fait peur.

— Allons, ne sois pas enfantine !

Kel remua les moules.

Un craquement sinistre figea sur place les amoureux.

— Tu as entendu ? questionna-t-elle. C'est le spectre !

Elle s'enfuit, il la suivit.

Soulagé, Kel espérait qu'ils colporteraient l'incident.

Les heures s'écoulèrent, lentement. Des idées noires hantaient le scribe. Bébon et Nitis arrêtés et emprisonnés, l'échec total, la victoire des assassins… Enfin, peu avant le coucher du soleil, la voix tant attendue !

— C'est moi, Bébon. Tu peux te montrer, Kel.

Et s'il parlait sous la contrainte, entouré d'une horde de policiers ? Non, il aurait trouvé le moyen d'alerter son ami.

Le scribe sortit de sa cachette.

À côté de Bébon, Nitis, plus belle et plus rayonnante que jamais.

— La police te cherche partout, indiqua le comédien. Tu es accusé d'avoir volé des objets sacrés et dégradé un sanctuaire. Une condamnation à mort supplémentaire.

— Personne ne vous a suivis ?

— Vent du Nord nous aurait signalé un curieux.

Le visage grave, Nitis s'avança.

— Voici la copie du papyrus crypté.

Kel s'assit en scribe et appliqua le code des amulettes.

Une tentative couronnée de succès !

La situation actuelle est désastreuse, déchiffra-t-il à haute voix, *et nous ne saurions la tolérer encore longtemps. C'est pourquoi nous avons décidé d'agir et de remettre ce pays sur le bon chemin, en tenant compte des réalités nouvelles. Se perdre dans les valeurs du passé serait une erreur grave. Seuls le progrès technique et une modification profonde de l'exercice du pouvoir permettront au pays de sortir de l'ornière. Vous, à qui cette déclaration s'adresse, saurez nous aider, et nous nous engageons à vous procurer l'aide nécessaire afin de faire aboutir nos projets communs. Quoique minime, un dernier obstacle nous inquiète : la Divine Adoratrice. Même réduits, ses pouvoirs ne sont pas négligeables. Méfions-nous d'elle et tenons-la soigneusement à l'écart des événements. Nous, à savoir...*

Kel s'interrompit.
— Continue ! exigea Bébon. Nous allons enfin connaître l'identité des comploteurs !
— Ils ont utilisé un autre code, déplora le scribe. La suite est incompréhensible !
— Acharne-toi !
Kel épuisa les combinaisons fournies par les amulettes.
Sans succès.
— Les ancêtres ont éclairé la première partie du papyrus, constata Nitis. La Divine Adoratrice détient la clé de la seconde où figurent les noms des conjurés et le destinataire de leur message.
— Ce pourrait être le roi Amasis en personne, observa Bébon. Il s'appuierait sur une partie de ses conseillers en espérant éliminer les conservateurs et augmenter l'influence grecque.
— Et s'il s'agissait du contraire ? objecta Kel. Désapprouvant la politique d'Amasis, les partisans de la tradition ont décidé de le renverser et de revenir à une véritable indépendance en chassant les Grecs du territoire.
— Pure utopie ! Nous n'aurions plus d'armée.
— Un nouveau pharaon saurait peut-être lever les

troupes nécessaires. Au temps de la Reine Liberté, nous avons réussi à expulser l'envahisseur hyksos[1] !

— Qui serait le meneur ? Le chancelier Oudja, le chef des services secrets Hénat ou le juge Gem ?

— Ne nous perdons pas en vaines spéculations, recommanda Nitis. Nous savons simplement que ce texte n'aurait pas dû passer par le service des interprètes. Son auteur a redouté qu'il fût déchiffré et décidé de supprimer la totalité des scribes.

— Leur complice et indicateur était mon ami Démos, rappela Kel.

— Et revoilà la piste grecque ! intervint Bébon.

— Grassement payé, Démos a pu agir pour le compte d'un notable égyptien. Son forfait accompli, on l'a éliminé à Naukratis afin d'orienter les soupçons vers les Grecs et de déstabiliser Amasis.

— Ce document n'évoque pas le casque du roi, nota la prêtresse.

— La partie indéchiffrable contient les renseignements majeurs, avança Bébon.

— Nous détenons la preuve de l'innocence de Kel, affirma Nitis.

— Preuve inexploitable, hélas !

— N'avons-nous pas franchi une première étape ? Rendons-nous à Thèbes et rencontrons la Divine Adoratrice. Son intervention sera décisive.

Bébon se gratta la tête.

— Un voyage dangereux, très dangereux... Les conjurés sauront bientôt que Kel a déchiffré le début du papyrus et qu'il tente d'atteindre Karnak. Voies terrestres et fluviale seront surveillées, et la Divine Adoratrice rendue inaccessible.

---

1. Voir C. Jacq, *La Reine Liberté*, 3 volumes, XO Éditions, 2001.

— Tu connais admirablement la vallée du Nil, souligna Kel.

— N'exagérons rien !

— C'est notre unique chance : voir la souveraine de Karnak. Elle déchiffrera la fin du papyrus et sauvera l'Égypte.

— On nous tuera auparavant, prophétisa le comédien.

— Si tu estimes cette aventure vouée au désastre, je...

— Ah non, ne recommence pas ! Oui, catastrophe assurée, et alors ? Je suis libre de mes mouvements et ne me montrerai pas moins courageux qu'un scribe moralisateur, plusieurs fois condamné à mort !

— Je tenterai de trouver un bateau accueillant, décida Nitis, et de connaître le dispositif de sécurité adopté par les autorités entre Memphis et Thèbes.

Kel osa lui prendre tendrement les mains.

— Soyez extrêmement prudente, je vous en prie.

— Ne sortez pas d'ici, je reviens dès que possible.

80

Le ritualiste en second ne cessait de pester contre l'ignoble individu qui l'avait agressé et s'était emparé de plusieurs amulettes anciennes, d'une valeur inestimable.

— Le juge Gem veut vous voir, l'avertit un policier.
— Le chef de la magistrature ?
— Lui-même.
— Je le croyais à... Saïs !
— Il vient d'arriver à Memphis.

Fier d'être ainsi apprécié, le ritualiste en second courut jusqu'au bureau du haut dignitaire.

Après l'avoir fouillé, un assesseur l'introduisit.

— Reconnaissez-vous cet homme ? demanda brutalement Gem en lui présentant un portrait.
— Oui, oui, je crois.
— Vous croyez ou vous êtes certain ?
— Presque certain !
— C'est votre agresseur ?
— En effet !
— Son nom ?
— Ah... je l'ignore.
— Surprenant, bougonna Gem. Il travaillait sous vos ordres et vous ignorez son nom !

Se retrouvant soudain en posture d'accusé face à un magistrat hargneux, le ritualiste en second perdit contenance.

— Ce bandit n'était qu'un simple prêtre du *Ka*, mais il plaisait beaucoup à mon supérieur et...

— Je l'ai déjà interrogé, trancha le juge. C'est votre témoignage qui m'intéresse. D'après votre déposition, vous l'avez surpris dans une chapelle du temple funéraire de Khéops en train de voler des amulettes et un papyrus.

— Exact. Ne songeant qu'à mon devoir, j'ai tenté de l'en empêcher et de le conduire au poste de police. Cette brute m'a violemment frappé avant de s'enfuir !

— Les deux coffres de la chapelle contenaient encore le papyrus et quatre amulettes en or. Qu'a volé exactement votre agresseur ?

— Beaucoup d'autres amulettes !

— Combien ?

— Difficile à dire...

— Que représentaient-elles ?

— Je l'ignore.

— Êtes-vous absolument certain que ce garçon a dérobé un objet rituel ?

— La logique voudrait...

— Vous n'en êtes donc pas certain !

La véhémence du juge effraya le ritualiste en second.

— Non, pas tout à fait.

— Merci de votre collaboration. Sortez.

Gem disposait de faits nouveaux.

Selon son supérieur, le ritualiste en second était un avide capable de calomnier n'importe qui afin d'obtenir une promotion. Son témoignage paraissait donc douteux. Néanmoins, Kel avait tenté de voler un trésor nécessaire aux comploteurs désireux de prendre le pouvoir.

Ce trésor, le juge l'avait sous les yeux.

Quatre amulettes traditionnelles chargées de magie, et pourtant laissées sur place. Et un papyrus en langage crypté, indéchiffrable ! Était-il lié au document qu'évoquait le chef des interprètes, juste avant son assassinat ?

S'il désirait vraiment s'emparer de ces objets, pourquoi le scribe Kel n'avait-il pas supprimé le ritualiste en second ? Il n'en était plus à un cadavre près !

L'assassin ne cherchait-il qu'à saboter la restauration du temple de Khéops ou venait-il récupérer un document indispensable ?

La seconde solution s'imposait.

Donc, Kel avait réussi à déchiffrer le texte et abandonné le document lui-même, désormais inutile. Le juge devait consulter des érudits afin de connaître le contenu de cet énigmatique message.

Réunis d'urgence par leur chef, les conjurés faisaient grise mine. Cette fois, l'affaire prenait mauvaise tournure !

— Ce maudit scribe continue à nous narguer, déclara un inquiet. Et maintenant, il possède la clé du code !

— Inexact, objecta le chef. Il n'a peut-être même pas déchiffré le papyrus datant du règne de Khéops.

— Ne le prenons pas pour un imbécile ! L'adversité endurcit ce garçon. Nous pensions manipuler un naïf et livrer un coupable idéal à la justice, et nous voilà face à un adversaire résolu à découvrir la vérité, fût-ce au prix de sa vie !

— Envisageons le pire, proposa un autre conjuré.

Kel a découvert une prophétie alarmiste et compris que des bouleversements menaçaient la vieille Égypte. Il ignore nos noms, nos véritables intentions et notre plan d'action. À plusieurs reprises, dans le passé, des voyants ont annoncé les périls de l'avenir. Ce texte antique ne concernait pas forcément notre époque. Du point de vue d'un scribe lettré, ne se réduit-il pas à un simple exercice de style ? Et si ce fouineur lui accorde néanmoins un intérêt majeur, il se heurte à un mur infranchissable. Jamais il n'obtiendra la clé du code.

— À moins de frapper à la bonne porte !
— Elle est inaccessible, tu le sais bien.
— Justement, j'en doute !
— Seule la Divine Adoratrice pourrait permettre à Kel de briser le code. D'abord, il devrait recueillir cette information ; ensuite, il lui faudrait atteindre Thèbes et obtenir une audience ; enfin, convaincre cette prêtresse âgée de lui porter assistance et de devenir son alliée ! Malgré l'opiniâtreté de ce scribe et la chance incroyable dont il a joui jusqu'à présent, impossible !
— À nous de rendre Thèbes inaccessible, décida le chef.
— Elle l'est déjà. Le fleuve et les voies terrestres sont sévèrement contrôlés.
— Rengaine illusoire ! protesta l'inquiet. Ni à Saïs ni dans le Delta la police n'est parvenue à capturer Kel. Et le voilà à Memphis où se cacher ne présente guère de difficultés !
— D'après nos informations, il ne connaît pas le Sud. S'il prend le risque de se rendre à Thèbes, il sera vite repéré.
— Et s'il bénéficie de complicités ?
— Kel n'est pas le chef d'un réseau de révoltés, mais

un simple scribe égaré au cœur d'une affaire qui le dépasse !

— Au jour d'aujourd'hui, il constitue une réelle menace.

— Continuons donc à supposer le pire et envisageons un éventuel voyage à Thèbes. À coup sûr, nous le supprimerons avant qu'il ne foule le sol de la ville sainte. Policiers et militaires n'ont-ils pas reçu l'ordre de l'abattre ?

— Et s'il réussit à leur échapper et à persuader la Divine Adoratrice de son innocence ?

— Invraisemblable !

— Depuis le début, nous avons sous-estimé ce jeune homme. Persister pourrait nous conduire à un désastre.

— Que proposes-tu ?

— Seule une alliance entre la Divine Adoratrice et Kel nous empêcherait d'atteindre nos objectifs. Soit nous l'éliminons, lui, soit...

— Assassiner l'épouse du dieu Amon, la souveraine de son domaine sacré ? Tu n'y penses pas !

— Si Kel s'approche trop près d'elle, trancha le chef des conjurés, il n'y aura pas d'autre solution.

81

Memphis était en ébullition. La présence du couple royal n'avait rien d'anormal, mais le déplacement de la cour de Saïs au grand complet provoqua une certaine fièvre chez les hauts fonctionnaires, soucieux de donner pleine et entière satisfaction.

La sévérité du chancelier Oudja, notamment, effraya les routiniers, habitués à jouir de leur sinécure. Assisté du ministre des Finances, Péfy, l'imposant personnage examina les comptes des divers services de l'État, vérifia l'efficacité des préposés et formula d'acerbes remarques, préludes à des réformes douloureuses.

Peu bavard, et tout aussi inquiétant, Hénat observait et notait. Lors de la réunion des gradés de la police memphite et des principaux agents de renseignements, il se contenta d'écouter avant d'émettre un jugement tranchant : insuffisance de résultats. Autrement dit, mutations en perspective.

Et l'ordre tomba : surveillance sévère et permanente de toutes les voies de circulation, repos supprimés jusqu'à l'arrestation du scribe assassin et forte prime à celui qui ramènerait le fugitif à Saïs.

Quant au général en chef Phanès d'Halicarnasse, il inspecta les casernes, sermonna officiers et hommes de troupe, rappelant aux mercenaires grecs l'importance de leur fonction. L'annonce d'une augmentation de la solde accrut sa popularité.

En dépit d'une relative lassitude, le juge Gem procéda à l'audition de nombreux témoins, persuadés d'avoir repéré le scribe Kel. Scrupuleux, il vérifia chaque piste.

En vain.

La tâche de Nitis se révélait plus difficile que prévu. Louer un bateau semblait aisé, mais il fallait déclarer la destination, le nombre et le nom des passagers, et obtenir l'autorisation des forces de l'ordre, après interrogatoire des voyageurs.

À l'évidence, le juge Gem redoutait le départ du scribe Kel pour le Sud, voire la Nubie, où il tenterait de rallier des tribus à sa cause. Et les mesures prises formaient un barrage efficace.

Nitis aborda un sixième capitaine, un barbu originaire d'Éléphantine. Il possédait un imposant bateau de commerce, capable de transporter de lourdes charges.

— Accepteriez-vous des passagers ? lui demanda Nitis.

— Ça dépend du nombre et du prix.

— Trois personnes.

— Des hommes ?

— Deux hommes, une femme et un âne. Fixez vous-même votre tarif.

Le capitaine se caressa la barbe.

— La femme... mariée ?

— Non, mais inaccessible.

— Dommage. La proposition reste pourtant alléchante.

— Bien que parfaitement en règle, ces voyageurs souhaitent échapper aux contrôles.

— Oh là, impossible !

— Tant pis, adieu.

— Pas si vite, jeune dame ! L'expérience permet de résoudre certaines impossibilités. Et moi, je n'en manque pas. Seulement, le prix sera élevé, très élevé. En ce moment, la police fluviale s'excite. Et je ne veux pas m'attirer des ennuis.

À l'évidence, ce capitaine-là n'était pas un fanatique de la légalité.

— Combien ? interrogea la prêtresse.

Un regard avide se posa sur la gorge de Nitis.

— Au moins trois colliers comme le vôtre.

— Entendu. Le premier au départ, les deux autres à l'arrivée. Et pas de surenchère.

De telles parures représentaient une petite fortune !

— Es-tu sérieuse, belle dame ?

— Quand partons-nous ?

— Après-demain, lorsque le chargement sera terminé. Mais auparavant, tu m'apporteras le premier collier.

— À quel moment ?

— Demain, à la cinquième heure de la nuit. Tu monteras à bord et me rejoindras dans ma cabine. Les hommes de garde seront prévenus. Si tu es correcte, je le serai aussi.

— À bientôt.

Contenant sa joie, la prêtresse quitta le port.

À proximité du temple de Ptah où elle devait participer à des rituels, une voix la fit sursauter.

— Nitis ! Je vous cherchais partout.

— Menk...

— Sa Majesté m'a ordonné de venir à Memphis pour préparer la grande fête d'Hathor. Elle estime que mon expérience sera utile au clergé local. Vu votre excellente réputation, acceptez-vous de m'aider ?

— Bien entendu.

Menk, exécuteur des basses œuvres aux ordres du roi ? L'hypothèse méritait d'être envisagée. À moins qu'il ne s'agisse d'un mensonge. En ce cas, l'organisateur des fêtes de Saïs prenait l'initiative en se dissimulant sous un masque et tentait d'attirer Nitis dans un piège.

— J'ai une affreuse nouvelle à vous apprendre, murmura-t-il, et je ne sais comment m'y prendre afin de vous éviter une trop grande peine.

— Parlez, Menk.

— Le grand prêtre Wahibrê est mort.

Le choc fut d'une extrême violence.

En perdant son père spirituel, le sage qui lui avait tout appris, Nitis éprouvait le sentiment d'un vide atroce. Rien, jamais, ne pourrait le combler.

— Il s'est éteint pendant son sommeil, précisa Menk. En raison de sa disgrâce, la momification a été organisée rapidement et l'inhumation discrète.

— Les rites ont-ils été correctement célébrés ?

— Rassurez-vous, l'âme de Wahibrê est partie en paix. Je comprends votre tristesse et je la partage. Et j'ai, malheureusement, une autre mauvaise nouvelle. Le palais vient de nommer un nouveau grand prêtre de Neit, un obscur ritualiste dont les compétences sont inférieures aux vôtres. La déception est unanime, mais on ne discute pas les ordres du roi.

Ainsi, le domaine sacré de Saïs se fermait à la jeune Supérieure des chanteuses et des tisserandes. Le nouveau grand prêtre ne tarderait pas à la muter et à lui confier un rôle obscur et dépourvu d'influence.

Wahibrê était-il décédé d'une mort naturelle, causée par une extrême fatigue, ou bien l'avait-on éliminé ? Un pharaon ne pouvait accomplir un tel forfait, au risque de se damner ! Restaient les conjurés. Eux se moquaient de la vengeance des dieux et supprimaient sans pitié tous leurs adversaires.

— Je plaiderai votre cause auprès des autorités, promit Menk, car l'injustice est flagrante. À mon sens, elle ne sera que passagère. Un jour, Nitis, vous deviendrez grande prêtresse de Neit, à la satisfaction générale.

— Qu'importe ma carrière.

— Ne cédez pas à la tristesse et acceptez de me seconder le temps nécessaire. Ensuite, vous reprendrez votre essor.

Menk considéra le silence de la jeune femme comme un acquiescement. En réalité, elle songeait à son maître disparu, à son enseignement et à son exemple. Depuis le paradis des Justes, il lui transmettait un message impérieux : continue à te battre pour faire rayonner Maât, n'accepte pas l'injustice, rétablis la vérité.

82

Le braiment de Vent du Nord réveilla Bébon.

— On vient, dit-il à Kel en le secouant. Armons-nous.

L'âne ne se manifestant pas une deuxième fois, il n'y avait pas de danger.

Nitis apparut, le visage morose.

— Wahibrê est mort, annonça-t-elle, des sanglots dans la voix.

— Ils l'ont tué, estima le comédien.

— Et ils vous ferment les portes du temple de Saïs, ajouta le scribe.

— Un nouveau grand prêtre, aux ordres du pouvoir, vient d'être nommé.

— Il les laissera fouiller partout, ils trouveront l'original du papyrus codé !

— En récupérant ce document souillé de tant de meurtres, avança Bébon, peut-être seront-ils satisfaits et cesseront-ils de te poursuivre.

— Impossible, je dois disparaître ! Alors ils auront le champ libre.

— Vénérons ensemble la mémoire de Wahibrê, exigea la prêtresse, et sollicitons son aide.

Nitis récita plusieurs formules de transformation en

lumière, prononça les sept paroles de Neit et appela la paix du soleil couchant sur l'âme-oiseau du grand prêtre. Communiant avec toutes les formes du soleil, elle voyageait en compagnie des étoiles et des planètes, à la découverte sans cesse renouvelée des paradis de l'au-delà.

Puis la Supérieure et ses deux compagnons partagèrent un modeste banquet en l'honneur du défunt, au cours duquel elle évoqua les temps forts de son enseignement. Malgré son peu de goût pour les envolées théologiques, Bébon fut impressionné par la clarté et la profondeur de pensée de la jeune femme.

— C'est à vous de succéder à votre maître, jugea-t-il.

Elle eut un léger sourire.

— Il exige davantage de moi. Wahibrê croyait à l'innocence de Kel, et nous lutterons afin d'établir la vérité. J'ai trouvé un bateau et je possède de quoi payer notre transport.

Nitis donna les détails.

— Le nom du bateau ? demanda Bébon.

— L'*Ibis*.

— Je vous accompagnerai au premier rendez-vous.

— Surtout pas ! Je dois m'assurer de la parfaite collaboration du capitaine. Ses hommes surveilleront le quai, tu serais intercepté, et notre transaction annulée.

— Et s'il vous agresse ?

— Quand il aura constaté la valeur du collier, il ne songera plus qu'aux deux autres.

— Ce sont vos bijoux de prêtresse, déplora Bébon.

— Notre voyage est à ce prix. Seule la Divine Adoratrice peut encore éviter le pire.

— Acceptera-t-elle de nous recevoir ? s'inquiéta Kel.

— Soyons optimistes ! préconisa Bébon.
— Ce soir, annonça Nitis, je dormirai ici. Menk me pourchasse, et je le soupçonne d'être lié, consciemment ou non, aux comploteurs. Je préfère l'éviter.

Kel ne parvenait pas à dormir.

Il recherchait les meilleurs arguments pour dissuader Nitis de se lancer dans cette folle aventure, vouée à l'échec. Lui n'avait plus rien à perdre. Elle, au contraire, serait appelée à de hautes fonctions, tant sa personnalité s'imposait. Lier son sort au sien était insensé. Elle avait déjà couru trop de risques et ne devait pas se compromettre davantage.

Certes, il l'aimait d'un amour incommensurable ! Elle, en revanche, ne le considérait que comme une victime. Il ne méritait donc pas qu'elle lui sacrifiât son existence. Aussi lui parlerait-il avec rudesse afin de lui éviter une erreur fatale.

Soudain, une apparition.

Elle.

Le scribe ferma les yeux et les rouvrit.

Elle, toujours.

— Nitis...
— Vous ne dormiez pas ?
— Je... je pensais à vous.
— Vous voulez me persuader de renoncer, n'est-ce pas ?
— Il le faut !
— Empiéteriez-vous sur ma liberté ? Je suis égyptienne, et non grecque.
— Je n'échapperai pas à une fin tragique, Nitis. Et je n'ai pas le droit de vous condamner à l'abîme.

À pas très lents, elle s'approcha.

Kel se releva, Nitis lui prit le visage dans ses mains, d'une douceur céleste.

— Depuis la naissance de notre civilisation, une femme aime qui elle veut quand elle le veut. Le jour où cette prérogative disparaîtra, le monde sera réduit en esclavage.

— Nitis...

— Es-tu vraiment certain de m'aimer?

— Nitis!

La jeune femme fit glisser sur ses épaules les fines bretelles de sa robe de lin. Le fragile vêtement s'effondra à ses pieds.

Nue, elle se laissa étreindre par un fou d'amour, redoutant une maladresse, mais incapable de contenir son désir.

Et le bonheur de s'unir les envahit.

83

— Désolé de vous révéiller, dit Bébon, mais le soleil est levé depuis longtemps. Et voici un petit déjeuner amical, sinon royal : galette rassise et eau tiède !

Kel n'en croyait pas ses yeux : Nitis se serrait contre lui, amoureuse, abandonnée ! Il n'avait donc pas rêvé.

— Je ne voudrais pas en rajouter, déclara le comédien avec solennité. Mais si vous continuez à vivre sous le même toit, vous serez mari et femme.

— Te voilà témoin de notre union, observa Nitis, souriante. Désormais, nos destins sont liés.

La bouche de Kel demeura muette. En cet instant de bonheur suprême, le malheur disparaissait. Et s'il préservait en son cœur, en sa conscience, la vérité de ce moment, nulle destruction ne pourrait jamais l'atteindre.

Nitis, Kel et Bébon passèrent une journée merveilleuse, hors du temps.

Il n'existait plus ni crime, ni complot, ni danger. Le soleil illuminait un ciel d'un bleu parfait, hirondelles et faucons savouraient l'espace, et l'enthousiasme de la jeunesse effaçait l'angoisse du futur.

— N'y va pas, supplia Kel en serrant Nitis dans ses bras.

— Nous devons obtenir l'aide de la Divine Adoratrice, rappela la prêtresse. Un simple voyage en bateau, et l'espoir deviendra réalité.

— Tu prends trop de risques !

— Le capitaine de l'*Ibis* me considère comme une intermédiaire sans importance. Il ne songe qu'au profit et nous mènera à bon port en échange de sa rémunération.

— Nitis…

— En Égypte, une épouse ne se soumet pas à son mari. Te souviens-tu des maximes du sage Ani ? En aucun cas le mâle ne peut s'autoriser à lui adresser d'injustes reproches, car la maîtresse de maison veille à ce que tout soit à sa juste place.

Ils s'embrassèrent avec ferveur.

Et Nitis quitta leur refuge pour se rendre au port.

Kel secoua Bébon.

— Réveille-toi !

Le comédien sortit d'un rêve délicieux où l'épine ne piquait pas et où le serpent ne mordait pas.

— On nous attaque ?

— Nitis n'est pas revenue !

Bébon ouvrit les yeux.

Le jour se levait.

— Pas revenue…

— Il lui est arrivé malheur !

— Attends, ne t'emballe pas !

— Il lui est arrivé malheur, répéta Kel, abattu.

— Pas de conclusions hâtives.

— Allons immédiatement au port.
Bébon se redressa.
— Police et armée te recherchent.
— Je veux interroger le capitaine de l'*Ibis* et retrouver Nitis.
— Entendu !
« Inutile de raisonner un amoureux fou », estima le comédien.

— Laisse-moi faire, recommanda Bébon. Moins tu te montreras, mieux ça vaudra.
Kel se tint en retrait, son ami gravit la passerelle de l'*Ibis*.
Un marin s'interposa.
— Où vas-tu, mon gars ?
— Je désire voir le capitaine.
— Le capitaine, on ne le dérange pas comme ça. Tu es qui, toi ?
— Parle-lui d'un collier de prêtresse.
L'œil soupçonneux, le marin marcha lentement jusqu'à la cabine et frappa plusieurs coups à la porte.
Elle s'ouvrit.
Au terme d'un long entretien, il revint vers l'étranger.
— Le capitaine accepte de te recevoir.
Des malfaisants de ce genre-là, Bébon en avait rencontré un nombre incalculable. Glauque, aviné, prêt à vendre père et mère, le chef suprême de l'équipage de l'*Ibis* était une superbe fripouille.
— Tu as le collier ?
— Ma patronne vous l'a apporté.
— Première partie de la prime. J'ai exigé la seconde avant d'embarquer les colis.

— Normalement, on paie à l'arrivée.
— J'ai changé les règles du jeu. En ce moment, on risque gros.
— Ma patronne a-t-elle accepté ?
— Bien sûr ! Alors, le solde ?
— Je n'ai pas reçu d'instructions, affirma Bébon.
Le visage mou du capitaine se durcit.
— Ça signifie quoi ?
— Je n'ai pas revu ma patronne.
— Ah !... C'est ton problème. Si je ne perçois pas le trésor promis, je ne transporte pas.
— Tu ne l'aurais pas trucidée, par hasard ?
Le capitaine s'empourpra.
— Tu divagues, mon gars ! Moi, je fais du commerce. Vu le risque, j'entends être rétribué au juste prix. Supprimer les clients, ça me ruinerait.
— Moi, je ne crois pas qu'elle aurait approuvé une modification du contrat.
— Eh bien, tu te trompes ! Face aux circonstances, elle s'est adaptée. Ainsi a-t-elle décidé de se rendre au temple de Ptah pour y rechercher mon dû et me l'apporter ce soir même. Cet engagement m'a réconforté, je l'avoue. Entre gens sérieux, on s'entend toujours.
— Exact, capitaine.
Le glauque sourit.
— Paiement ce soir, départ demain. Tope là ?
— Tope là, confirma Bébon.
Kel ne tenait plus en place. Arpentant le quai, il s'apprêtait à monter à bord de l'*Ibis* lorsque son ami en descendit.
Le scribe l'agrippa.
— Où est-elle ?
— D'après le prince des tordus, elle se serait rendue au temple de Ptah.

84

— Tu ressembles vraiment à un scribe, constata Bébon. En t'exprimant de manière châtiée, tu prouveras ta qualité, et toutes les portes s'ouvriront.

Kel était prêt à renverser le plus massif des pylônes pour retrouver Nitis. Si le capitaine n'avait pas menti, il ne tarderait pas à l'étreindre.

Le jeune homme se présenta à l'entrée du vaste domaine sacré de Ptah.

— Je viens accomplir un service mensuel, déclara-t-il au vérificateur.

— Fonction ?

— Prêtre pur préposé à l'offrande du vin.

— Inscris ton nom sur le registre.

Kel écrivit *bak*, « serviteur », en beaux hiéroglyphes tracés d'une main habile.

Impressionné, le vérificateur le laissa passer.

Kel s'adressa à un scribe.

— J'ai un message destiné à Nitis, Supérieure des chanteuses et des tisserandes du temple de Saïs.

— Consulte le ritualiste en chef, il te renseignera.

Le scribe indiqua l'emplacement du logement de fonction du dignitaire.

Plusieurs prêtres attendaient d'être reçus. Maîtrisant son impatience, Kel prit son tour.

Enfin, un assistant le convia à entrer !

Le ritualiste en chef du temple de Ptah était un homme âgé et sévère. Il dévisagea le jeune homme d'un œil soupçonneux.

— Je ne te connais pas. Qui es-tu et que veux-tu ?

— Je viens de Saïs afin de remettre un message à Nitis, la...

— Je connais cette prêtresse. Elle a séjourné ici et a quitté le temple il y a trois jours.

— Où puis-je la trouver ?

— Elle est probablement retournée à Saïs. Affaire suivante.

Ainsi, le capitaine de l'*Ibis* avait menti ! Il fallait se rendre immédiatement au port et le faire parler. Sans doute détenait-il la jeune femme à son bord.

Kel relata les faits à Bébon. Les précédant, Vent du Nord emprunta le plus court chemin.

Sur les quais, une véritable fourmilière. On embarquait des marchandises, on en débarquait, et une clientèle fournie animait un marché en discutant fermement les prix.

À l'emplacement de l'*Ibis*, un autre bateau.

— Tu dois te tromper, estima Kel.

— Malheureusement non.

Le comédien interrogea un docker.

L'*Ibis* avait quitté Memphis au petit matin en direction du sud.

— As-tu remarqué une jeune femme à bord ?

— Je n'ai vu que les membres de l'équipage habituel, répondit le docker.

Kel était effondré.

Bébon l'entraîna.

— Retournons à notre refuge.

Vent du Nord prit aussitôt la bonne direction, évitant les policiers qui, par groupes de trois ou quatre, sillonnaient la ville.

— Si elle est morte, murmura le scribe, je ne lui survivrai pas.

— Nous n'en sommes pas encore là, affirma Bébon. À l'évidence, Nitis a été enlevée. Le capitaine de l'*Ibis* apparaît comme le coupable idéal.

— Alors, partons pour le sud et retrouvons-le !

— Et s'il s'agissait d'un leurre ? Il a peut-être remis Nitis aux véritables ravisseurs qui l'ont ramenée à Saïs. Le juge Gem, la police et les services secrets pourraient bien être impliqués. Et il existe d'autres hypothèses !

— Nous interrogerons mille personnes s'il le faut, mais nous découvrirons la bonne piste !

— Tu oublies que tu es recherché pour meurtre. Ne conviendrait-il pas de nous rendre à Thèbes et de solliciter l'aide de la Divine Adoratrice ?

— Je me moque du papyrus codé et du complot ! Seule compte Nitis.

— Tout est lié, mon ami.

L'esprit enfiévré, fou d'angoisse, Kel refusa de céder au désespoir.

Il ressentait la présence de son épouse, la chaleur de son corps, la douceur de son amour… Non, elle n'était pas morte !

— Nitis est tombée dans un piège impliquant plusieurs personnes, avança-t-il. Il y a forcément des témoins, voire des complices, ici même, à Memphis. Ils me croient incapable d'agir. Ils ont tort.

« Pas tant que ça », pensa Bébon, redoutant un échec cuisant qui les conduirait à l'abîme.

Mais il n'abandonnerait pas son ami en proie au malheur et à l'injustice. Certes, leur entreprise devenait franchement insensée et leurs chances de succès s'approchaient du néant ; les dieux continueraient-ils cependant à les protéger ? Peut-être leur fureur toucherait-elle enfin leurs adversaires !

Et puis Bébon aimait jouer. Rien de plus sinistre qu'une existence ennuyeuse et bien rangée. Grâce à Kel, il ne courait pas ce risque-là !

Vent du Nord se colla au scribe, quémandant une caresse. Le regard grave, l'âne ne paraissait pas désespéré. Il transmit au jeune homme une puissante énergie et une détermination sans faille.

Oui, Kel retrouverait Nitis et prouverait son innocence. Oui, ils goûteraient ensemble d'intenses moments de paix et de bonheur, à l'ombre d'une pergola, en contemplant le soleil couchant, baignés de sa lumière.

L'énigme sort de l'oubli

(Pocket n° 4609)

L'Égypte dissimule encore ses secrets. Depuis des millénaires, un pharaon méconnu, Toutankhamon, repose dans un tombeau resté inviolé. Au début du XXe siècle, Lord Canavon et Howard Carter l'arrachent à l'oubli et tentent de percer son mystère. L'affaire Toutankhamon, sur laquelle plane une étrange malédiction, vient de commencer.

Il y a toujours un Pocket à découvrir

Pour l'amour de Toutankhamon

(Pocket n° 3432)

Dans la cité du soleil, le règne d'Akhénaton et de Néfertiti touche à sa fin. L'Égypte s'inquiète : qui succédera à ces souverains exceptionnels ? Tous les regards se tournent vers la belle Akhésa. Troisième fille du couple royal, volontaire et avisée, elle a tout d'une reine. Appelée à régner auprès du jeune Toutankhamon, cette adolescente saura-t-elle contrer la puissance du général Horemhed qui brûle d'être pharaon ?

Il y a toujours un Pocket à découvrir

Complots dans la Vallée des Rois

t. 1 - Néfer le Silencieux
(Pocket n° 10954)

Les quatre tomes de *La pierre de lumière* sont diponibles chez Pocket

Cité interdite dans un désert de Haute-Égypte, la Place de Vérité abrite les artistes chargés de décorer les tombes de la Vallée des Rois. Là, une poignée d'hommes garde jalousement le plus précieux des secrets : la Pierre de Lumière, dont la magie permet de changer l'orge en or et la matière en lumière. Le soir où l'un des gardiens du lieu est assassiné, le trouble se répand dans la cité : qui, et pour quelles raisons, cherche à s'emparer de la Pierre de Lumière ?

Il y a toujours un Pocket à découvrir

Faites de nouvelles découvertes sur **www.pocket.fr**

- Des 1ers chapitres à télécharger
- Les dernières parutions
- Toute l'actualité des auteurs
- Des jeux-concours

POCKET

Il y a toujours un **Pocket** à découvrir

Mise en pages : Bussière
Rue Pelletier-d'Oisy
18200 Saint-Amand-Montrond

Imprimé en Espagne par
Litografia Roses
en avril 2010

POCKET - 12, avenue d'Italie - 75627 Paris Cedex 13

N° d'impression : 00000
Dépôt légal : mai 2010
S 17852/01